W0357397

Klaus-Peter Grap

FLAATSCH

1

Warum ich dieses Buch geschrieben habe?

Aus purer Geldnot. Und in der Hoffnung aufs Comeback ins wärmende Rampenlicht.

Da ich irgendwann mehr Freizeit hatte, als mir lieb war, und nur noch mein Dispokredit was von mir wollte, setzte ich mich hin und schrieb meine Geschichte auf. – Schön, dass Sie sich dafür interessieren.

Dieses Buch ist meine letzte Chance.

Der Wendepunkt in meinem Leben kam in meinem vierzigsten Lebensjahr. Bis dahin war ich relativ erfolgreich als Schauspieler und Moderator, spielte Hauptrollen und präsentierte – im Wechsel mit der blonden Kollegin Lena Tischler – eine Infotainment-Show beim Sender A.I.R.

Drei Jahre flimmerte ich mit der *On-Air-Show* (Untertitel *Da liegt was in der Luft*) alle zwei Wochen über die Bildschirme. In der Branche wurde mein Name hoch gehandelt, es gab Abwerbe-Versuche von der Konkurrenz, die nicht nur meiner Eitelkeit schmeichelten, sondern auch mein Ansehen im Sender positiv beeinflussten. Rainer Knetke, mein Produzent, sagte mir unter vier Augen fest zu, meine Gage werde sich zur nächsten Saison erheblich steigern. Außerdem überlege man im Sender, die Sendung zukünftig nur noch von einem Moderator präsentieren zu lassen. Knetke ließ keinen Zweifel daran, wer das sein würde, obwohl Lenas Einschaltquoten nicht schlechter waren als meine. Ich mochte sie, irgendwie tat sie mir sogar leid, aber diese Branche ist nun mal ein Haifischbecken ...

Knetke beruhigte mich. Lena würde uns als Außenmoderatorin erhalten bleiben und eine tägliche Nachmittags-Talkshow bei A.I.R. bekommen. So hielt sich mein schlechtes Gewissen in Grenzen. Finanziell würde sie womöglich sogar besser dastehen.

Bei allen wichtigen Fernsehpreisverleihungen stand ich auf der Gästeliste und war mit meiner Freundin Suzanne beliebtes Objekt der Fotografen.

Suzanne war meine Partnerin im »Film-Movie der Woche«: *Fahrstuhl zur Hölle*. Meine Rolle – welch ausgefallene Besetzungsidee! – war die eines Show-Moderators, der brutale Drohbriefe eines Stalkers erhalten hatte. Suzanne spielte eine Polizistin, die für seine Sicherheit garantieren sollte. Beim ersten Zusammentreffen der beiden kommt es gleich zum Streit. Er meint, eine Frau könne ihn kaum schützen, und gerade als sie die Aufgabe hinschmeißen will, sitzen die beiden schon in der Falle. Der krankhaft eifersüchtige Fan des Moderators lauert ihnen im Sender auf, eine wilde Verfolgungsjagd beginnt und endet in einem Fahrstuhlschacht. Nach zahllosen Schießer- und Klettereien wird der zum Mord entschlossene Fan(-atiker) vom herabstürzenden Fahrstuhl zermalmt, während sich Polizistin und Moderator in einer engen Nische des Schachtes küssend in den Armen liegen.

Die Produzenten dieses phänomenalen Schmachtfetzens waren mehr als glücklich, als wir uns auch im richtigen Leben fanden, perfekte Publicity.

Mir war Suzanne schon beim gemeinsamen Casting aufgefallen. Sie hatte etwas von einer Katze; den geschmeidigen Gang und etwas schräg stehende, graugrüne Augen. Ihr Haar stand widerspenstig, ob ihrer vielen Wirbel, in verschiedene Richtungen ab und hatte damals einen Stich ins Rotbraune. Man wusste bei ihr nie zu sagen, ob ihr Haar ungekämmt oder mit viel Mühe kunstvoll so gelegt war.

Bemerkenswert war, wie sie in Sekundenbruchteilen vom Schnurren ins Fauchen wechseln konnte und umgekehrt. Zuerst dachte ich, diese Stimmungsumschwünge seien wunderbar bewusst und nur fürs Spiel eingesetzt – später erwies sich, dass sie auch im realen Leben sehr launisch sein konnte. Sie musste sich also nicht verstellen.

Im Gegensatz zu mir liebte sie Sport und war, trotz ihrer weiblichen Formen, fast als sehnig zu bezeichnen. Ihre fraulichen Reize wusste sie jedoch sehr gut zur Geltung zu bringen.

Mit zwei Dutzend mehr oder weniger begabten Schauspielerinnen hatte ich schon immer wieder dieselbe Szene gedreht, aber als Suzanne den etwas unwirtlichen kleinen Raum betrat, in dem wir die Probeaufnahmen machten, wusste ich, dass wir die Idealbesetzung für die Polizistin gefunden hatten. Dem Regisseur ging es genauso. Wir verständigten uns mit einem Kopfnicken, drehten die Probeszene eigentlich nur noch, um die Rollenbesetzung vor dem Sender rechtfertigen zu können.

Mich beeindruckte immer ihre ungeheure Präsenz. Wenn Suzanne ein Restaurant betrat, ließ das sofort jeden Menschen, ob männlich oder weiblich, auf- und hinblicken. Dabei erscheint sie zunächst viel größer, als sie in Wirklichkeit ist. Als ich das erste Mal dicht hinter ihr stand, mit meinen 1,95 Meter, war ich erstaunt, dass sie einen guten Kopf kleiner ist als ich. Ihre Haare kitzelten mich frech in der Nase, was uns beide zum albernen Giggeln veranlasste.

Noch zwei weitere Kolleginnen wurden damals gecastet, und ich war hocherfreut, als ich sah, dass Suzanne im Vorraum gewartet hatte. Ich hatte davon gesprochen, noch etwas essen gehen zu wollen, und sie schlug einen kleinen Japaner mit Sushi-Circle vor, den man leicht zu Fuß erreichen konnte.

Zum Grundgedeck erhielten wir jeweils eine Schale mit Sojasoße, geraspeltem Ingwer und eine grüne Meerrettichpaste. Von Letzterer bestellte sie gleich eine Extra-Portion. Ich tat es ihr gleich. Sie liebte scharfes Essen, und wir bissen beide leidenschaftlich zu. Ihr war nichts anzumerken, mir dagegen schon: Der Meerrettich fraß sich in Windeseile in meine Nasenschleimhäute und veranlasste meine Augen, wahre Sturzbäche an Tränen zu produzieren. Wir hatten uns nicht abgeschminkt, und so lief mir die Wimperntusche die Wange hinab. Einen blöderen Eindruck kann ein sich frisch verliebender Mann kaum machen. Doch ich wollte mir nichts anmerken lassen und kaute todesmutig lächelnd weiter, während sich in meinem Mund das Feuer ausbreitete.

Später stand Suzanne gern in der Küche und kochte für uns beide. Um die Schärfe aus den Gerichten zu nehmen, gewöhnte ich mir an, meist ein Glas Milch zum Essen zu trinken. Unsere gemeinsame Vorliebe für Eis, eigentlich aßen wir fast täglich davon, und mindestens drei Sorten waren immer im Gefrierschrank, sah man mir leider schon bald an. Allein innerhalb des ersten gemeinsamen Jahres nahm ich sieben Kilo zu, Suzanne dagegen nicht ein Gramm. (Ich schätze, ich habe eine schwäbische Verdauung: Keine Kalorie wird umsonst verbrannt.)

Ich hatte zu Hause keine Waage, um mein Gewicht zu kontrollieren, merkte nur, dass auch meine Hosen vom vergangenen Sommer zu kneifen begannen. Die konnten doch nicht alle am Bund eingegangen sein! (Und das auch *nur* am Bund!)

Als mich Suzanne das erste Mal »mein Moppelchen« nannte, traf mich fast der Schlag. Nein, sie möge Bauch, probierte sie, mich zu beruhigen, was mich erst recht aus der Fassung brachte (aus der ich allerdings schon war).

Kurz darauf hörte ich zufällig mit, wie sich zwei A.I.R.-Redakteure über meine Figur unterhielten. Auf dem Bildschirm sähe ich »schon etwas feist« aus. Ich schluckte meine Verärgerung runter und bekam einen hochroten Kopf, als Knetke das Redaktionsbüro betrat und fragte, ob es richtig sei, dass die Dame vom Kostüm neue Hemden, mit größerer Kragenweite, für mich besorgen müsse? Machte sich da ein gehässiges Grinsen in den Redakteursgesichtern breit? Knetke, circa hundertzwanzig Kilo auf 1,70 Meter, stänkerte, ich solle besser aufpassen, dass ich nicht noch weiter auseinanderginge, schließlich sei unsere Show kein Breitbildformat. Ich lachte herzhaft verlogen über seinen flauen Witz.

»Schwarz macht schlank«, sagt man, aber hätte mir wirklich auffallen müssen, dass die Garderobiere nur noch dunkle Jacketts rauslegte, selbst im Hochsommer?

Noch am selben Abend ging ich ins KaDeWe, um mir eine Waage zu kaufen: Die Auswahl war riesig. Als ich eine Verkäuferin um Rat fragte, welches denn die Beste und vor allem Genaueste sei, fragte sie mich: »Wie schwer sind Sie denn? Die Genaueste geht nämlich nur bis zweihundertvierzig Pfund.«

»Na, das wird wohl reichen!«

»Denken Sie an meine Worte«, sagte die spitznasige Verkäuferin. »Und wählen Sie lieber ein robusteres Modell. Schließlich wollen Sie auch in einem Jahr noch Freude an dem guten Stück haben.«

Ich nahm demonstrativ die mit der digitalen Höchstanzeige von zweihundertvierzig Pfund und eilte zur Kasse. Während die Kassiererin die Bonrolle wechselte, bildete sich eine Schlange von sechs Leuten, darunter auch zwei Teenager, die mich leider erkannten. Eigentlich genoss ich das, aber nicht in diesem Moment. Mit einer Personenwaage in der Hand will man nicht gesehen werden.

»Hey, schmeißen Sie 'ne Lage Autogramme?«

Nun wollten alle meine Unterschrift, sodass weitere Kunden auf mich aufmerksam wurden. Eine Frau im geblümten Kleid, die sich anscheinend alle Parfüms in der Kosmetikabteilung aufgesprüht hatte, entdeckte die Waage.

»Die ist aber nicht für Ihre Frau!?«, bemerkte sie.

»Ich bin nicht verheiratet«, entgegnete ich.

»Aber in der *Welt der Frau* stand doch, dass Sie und Suzi Henke heimlich geheiratet haben. Hab ich doch erst letzte Woche gelesen! Beim Zahnarzt.«

Sonst amüsiert mich so etwas, aber diesmal war mir das unangenehm. »Glauben Sie mir, wir sind nicht verheiratet. Wirklich!«

»Pfff«, ließ die Geblümte vernehmen, »nur, weil Sie vom Fernsehen sind, denken Sie, Sie können uns alles weismachen. Halten Sie mich doch nicht für blöd!«

(Doch, genau das tat ich!)

Endlich war ich an der Reihe, legte meine Kreditkarte hin.

Die Kassiererin beäugte mich und die Karte kritisch, las immer wieder meinen Namen: »Muss man Sie kennen?«

Wieder die Frau, die die Welt nach der Klatschpresse beurteilte: »Das ist der Mann von Suzanne Henke. Die braucht sicher keine Waage! Die hat eine Klasse-Figur.«

Die Kassiererin wurde misstrauisch: »Henke? Hier steht aber Sander!«

»Jawohl, Peter Sander. Suzanne Henke ist nicht meine Frau, und wenn sie es jemals werden sollte, werde ich trotzdem meinen Nachnamen behalten. Könnte ich jetzt bitte die Waage haben!«

»Was regen Sie sich denn so auf? Es ist meine Pflicht, die Kreditkarten genau zu kontrollieren. Das ist doch auch in Ihrem Interesse ...«

»Es tut mir leid, aber ich hab's etwas eilig«, probierte ich zu beschwichtigen.

»Brauchen Sie eine Tüte?«

Natürlich brauchte ich eine Tüte! Es muss ja nicht gleich jeder sehen, dass Peter Sander eine Waage kauft.

»Wenn Sie so bedeutend sind, haben Sie dann auch ein Autogramm für mich?«, verlangte die Kassiererin gelangweilt.

»Nehmen Sie meins!« Die Geblümte schmiss eine meiner Autogrammkarten sichtlich beleidigt auf den Tresen.

Wie ein von Detektiven gehetzter Ladendieb verließ ich das Kaufhaus.

Suzanne und ich wohnten schon seit gut drei Jahren zusammen, auf einhundertzehn Quadratmetern, in meiner Berliner Altbauwohnung im dritten Stock. Normalerweise nahm ich den Fahrstuhl, aber diesmal überwand ich meinen inneren Schweinehund und erklomm behände die Stufen. Treppensteigen ist schließlich gesund!

Aber auch anstrengend, musste ich feststellen. Wahrscheinlich war ich nur zu sehr gehastet. Und ich war ja auch schwer beladen. So eine 240-Pfund-Waage wiegt!

Natürlich wollte ich, endlich unbeobachtet, mein Gewicht sofort überprüfen. Ich zog meine Schuhe aus, legte das Jackett ab und bestieg meine neueste Errungenschaft. Unmöglich!

Sollte die Waage einen Herstellungsfehler haben? 208,7 Pfund leuchteten da auf. Okay, dann ziehe ich eben alles aus, Kleidung wiegt schwer. Außerdem entleerte ich schnell noch meine Blase: 207,6 Pfund. (Ich erwog tatsächlich, noch zum Frisör zu gehen, um weitere Gramm zu verlieren!)

In diesem Moment hörte ich den Hausschlüssel in der Wohnungstür, und schon stand Suzanne hinter mir. Ich fühlte mich ertappt, als hätte sie mich mit einem Pornoheft in der Hand erwischt.

»Na Moppelchen, wie schwer bist du?«

»Das kann ich dir leider nicht sagen. Die Waage ist falsch eingestellt.«

Keine zehn Sekunden später war Suzanne nackt und probierte die Waage selbst aus. Ich warnte sie: »Krieg keinen Schreck, die zeigt mindestens fünf Kilo zu viel an!«

»Bei mir nicht«, sagte sie fröhlich.

Dies war der erste Abend, an dem ich kein Eis aß (jedenfalls solange Suzanne noch wach war).

Ich hatte neben ihr dreizehn Kilo zugelegt.

Das waren zweiundfünfzig um den Bauch geschnallte Stück Butter.

In dieser Nacht träumte ich von einem TV-Spot, in dem ich für ein Pulver namens »Schleim-Fraß« Werbung machte. Mindestens doppelt so dick, mit Vierfachkinn, strahlte ich dabei in die Kamera und säuselte: »Machen Sie es wie ich: Dreimal täglich, anstatt der Mahlzeiten, nehme ich einen der köstlichen Drinks von *Schleim-Fraß*. Die sättigen und schmecken. Alles Lebenswichtige ist gleich mit drin. Nur auf diese Weise ist es mir gelungen, in zwanzig Wochen zweihundertfünfzig Gramm abzunehmen, so viel wie ein ganzes Stück Butter! Ich war Deutschlands dickster Showmaster, heute sehe ich mich wieder gerne im Spiegel an. Mein Erfolg bei Frauen gibt mir recht. *Schleim-Fraß* sei Dank!« Drei fettleibige Elfen umrundeten mich dann in weißen durchsichtigen Gewändern, tätschelten mir den Bauch und flüsterten begierig: »Sei mein Moppelchen!«

Ich schrak aus meinem Traum auf. Neben mir saß Suzanne, die mich am Bauch rüttelte. »Moppelchen, ist alles in Ordnung? Du stöhnst so.«

»Ich hab nur schlecht geträumt.«

»Was denn?«, wollte sie mitfühlend wissen.

»Och, hab ich vergessen.«

Suzanne hatte schon ihre knappen Sportklamotten an und wollte sich auf den Weg zum täglichen Joggen im Tiergarten machen.

»Warte, ich laufe mit!«

»Was ist denn mit dir los?«, fragte sie wirklich erstaunt. Ich begleitete sie allenfalls mal auf dem Fahrrad. Am Anfang unserer Beziehung hatte ich einmal probiert, laufend mit ihr mitzuhalten, hatte aber bald mit stechender Lunge aufgeben müssen. Die Ausschüttung der Glückshormone, von denen Suzanne immer schwärmte – ich habe sie nie erlebt. Nur Muskelkater.

Ich zog meinen Trainingsanzug an, fand sogar meine Turnschuhe und folgte Suzanne in den schon herbstlichen Stadtpark. Ich war guten Willens, konnte aber nicht ansatzweise mithalten. Als sie zum wiederholten Male kehrtmachte, um wieder mit mir auf einer Höhe zu laufen, täuschte ich vor, mit dem Fuß umgeknickt zu sein. Sie solle ihr gewohntes Pensum heute ruhig ohne mich absolvieren. Sowie sie hinter der nächsten Biegung entschwunden war, keuchte ich heimwärts.

Suzanne kam vollkommen beschwingt nach Hause. Frische Brötchen hatte sie auch noch geholt. Diesmal schmierte ich keine Butter unter die Marmelade.

Kurz darauf klingelte das Telefon. Eine Reporterin wollte von uns beiden wissen, wie wir uns so fit hielten, eine dieser unsinnigen Promiumfragen. Wir wurden besonders gern angerufen; zwei Stars unter einer Telefonnummer, also zwei Fliegen mit einer Klappe, das spart Zeit.

Suzanne gab brav Antwort: »In unseren aufreibenden Jobs brauchen wir beide einen Ausgleich für Körper und Seele. Ich jogge, soweit es meine Filmarbeiten erlauben und ich nicht schon um fünf in der Maske sitze. Und Peter fährt täglich Rad. Irgendwann macht der noch mal die Tour de France mit.«

»Ach, ist das wirklich ein Ziel von ihm? Das sieht man ihm gar nicht an!«, vernahm ich aus dem Lautsprecher des Telefons.

Suzanne neckisch: »Sie sollten mal seine Beine sehen. Alles Muskeln. Aber die Tour de France war natürlich nicht wörtlich gemeint.«

»Kann ich es trotzdem schreiben? Das wär was für unsere Leser.«

Ich übernahm den Hörer: »Nein, nein, das schreiben Sie bitte nicht.«

2

Am nächsten Tag hatte ich wieder Sendung. Am schwarzen Brett der Redaktion hing eine Collage: Ein sehr unvorteilhaftes Bild von mir, von schräg unten fotografiert, montiert auf ein hingekritzeltes Fahrrad mit zwei platten Reifen. Daneben ein Zeitungsausschnitt, in dem die Aussage, ich wolle unbedingt mal bei der Tour de France mitfahren, rot eingekreist war. Ich lächelte über den »gelungenen Scherz« und kam mir dabei verlogen vor wie ein Oscar-Nominierter, der strahlend die Auszeichnung des Konkurrenten beklatscht. Sobald ich allein war, riss ich die hässliche Fotomontage vom Brett und zerknüllte sie.

Ich hatte nicht viel Zeit, mich zu ärgern. Meine Sendung brauchte einiges an Vorbereitung. Moderationen für die Filmbeiträge mussten geschrieben werden, und vor allem die Interviews wollten durchdacht sein. Höchstens fünf Minuten hat man bei den Privaten für ein Gespräch, da ist es nicht leicht, alles unterzubringen. Besonders bei Politikern muss man auf der Hut sein, sonst kommen nur die ewig gleichen Floskeln. Zu jedem Talkthema sammelte ich Informationen, um meine Gespräche frei führen zu können. Lena Tischler ließ sich ihre Fragen meist von den Redakteuren schreiben, schielte dann vor der Kamera auf ihre Notizkarten. Die Zuschauer schien das nicht zu stören. Auch bei den Anmoderationen verließ sie sich auf die Vorschläge der Filmemacher, übernahm sie eins zu eins auf den Teleprompter, von dem sie – immerhin fehlerfrei – ablas. Meinem Berufsethos widersprach so etwas.

Die Sendung erforderte meine volle Konzentration. Die Gesundheitsministerin war eingeladen. Ich sollte sie möglichst kritisch zur Gesundheitsreform befragen. Um das Gespräch aufzulockern, wollten wir unseren Gast spontan bitten, Erste-Hilfe-Griffe zu demonstrieren. Ein Dummy wurde dafür bereitgelegt. Durch diesen Aktionsteil konnten wir der Ministerin sogar zwei Blöcke à fünf Minuten einräumen.

Außerdem waren Filmberichte über Hundekämpfe in Zuhälterkreisen, den Mitmachzwang bei albernen Spielchen in Ferienclubs, die Exhibitionistenhomepage eines ewig sextreibenden Pärchens im Internet, Diebstähle des Personals eines Altenheimes – mit versteckter Kamera gefilmt – sowie das Portrait eines autistischen Lyrikers vorgesehen.

Ein weiterer Studiogast war die mittlerweile neunzigjährige Gertrud Maikel, eine Schauspiellegende, die vor Bösartigkeit nur so strotzte. Eigentlich sollte sie schon eine Woche zuvor, anlässlich ihres runden Geburtstages, ins Studio kommen, aber die Produktion wusste, dass Lena bei dieser Beißziege chancenlos gewesen wäre. Bei einem Promi-Event stellte ihr meine Kollegin einmal eine Frage und wurde derart feindselig abgebürstet, dass sie vor laufender Kamera in Tränen ausbrach.

Die Sendung versprach also, nicht ganz leicht zu werden, aber die bunte Mischung war vielversprechend und, noch wichtiger, sie brachte Quote.

Nach der Redaktionssitzung zog ich mich in meine Garderobe zurück. Ich sichtete zum wiederholten Male meine Unterlagen. An Essen war nicht zu denken, die Aufnahmeleitung stellte mir einen Teller mit Obst hin, das reichte. Vielleicht würden sich meine Figurprobleme mit einer täglichen Sendung in Luft auflösen?

Die Tür ging auf, ohne dass jemand vorher angeklopft hatte. Natürlich, Knetke! »Peter, ich wollte dir nur sagen, dass heute Kugler zusieht, es geht um deine Vertragsverlängerung. Also sei brillant, hörst du?«

»Ich geb mein Bestes!«

Das tat ich sowieso, schließlich konnte Kugler immer zusehen.

Vor der Live-Sendung um neun telefonierte ich normalerweise kurz mit Suzanne. Diesmal war sie weder zu Hause noch auf ihrem Handy zu erreichen. So gab ich erst unserem Anrufbeantworter, dann ihrer Mail-Box einen dicken Kuss.

Wann haben wir uns eigentlich das letzte Mal so richtig geküsst, ging es mir durch den Kopf? Von weitergehenden Aktivitäten ganz abgesehen. Gut, Suzanne war derzeit sehr gefragt, spielte eine (viel zu junge) Chefärztin in der Serie *Sankt-Pauli-Klinik* und war deshalb oft in Hamburg. Vielleicht sollten wir mal wieder einen Verwöhntag für uns einlegen. An diesem Tag bestimmte einer für beide das Programm. Im Mai waren wir zum Beispiel in einer Foto-Ausstellung von Leni Riefenstahl (und bekamen uns derenthalben in die Haare), nahmen einen Espresso im *Café Einstein*, sahen »Eugen Onegin« in der Oper und gingen danach ins überteuerte *Pfau* essen. Vollkommen übermüdet schliefen wir, nach einem heftigen Kuss, Arm in Arm ein.

Ja, den letzten Verwöhntag zelebrierten wir im Mai, mittlerweile war schon wieder Anfang Oktober! Ich nahm mir ganz fest vor, noch heute mit Suzanne den nächsten gemeinsamen freien Tag abzuklären. Eine Schande eigentlich, dass sich bei uns schon nach dreieinhalb Jahren eine gewisse Bequemlichkeit eingeschlichen hatte. Den Alltag gemeinsam bestehen zu können, hat etwas für sich, aber sich mit Unalltäglichem überraschen, damit sollte man nie aufhören.

Ich kam nicht dazu, mir weitere Gedanken zu machen. Ich musste noch mal in die Maske, kämpfte dort unter Unmengen von Haarspray gegen den Tod durch Ersticken. Gerade, als ich meinen obligatorischen Hustenanfall hatte, nahm die noch sehr bewegliche Gertrud Maikel auf dem Stuhl neben mir Platz.

»Wenn Sie Tuberkulose haben, müssen Sie die Sendung ohne mich machen«, lautete ihre herzliche Begrüßung.

Ich sprang sofort auf, reichte ihr die Hand, die sie in der Luft verhungern ließ – »Wollen Sie mich anstecken? Das wäre dann bestimmt meine letzte Krankheit!« – und stellte mich, ganz wohlerzogener großer Junge, vor und fügte hinzu, wie sehr ich mich auf unser Gespräch in der Sendung freue.

Sie würdigte mich keines Blickes. Der war auf sie selbst im Spiegel gerichtet. Sie zischte durch ihre sicher schon fünften Zähne: »Die Freude ist einseitig. Dieses ganze Getue um meinen Geburtstag ist mir zuwider.« (Warum gab sie dann heute ihr hundertstes Interview zu diesem Anlass?) »Alt werden ist kein Verdienst.«

Beim letzten Wort sprühte eine Fontäne Speichelflüssigkeit auf den Spiegel.

»Aber mit neunzig noch so jung zu wirken, das ist doch ein Verdienst«, probierte ich, gut Wetter zu machen.

Immerhin erntete dieser Ausspruch einen Blick von ihr. Für einen kurzen Moment hatte ich sie auf meiner Seite. Es sollte der letzte gewesen sein!

Knetke rollte herein. Die Gesundheitsministerin stecke noch im Stau, käme aber auf jeden Fall. Wir müssten vielleicht die Reihenfolge der Beiträge ändern.

Das nahm ich zum Anlass, mich zu verdrücken.

Vor dem Studio hatte sich schon wieder eine treue Fangemeinde versammelt. Manche waren schon zum hundertfünfzigsten Mal da und fühlten sich wie meine Maskottchen. Sie galt es, besonders freundlich zu begrüßen. Frau Lehmann, Frau Kazsmarek und Herr Brösicke baten auch diesmal wieder um ein gemeinsames Foto mit mir. In der Hand hielten sie eine Bild-Zeitung, mit dem Finger zeigten alle auf das Datum des Tages. Alle zwei Wochen dasselbe Spiel. Zu Weihnachten bekam ich Jahr für Jahr die Fotos des Jahres, zur »Erinnerung an gemeinsame schöne Zeiten«. Als besonderes Bonbon wurden mir auch Fotografien mit Lehmann, Kazsmarek und Brösicke beigelegt, wie sie gerade einzelne meiner Gäste umzingelt hatten und freundschaftlich umarmten. Auf das Bild mit der Maikel freute ich mich schon ...

Es ist nie angenehm, wenn sich in einer Live-Sendung der geplante rote Faden verändert. Knetke versicherte mir jovial, wie froh er sei, dass die Ministerin gerade heute im Stau stecke, nicht bei einer von Lenas moderierten Sendungen. Die Regieassistentin, ewig Kaugummi kauend, immer in derselben Jeans-Jacke, egal bei welchen Temperaturen, würde mir den jeweils kommenden Beitrag mittels großer Papptafeln anzeigen.

»Sollte die Gesunde überhaupt nicht kommen, hast du mehr Zeit für die Maikel. Die ist heute gut drauf, richtig angriffslustig!«, scherzte Knetke.

Ich ordnete meine Moderationsspickzettel, die ich während der Einspielfilme kurz durchlas, in der geplanten Reihenfolge. Sie kamen in die linke Jackettinnentasche, nach Gebrauch dann in die rechte.

Um zehn vor neun musste ich das Studiopublikum begrüßen, ihm ein paar Applause abverlangen, scherzen und den Ablauf meiner Fernsehsendung erklären. (»Nein, während der Live-Teile im Studio bitte nicht aufs Klo gehen.«) Einerseits hasste ich das immergleiche Warm-up, andererseits gab es mir auch ein Gefühl fürs Publikum. Von Thomas Gottschalk hatte ich mir abgeschaut, wie man seinen Auftrittsapplaus inszeniert: »Also, wenn ich rauskomme, sind Sie bitte alle glücklich, mich zu sehen, was Sie ruhig in tosendem Applaus zeigen dürfen. Gut, wenn Sie wollen, ist auch heftiges Trampeln erlaubt. Wenn ich dann mit den Händen bescheiden abwinke, das kommt gut über den Bildschirm, achten Sie bitte bloß nicht auf mich. Applaudieren Sie begeistert weiter.«

Schon dafür erntete auch ich jedes Mal Applaus.

21 Uhr, die Erkennungsmelodie der *On-Air-Show* lief, die Ministerin war noch nicht da, und ich hatte meinen stürmisch gefeierten Auftritt. In meiner Begrüßung erzählte ich, was die Zuschauer erwarte und dass die Gesundheitsministerin noch im Stau stecke. »Vielleicht hätte ich mir lieber den Verkehrsminister einladen sollen!?« Lachen, Klatschen, auch ohne dass die Applauslampe das Studiopublikum dazu aufgefordert hatte.

Zu meinem Erstaunen hielt die Regieassistentin, während eine Kaugummiblase in ihrem Gesicht zerplatzte, die Pappe in der Hand, auf der groß das Wort »Autist« stand. Dieser Filmbericht sollte eigentlich zwischen die beiden Gesprächsteile mit der Ministerin gesetzt werden, sodass sie zu diesem Thema noch Stellung nehmen konnte. Für sich allein ist ein schreibender Autist nicht gerade ein Quotenbringer. Sein Verlag hatte uns sogar allen Ernstes empfohlen, den Poeten ins Studio einzuladen, nur, wie hätte ich mit ihm reden sollen?

Ich sagte trotzdem den Autisten-Beitrag an. Eingespielt wurde der eigentlich vorgesehene Filmbeitrag über die Hundekämpfe in Zuhälterkreisen.

Eine weitere Kaugummiblase zerplatzte im Gesicht der Regieassistentin und hinterließ diesmal Spuren, als sie die Masse wieder in den Mund sog. Ansonsten stand sie ziemlich unbeweglich, mit der Pappe in der Hand, da. Durch den Lautsprecher ertönte die Stimme des Regisseurs, für jeden gut hörbar. »Sander, was ist in dich gefahren? Bist du bescheuert?«

Ich versuchte, die Contenance zu bewahren. »Hey, ihr habt mir den falschen Film angezeigt. Da, Cleo hält immer noch ›Autist‹ hoch!«

Nun hörte die Regieassistentin einmal auf zu kauen: »Wat mach ick? Ej, ick halte diese Scheißkarten nur, bis mir eener sacht, wat ick hochhalten soll. Sieht dit etwa aus, als würde ick wat hochhalten? Ej, wenn der'n Ding an der Omme hat, denn soll er dit nich uf mir abwälzen. Ist ja echt voll Ghetto, Mann!«

Ein lesbisches Pärchen im Studio-Publikum applaudierte.

Feinde konnte ich nun gar nicht gebrauchen. Ich musste mich konzentrieren. »Ich krieg das schon wieder hin«, versicherte ich, innerlich gar nicht so sicher.

In den Kulissen sah ich die missmutig dreinblickende Maikel. Sie schüttelte langsam den Kopf.

Und schon war ich wieder live auf dem Bildschirm. Trotz des Applaus-Schildes gab es nur ein Geraune im Saal. »Sehen Sie, meine Damen und Herren, das ist live. Keine Sorge, zu unserem autistischen Dichter kommen wir schon noch. Was Sie eben sahen, war ein erschütternder Bericht über Unmenschen, die ihre Hunde zu Kampfmaschinen erziehen. Wie sagte eine der Kiezgrößen: ›Das ist wie bei uns. Der Stärkste besteht, die anderen gehen eben drauf.‹ Und vollkommen unbeweglich ...« (mein Blick ging unwillkürlich zur Regieassistentin) »... sah er dabei zu, wie sein Hund von einem anderen zerfleischt wurde. Auf unsere Nachfrage, ob ihn das Schicksal seines Tieres nicht doch berührt, antwortete er uns ohne Kamera: ›Der Hund hatte es nicht besser verdient, der war sein Fressen nicht wert!‹ Wie bei unseren Recherchen herauskam, werden diesen Kampfhunden immer wieder Anabolika ins Futter gemengt. Tja, und wenn irgendwo wieder ein Mensch von diesen blutgierigen Monstern – ich spreche von den gequälten Hunden – angegriffen wird, werden die Hunde eingeschläfert. »Die *Hunde*!«, sagte ich bedeutungsschwanger.

Wie ging es weiter? Was sollte jetzt eigentlich kommen?

Manchmal war wirklich der Wurm drin. Die Maikel setzte sich gerade einen ihrer tuffigen Hüte auf. Cleo hielt immer noch das Schild »Autist«. Sollte ich das erste Mal meine Spickzettel vor laufender Kamera zücken?

»Nun zu einem anderen Thema ...«

Die nächste Kaugummiblase zerplatze. Cleo, diese blöde Kuh, hatte sicher was mit Knetke. Das Gerücht hielt sich schon ein halbes Jahr sehr hartnäckig, wieso darf diese Person sonst ein Studio betreten?

»Auch dieses Thema wird Sie interessieren!«, wiederholte ich mich mit einem flehenden Blick zur Regieassistentin. Sie hatte immerhin eine Sprechverbindung mit dem Regieraum, bekam den jeweils nächsten Programmpunkt angesagt. Endlich sah sie mich an. Sie hob die Hand, um mir anzuzeigen, dass ich nur noch eine halbe Minute Redezeit habe. Eine halbe Minute vor der Kamera, wenn man nicht weiß, worüber man reden soll, kann verdammt lang sein.

Da sah ich, wie unser Studioaufnahmeleiter mit der Maikel sprach und in meine Richtung zeigte.

Erleichtert nahm ich meinen roten Faden wieder auf: »Was sag ich *Thema*, diese *Frau* wird Sie interessieren. Gerade feierte sie ihren neunzigsten Geburtstag. Heute wollen wir ihr entlocken, wie sie sich die ewige Jugend bewahrt hat. Eine Dame, die mit ihrer Vitalität ein Vorbild für uns alle ist. Gertrud Maikel!«

Der Aufnahmeleiter schüttelte den Kopf und hielt die Maikel zurück.

»... Gertrud Maikel ist heute unser Gast«, erwähnte ich etwas schwammig, mich ja nicht festlegen wollend. Dabei kramte ich meine Spickzettel hervor. In diesem Moment ertönte die Unterbrechungsmelodie von der Werbung.

Ich hätte im Boden versinken können.

Nach dem ersten Programmpunkt kam immer die erste Werbeunterbrechung. Das war schon immer so, das würde immer so bleiben. Da hätten mir auch meine Spickzettel nicht geholfen.

Die Maikel ging kopfschüttelnd, ein abfälliges seufzendes »Na ja« hervorkauend, an mir vorbei.

»Sie sind gleich dran«, probierte ich sie aufzuhalten. »Wo wollen Sie denn hin?«

Sie hielt kurz inne. »Folgen Sie mir ja nicht aufs Damenklo. Sollten Sie weitere Fragen haben, wenden Sie sich an Ihren Aufnahmeleiter, der erklärt Ihnen die Sendung.«

In dem Moment stand schon der Regisseur vor mir und keifte: »Hast du getrunken?«

»Ich trinke keinen Alkohol, das weißt du.«

»Heute hast du Grund, dich zu besaufen«, bellte Knetke, der neben dem Regisseur ankam. »Kugler sieht zu! Was meinst du, wie dein nächster Vertrag aussehen wird?«

Der Regisseur sprach plötzlich ganz sanft auf mich ein: »Hast du Probleme mit Suzanne? Brauchst du mal eine Auszeit?«

»NEIN!«, schrie ich fast auf. »Aber vielleicht haltet ihr einfach mal über Cleo Kontakt mit mir, damit ich weiß, was als Nächstes drankommt!«

»Wenn du eine Auszeit brauchst, kann Lena auch mal vier Wochen am Stück moderieren. Das hast du für sie auch schon getan«, säuselte mein Regisseur verständnisvoll.

Knetke wurde unangenehm: »Die Sendung läuft wie geplant, solange du von uns kein anderes Signal bekommst. Leg dir einen

Ablaufplan hin, wenn du es dir anders nicht merken kannst. Wir haben dir immer den Teleprompter angeboten, so billig ist das Ding nicht, nutze ihn gefälligst!«

Dann rief er Cleo heran: »Zeige dem Herrn ...«, an dieser Stelle räusperte er sich, »... *Moderator* bitte, was als Nächstes drankommt.« Klar, die beiden mussten ein Paar sein!

»Uff'm Plan steht ›Ferienclubs‹, dann ›Erste Hilfe‹. Kannste wat damit anfang'n?«

»Ist die Ministerin denn schon da?«, fragte ich hoffnungsfroh.

Cleo zuckte die Schultern, der Regisseur darauf ebenso und Knetke sagte: »Eins nach dem anderen.«

»Und was mach ich, wenn sie nicht rechtzeitig erscheint?«

»Dann ziehen wir den Autisten oder die Maikel vor.«

»Wozu hab ick eijentlich die Pappen jemalt« stöhnte Cleo Kaugummi schmatzend.

Ein unsäglicher Redakteur kam mit mehreren Faxen rein. »Die Telefone stehen nicht mehr still. Im Internet überschlägt man sich.« An mich gewandt: »Die Leute fragen, ob du tatsächlich dafür bist, Menschen einzuschläfern. Andere wollen dich unterstützen, sind auch für die Todesstrafe!«

Die Maikel ging zu ihrem Auftritt zurück. Der Aufnahmeleiter fuchtelte mit den Armen: »Noch sechzig Sekunden, Herrschaften, nehmen Sie bitte wieder Ihre Plätze ein.«

Während sich alle auf ihren Weg machten, raunte mir mein Regisseur noch einmal zu: »Wegen der Auszeit reden wir noch mal!«

»Noch zehn Sekunden! Neun, acht, sieben, sechs ...«

Die Maske tupfte mir den Schweiß von der Stirn, obwohl ich sonst nie schwitzte.

Immerhin: Lehmann, Kazsmarek und Brösicke klatschten und trampelten neben ein paar anderen Zuschauern.

»Und da sind wir wieder mit der *On-Air-Show, Da liegt was in der Luft*. Gertrud Maikel habe ich Ihnen schon angekündigt. Doch zuerst einmal freue ich mich über die vielen Reaktionen, Ihre bewegenden Anrufe. Unsere Sendung ist ja dafür bekannt, immer wieder neue Diskussionen anzufachen. Natürlich sind wir nicht für die Todesstrafe! Man sollte die Kampfhundehalter nicht einschläfern, aber, verdammt noch mal, zur Verantwortung ziehen«, echauffierte ich mich telegen.

Der Applaus im Studio gab mir recht.

Cleo hielt mitten in der Bildung einer erneuten Kaugummiblase inne, man sah, dass sie sich auf ihren Kopfhörer konzentrierte und mir, nach Anweisung, eher unwillig ein Daumen-nach-oben-Zeichen gab.

»Sollten Sie weitere Fragen oder Anregungen zu diesem Thema haben, so faxen Sie uns, die Nummer wird gleich eingeblendet«, bestimmte ich mutig. »Natürlich erreichen Sie uns auch per E-Mail: *onairshow@A.I.R.de.*«

Da, bitte, die Zusammenarbeit klappte, auf dem Monitor wurden unsere Kontaktdaten eingeblendet.

Ich durchschritt das Studio bis zum Stehpult, lehnte mich rechts auf dasselbe und blickte in eine andere Kamera. Das zeigt Regie und Zuschauern einen Themenwechsel an.

»Die schönste Zeit des Jahres ist weder Frühling, Sommer, Herbst noch Winter, sondern die Urlaubszeit. Da wollen viele mal so richtig abschalten und damit in Ruhe auftanken für den harten Arbeitsalltag. Drum seien Sie bei Ihrer Reisebuchung vorsichtig und vergewissern Sie sich, dass Ihr Hotel wirklich Ruhe verspricht. Wenn Sie nur am Pool liegen wollen, achten Sie darauf, dass ja kein Animations-Programm angeboten wird. Wir zeigen Ihnen, wie leicht der Mitmachzwang bei irgendwelchen albernen Spielchen greift und jegliche Erholung zunichte macht.« Bedeutungsvolle Schwere lag zum Schluss in meiner Stimme, und mein Blick verharrte, bis der Einspieler anlief. So. Diese Hürde war geschafft.

»Na also, geht doch«, ertönte Knetkes joviale Stimme durchs Studio.

»Na ja«, vernahm ich skeptisch die Maikel.

Ich erlaubte mir zu fragen: »Ist die Ministerin inzwi...?«

»Nee«, wurde ich von Cleo unterbrochen. »Dit sag ick dir dann schon.«

Fast wäre ihr der Kaugummi aus dem Mund geschossen. Ich

konnte nicht umhin zu bemerken, dass das Essen im Studio strengstens untersagt ist.

Das ließ Cleo unbeeindruckt. »Ich kaue nur. Erst wenn ick dit Ding schlucke, kannste dir uffregen.«

Ich schaute auf meine Spickzettel. »Regie, als Nächstes waren die Erste-Hilfe-Griffe vorgesehen!?«

Keine Reaktion.

»Hallo, hört ihr mich?«

Wenig höflich, trotz des mithörenden Publikums, rief Knetke, unter Rückkoppelungspfeifen, durch den Lautsprecher: »Wir sind ja nicht taub!«

Nachdem darauf wieder eine Weile nichts zu hören war, erlaubte ich mir ein fragendes: »... und?«

Im Regieraum hatte man sich eine Entscheidung abgerungen. »Wir machen mit der Jubilarin, Frau Maikel, weiter. Aufnahmeleitung, bitte alles vorbereiten. Noch zwei Minuten.«

Das Publikum beobachtete mich, fand das Pausengeschehen anscheinend spannender als den Beitrag, der gerade lief. Darin wurde eben der Fall eines Ehepaares geschildert, das nach dem Urlaub Geld von seinem Reiseveranstalter einklagte, da es sich von Animateuren ständig zum Mitmachen bei der täglichen Wassergymnastik, den bunten Abendprogrammen und Safari-Touren genötigt fühlte. Der Urlaub sei eine einzige Last gewesen, beide seien seitdem in psychologischer Behandlung.

Plötzlich knackte es hörbar in den Studioboxen, mehrfach. Irgendjemand hatte sich auf den Sprecherknopf der Regie gesetzt. Lautes Papierrascheln war zu vernehmen, dann einige Wortfetzen und plötzlich – ganz deutlich – wollte mein Regisseur wissen: »Welcher Arsch hat eigentlich die alte Kuh eingeladen? Die ist doch schon überall durch, und wir sind die Letzten. Passt bloß auf, dass wir bei der nicht Erste Hilfe leisten müssen!«

Dann hörten alle Knetkes Lache: »Ha! Das gäbe aber mal richtig Quote!«

Der Aufnahmeleiter zeigte unterdessen Gertrud Maikel ihren Platz für unser Interview. Sie hielt nur für den Bruchteil einer

Sekunde in ihrem Gang zu unserem Sofa inne, verstaute dann geschäftig eine Locke unter ihrem Hut und setzte sich hin.

Ich versuchte noch, das Schlimmste zu verhindern: »Hallo, Regie! Ich muss mich konzentrieren, schaltet doch mal euer Mikro aus«, schrie ich fast.

Die Reaktion war ein »Scheiße!«, dann knackte es hektisch.

In diesem Moment setzte irgendein stoischer Requisiteur den Dummy, der eigentlich jetzt für das Gespräch mit der Ministerin geplant war, auf den für mich vorgesehenen Platz neben Gertrud Maikel.

»Noch zehn, neun, acht ...«

»Urlaubsfreuden des einen sind oft die Urlaubsleiden des anderen«, sprach ich in eine Kamera, um mich dann in die nächste blickend umzudrehen und zu meinem Gast zu gehen. »Eine Frau scheint nie Urlaub zu machen, präsentiert sich uns aber immer in Höchstform. Begrüßen Sie bitte ganz herzlich: Die Schauspielerin Gertrud Maikel.«

Ich setzte mich auf die Seitenlehne des Sofas, zwischen mir und Gedrud Maikel saß nun der Erste-Hilfe-Dummy. Das Applaus-Schild blinkte wild, und die Zuschauer im Saal klatschten mehr als üblich. Die Augen der Maikel waren für mich unter ihrer Hutkrempe versteckt.

»Frau Maikel, Sie wurden oft als die ›Mutter der Nation‹ tituliert. Wurden Sie eigentlich jemals am Muttertag dafür geehrt?«, begann ich mit dem Interview.

Langsam hob sich ihr Kopf, und ich sah den feindseligen Ausdruck in ihrem Gesicht. »Diese Frage ist Schwachsinn. Ich habe mich immer gegen diesen Titel gewehrt. Wer will schon Mutter dieser Nation sein? *Kritikerin dieser Nation*, das würde ich mir gefallen lassen.«

Schon hatte sie mein gesamtes Fragen-Konzept über den Haufen geworfen. »Sie sind ja für Ihre freimütige Kritik bekannt«, leitete ich zu meiner nächsten Frage über, »was erregt Ihre Kritik derzeit am meisten?«

»Ein unvorbereiteter Moderator.«

Das saß! Mein Gehirn schickte an alle Gesichtsmuskeln den Befehl, ja nicht das freundliche Lächeln zu verlieren. »Meinen Sie etwa mich damit?« Lächeln!

»Nein, den anderen Pappkopf neben Ihnen.«

»Liebe Frau Maikel ...«

»Warum sollte ich lieb zu Ihnen sein?«, schnitt sie mir im Luftholen das Wort ab.

»Werte Frau Maikel«, setzte ich erneut an, nur um wieder von ihr unterbrochen zu werden: »Was bin ich Ihnen denn wert?«

Wenn es um einen Schlagabtausch gehen soll, lass ich mich nicht lumpen: »Okay. Frau Maikel, ...« – na also, mal keine Unterbrechung – »... ich habe mich sogar sehr gut auf Sie vorbereitet und weiß daher, dass man die Interviews mit Ihnen nicht vorausplanen kann. Gerade das finde ich so spannend.«

Einige im Publikum waren auf meiner Seite, das spürte ich. Wieder hob sich ihr Hut: »So?« und mit einer Geringschätzigkeit in Richtung der Zuschauertribüne: »Na ja.«

»Ihre Streitlust ist bekannt. Ist Lust überhaupt ein Thema in Ihrem Leben gewesen?«, fragte ich wenig prägnant.

Jetzt weiteten sich ihre Augen, ich hatte das Gefühl, ihre Zähne schoben sich vor und zurück, bevor sie mich genau fixierte. »Wollen Sie eine neunzigjährige Dame tatsächlich nach ihrem Sexleben fragen? Sind Sie wirklich so geschmacklos?«

Das Lesbenpärchen applaudierte.

Ich ruderte nach einem Ausweg: »Nein, so habe ich die Frage gar nicht gemeint.«

Dabei war diese Ziege unter Kollegen dafür bekannt, dass sie nie im Leben etwas hatte anbrennen lassen.

»Lust heißt ja auch Genuss. Sind Sie ein Genussmensch?«

»Was soll das sein? Jemand, der sich im Suff verliert? Oder sich vollfrisst?«

»Man muss sich ja nicht gleich vollfressen, wenn man Spaß am Essen hat. Ich kann ein gutes Essen genießen«, formulierte ich einlenkend.

»Das sieht man!«, warf sie ein. Irgendein Trottel drückte in dem Moment auf die Applaus-Taste. Fröhliches Gejohle im Saal zerbröselte mein Selbstbewusstsein.

Während ich unauffällig meinen Bauch einzog, da ich im Studiomonitor sah, wie die Kamera gerade auf diese meine Körperregion zoomte, versuchte ich endlich, doch einen Punkt bei meinem Studiogast zu landen: »Mit neunzig sind Sie noch derart beweglich, ich meine, Körper und Geist haben so eine erfrischende, ansteckende Art, da könnte sich manch Jüngerer eine Scheibe davon abschneiden ...«

Ihre Antwort – ein »Ähüm!« –, das sah jeder, war auf mich gemünzt. Doch ich ließ mich nicht aus der Ruhe bringen. »Gibt es ein Rezept für eine Vitalität bis ins hohe Alter? Hält Sie Ihr Kampfgeist so jung?«

Mit viel Spuckepartikelchen in der Luft artikulierte sie zischelnd: »Ich mag keine Schleimer, das war schon immer so. Aus meinem Herzen habe ich nie eine Mördergrube gemacht. Ich habe gesagt, was ich denke, musste mich darum nicht länger damit belasten.«

Sie lenkte ihren Blick auf den Dummy zwischen uns. »Ich habe gehört, Sie wollen mit mir Erste-Hilfe-Griffe üben. Woran denken Sie da? An Wiederbelebungsversuche?«

Da hatte sie nun wirklich etwas in den falschen Hals bekommen.

»Liebe Frau Mai...« – ihre hochgezogene Augenbraue unterbrach mich – »Ähm, Frau Maikel. Es wird heute hoffentlich noch zu den Erste-Hilfe-Griffen kommen, ... aber nicht bei Ihnen. Die soll uns aber unsere Gesundheitsministerin vorführen, die leider noch nicht bei uns im Studio eingetroffen ist.«

Ein Luftbefeuchter war gar nichts gegen die Schauspiellegende neben mir: »Wenn Sie sich wirklich vorbereitet haben, wissen Sie ja, dass ich immer Tabletten dabeihabe, um mein Leben selbstbestimmt zu beenden. Sollten Sie bei mir eine Mund-zu-Mund-Beatmung ansetzen, würde ich diese augenblicklich schlucken. Alle!«

Lachen im Saal.

»Keine Sorge«, sagte ich, »ich würde Ihnen keine Mund-zu-Mund-Beatmung geben.«

Oh Gott.

Was hatte ich gesagt?

Aber gesagt ist gesagt in einer Live-Sendung.

Schnell setzte ich einen scherzhaften Rettungsversuch hinzu: »Es ist ja bekannt: Wenn Sie eine Kobra beißt, stirbt sie an Ihrem Gift!«

Ohne Ankündigung spielte die Regie den Autisten-Beitrag ein.

In null komma nichts war ein Großteil des Teams um uns versammelt: Redakteure, Regie, Knetke und selbst Cleo schirmten uns gegen das Publikum und die zwei Studiofotografen ab. Mein Regisseur log ziemlich ungeschickt, indem er der Maikel erzählte, die Leute, die vorher über die Mithöranlage gesprochen hätten, seien schon fristlos entlassen. Dabei zupfte er immer wieder hilfesuchend am Ärmel von Knetke. Der brachte bloß noch ein unterstützendes »Ja, so isses!« hervor, während er auf seinen Schuhsohlen auf und ab wippte. Gertrud Maikel, den Durchblick bewahrend, ließ die beiden zappeln, gab keine Erwiderung.

Obwohl absolutes Rauchverbot im Studio galt, hielten alle drei Redakteure glimmende Zigaretten in den Händen. Sie sahen mich an, als hätte ich gerade jemanden vor ihren Augen gemeuchelt. Alle in schwarz gekleidet, der Farbe der Kreativen, die für ein buntes Programm zu sorgen haben. Sie blickten verzweifelt, waren aber unfähig, Worte zu vollständigen Sätzen zu formulieren. Ich erhob mich, Angriff ist die beste Verteidigung, und fragte nach der Ankunft der Ministerin. Nun redeten alle auf einmal, und den Wortkaskaden war zu entnehmen, dass eigentlich niemand etwas wusste. Die Maikel hüstelte laut vernehmlich, schon war ein Wachmann da und verlangte, dass die Glimmstängel ausgemacht würden. Als Dank für seine Hilfe gab Gertrud Maikel bereitwillig ein Autogramm »für die Tochter«. Sie schien sich bestens zu amüsieren.

Ich kam mir ein wenig wie im Zoo vor. Das Studiopublikum starrte uns gespannt, fast atemlos, an.

Irgendjemand tippte mir forsch auf die Schulter, war kaum abzuschütteln. »Was ist denn?«

Der Aufnahmeleiter schrie in die augenblicklich fast gespenstische Stille: »Noch sechzig, nein, dreißig, was sag ich, noch Sekunden!!! Herrschaften, nehmen Sie bitte wieder Ihre Plätze ein!«

Wäre die Situation nicht ganz so verfahren gewesen, hätte ich das Auseinanderstieben meiner Kollegen mit Humor genommen. Aber so? Ich bekam gerade noch das Ende des Autisten-Beitrags mit, in dem die Mutter des Jungen dessen Hand auf der Computertastatur führte.

»... wenn der Tau in der Morgenröte verblasst, ergeht sich mein Herz trunken vor Wonne«, las eine säuselnde Stimme die Texte des Jungen vor. Schnitt: Die strahlende Mutter schob ihren abwesenden Sohn mit seinem Buch in der Hand ins Bild. Umschnitt ins Studio.

Meine Gedanken versuchten sich zu sammeln.

»Welch beachtliche Leistung«, hörte ich mich sagen. »Schon das Sprichwort sagt: Stille Wasser sind tief!«

Wie aus der Pistole geschossen (aus der Wasserpistole) erwischte es mich feucht im Nacken. Ihren Zähnen nachhechelnd sprühte es aus Maikels feindseligem Mund: »Sie sind niemals still!«

Das Lesbenpärchen applaudierte.

Ich setzte mich wieder auf die Lehne des Studiosofas, den Dummy bewusst als Schutzschild zwischen uns lassend. Als Schutzschild gegen die Maikel, denn ohne das ganze Kameraaufgebot hätte ich sie liebend gerne gewürgt.

»Wie Sie, liebe Zuschauer, sicher schon gemerkt haben: Bei der *On-Air-Show* liegt heute nicht nur was in der Luft, nein, heute brennt die Luft. Die Dame, deren Gedankenblitze zünden, ist die von Ihnen geschätzte lebende Legende Gertrud Maikel.«

Das Lesbenpärchen johlte nun auch noch begeistert.

Ich fuhr fort: »Frau Maikel, wie empfinden Sie, eine Frau, die so gut mit dem Wort, auch mit dem von anderen formulierten, umgehen kann, das, was der junge Autor geschrieben hat?«

Ich wusste ja, dass sie eigentlich nichts von dem Gedicht mitbekommen haben konnte. Höchstens die letzte Zeile.

Ihr Hutschmuck vibrierte. Dann hob sich ihr Kopf. Ich sah ihr an, dass nun ich dankbar sein musste, den Dummy zwischen uns zu haben. Zweimal klackten ihre falschen Zähne aggressiv aufeinander, dann sprühte sie wieder los: »Gerne hätte ich den jungen Mann kennengelernt, um feststellen ...« (zwei aufeinander folgende ›st‹ – für sie kaum aussprechbar) »... zu können, wie viel von dem Jungen und wie viel an diesem Buch von seiner Mutter stammt. Aber leider hörte ich, Sie hätten sich einem solchem Gespräch nicht gewachsen gefühlt.«

Ich hasste sie. Aber was viel schlimmer war: Sie hasste mich!

Mein Herz raste. Nie zuvor hatte ich physisch mein Herz gespürt, und nun raste es! Meine Knie wurden weich. Dabei saß ich gerade!

Punkt und Sieg für Maikel: »Und sagen Sie nicht, Herr Sander, das stimmt nicht. Ich habe mich auf diese Sendung vorbereitet, ließ mich von der Redaktion über alles unterrichten.«

Ich lächelte. Hoffentlich nicht zu eingefroren oder debil. »Ein Interview mit einem in sich gekehrten, autistischen Menschen hätte uns wahrscheinlich weniger gebracht, als mit Ihnen zu reden«, suchte ich Rettung.

»Der Autist hätte mir mehr gebracht, als mit Ihnen zu reden«, konterte sie.

Wie gerne hätte ich jetzt Lehmann, Kazsmarek und Brösicke um mich gehabt. Aber nein, wenn man seine Fans mal braucht, sitzen sie meterweit entfernt im Publikum.

»Warum sind Sie eigentlich heute in die *On-Air-Show* gekommen?«

»Erstens wurde ich eingeladen, und zweitens interessiert mich die Gesundheitsministerin. Wie steht die zur aktiven Sterbehilfe?«

Wenn ich mir auch noch nie Gedanken zu diesem Thema gemacht hatte, ab heute war ich für die aktive Sterbehilfe. Wenigstens in einem Fall. Gerne auch ohne Einwilligung der Betroffenen.

Cleo hielt, Kaugummi zerplatzen lassend, ein Schild hoch: »Werbung«! Noch nie war sie mir so sympathisch gewesen.

Erleichtert sprach ich in die Kamera: »Aktiv und hilfreich, so ist sie, die *noch* lebende Schauspiel-Legende Gertrud Maikel. Freuen Sie sich auf einen weiteren Schlagabtausch, vielleicht sogar mit unserer Gesundheitsministerin. Außerdem haben wir für Sie folgende Themen vorbereitet: Die Exhibitionistenhomepage eines Altenheimes und die versteckte Kamera eines ewig sextreibenden ... nein ...« – Was redete ich denn da? – »Im Altersheim sind Sie vor Diebstählen nicht mehr sicher, und wer treibt denn was im Internet? Genau, so rum. Nun müssen wir etwas Geld verdienen mit der Werbung, bleiben Sie dran.«

Meine Kleidung klebte am Körper, total durchgeschwitzt. Ein Tropfen lief an der Innenseite meiner Brille herunter. Oder konnte das auch Maikels Spucke sein?

Der Monitor zeigte eine junge schlanke glückliche Familie, die in Frühstücksbrötchen, bestrichen mit einer Halbfettmargarine, biss: »Dank SpaMa behalten sie die Leichtigkeit für den ganzen Tag.« Nun hüpfte die Familie wie angestochen, Arme in die Höhe werfend, über eine Blumenwiese. Bescheuert! Aber wie gerne wäre ich jetzt ein Teil dieser Familie gewesen!

Ich fühlte mich zwischen Lachen und Weinen. Da waren sie wieder: drei rauchende Redakteure, der Regisseur und Knetke, die zwei Studiofotografen, Cleo und der nervöse Aufnahmeleiter. Alle zogen einen engen Kreis um mich. Mein Regisseur versuchte zu beruhigen: »Das mit der Auszeit kriegen wir schon hin.«

»Ich benötige keine Auszeit!«, entgegnete ich relativ beherrscht.

»Doch«, cholerikte Knetke, »du *kriegst* eine Auszeit!«

Mir drohten, alle Felle davonzuschwimmen: »Rainer, bitte!«

Die drei Redakteure quasselten auf die Hexe Maikel ein, ließen immer wieder gekünstelte Beschwichtigungs-Gluckser erklingen. Plötzlich war Knetke ganz nah bei mir, drückte mich mit seinem Bauch an die Sofarückenlehne. Leise drohte er mir: »Wenn du nicht willst, dass ich dich heute vorzeitig aus der Sendung nehme, wirst du dieses Ungeheuer ab sofort auf Händen tragen. Wenn es nach mir ginge, würde ich lieber ein Testbild senden, als dich noch weiter auf den Schirm zu lassen. Vergiss nicht, wir haben noch ein paar Notbeiträge. Noch *einen* Fehler ...!«

In dem Moment entfernte der stoische Requisiteur, ganz nach ursprünglichem Sendeablaufplan, den Dummy. Die Maikel grinste, ihr Gebiss klackerte: »Ist das heute etwa Ihre letzte Sendung?« Spuckte sie absichtlich?

»Frau Maikel«, hörte ich mich sagen, »von der heutigen Gage sollten Sie Ihr Gebiss richten lassen. Ihr Kopf nebst Gehirn schrumpft, nur leider machen das die dritten Zähne nicht mit. Oder sind das schon die fünften?«

Oh, hatte ich sie sprachlos gemacht?

»Du wirst sehen, so eine Auszeit tut jedem mal gut«, flötete mein Regisseur, ein Papiertaschentuch fahrig in konfettigroße Stücke zerkleinernd.

»Dir sicher!« Ich erhob mich, richtete mein Jackett. »Kann ich mich jetzt bitte auf das Wesentliche konzentrieren?« Dann entfernte ich mich vom Sofa, zog meine Notizzettel hervor und probierte irgendwie, über den Dingen zu stehen.

Die Maskenbildnerin folgte mir, probierte, mein Gesicht trocken zu legen. Ein Teil des Puders setzte sich auf dem Tropfenverlauf meines Brillenglases fest. Sie ermunterte mich: »Da kommt Freude auf. Machen Sie weiter so.«

Dankbar schenkte ich ihr ein Lächeln.

Dann schritt ich zu einer Verzweiflungstat. Ich winkte Cleo heran: »Ich brauch dich. Du siehst ja, was heute los ist. Du bist die Einzige, auf die ich mich verlassen kann.« Freundschaftlich umfasste ich ihre Schultern. Cleo verschluckte erstaunt ihren Kaugummi. »Klaro!«

»Zeigst du mir, bitte, ab sofort alles auf den Karten an, ganz egal, ob es sowieso geplant ist oder nicht. Niemand schaut doch bei diesem Kuddelmuddel so durch wie du. Bei dir laufen doch alle Fäden zusammen.«

»Jebongt.«

Dass ich ausgerechnet Cleo mal als Verbündete brauchen würde, hätte ich eine Stunde zuvor noch brüsk ins Reich der Fantasie verwiesen.

Wie sehr sehnte ich mich danach, von Suzanne in die Arme genommen zu werden. Ja, auch ich fühlte mich manchmal wie ein schutzbedürftiger kleiner Junge. Mit einsfünfundneunzig!

Ich versuchte, mich auf das möglicherweise bevorstehende Gespräch mit der Gesundheitsministerin zu konzentrieren, las mir die notierten Fragen erneut durch. Frau Dr. Schnabel wäre meine Rettung, aber leider war von ihr noch nichts zu sehen.

»Noch dreißig Sekunden. Nehmen Sie bitte wieder Ihre Plätze ein.«

Der Bildschirm zeigte nun Babys. Erst ein heulendes, mit einer herkömmlichen Windel, dann ein strahlendes, mit einer neuartigen Windel mit dem dreifachen Auslaufschutz. Ich habe das nie verstanden. Bei der Auslaufsperre geht der Dreck also nur in die Windeln, nicht in den Strampler, klebt also immer am Kind? Und das soll gut sein?

»Noch acht, sieben, sechs, fünf, vier, drei, zwei, eins ...«

Cleo zeigte das Schild »Klau im Altenheim«.

Ich legte meine seriöse Sorgenfalte auf die Stirn und fixierte den Zuschauer zu Hause direkt durch die Kamera: »Meine sehr verehrten Damen und Herren, wenn es uns gesundheitlich nicht mehr so gut geht, sind wir auf die Hilfe anderer angewiesen. Wie beruhigt sind wir doch, wenn wir unsere ältesten Familienangehörigen in guten Händen, zum Beispiel im Seniorenheim, versorgt wissen. Doch Halt! Was wissen wir eigentlich von den Altenheimen und den Menschen, denen wir unsere Lieben anvertrauen? Wenn Oma sich beklagt, sie sei bestohlen worden, sind wir geneigt zu glauben, sie sei schon etwas vergesslich oder wunderlich. Das muss aber nicht sein, wie diese, mit versteckter Kamera gedrehten, Bilder aus einem Altenheim in Bad Sägedorf belegen.«

Ich hatte bei dieser Ansage tatsächlich keinen Fehler gemacht. Fast dankbar nickte ich Cleo zu. Sie wiederum versuchte, mich pantomimisch auf etwas aufmerksam zu machen. Ich verstand sie nicht, zuckte mit den Schultern. Ohne sich von der Stelle zu bewegen, blökte sie durchs Studio: »Brille putzen, und die Schnabel ist anjekommen!« Beim letzten Wort verlor sie fast ihr frisch nachgeschobenes Kaugummi.

Auf der Brille klebte immer noch der Puder, den mir nun die Maskenbildnerin umständlich abzupolieren versuchte. (Probieren Sie mal, eine fremde Brille auf der Innenseite zu putzen, während der andere sie noch trägt.) Natürlich nahm ich sie ab. Auch ohne Sehhilfe sah ich, dass die Maikel irgendetwas ausheckte, nur was? Diesmal kümmerte sich niemand um sie.

Jetzt ertönte wieder Knetke über die Mithöranlage: »Mach die Anmoderation, dann schicken wir dir die Schnabel rein.«

Was führte die Maikel nur im Schilde?

Im Filmbeitrag war eine kleine, zusammengehutzelte Person zu sehen, Parkinson-geschüttelt, die einen Sturzbach an Tränen produzierte. Mitleid erheischend! Dagegen war die Maikel tatsächlich überaus rüstig. Die hatte wahrscheinlich gar keine Tränen!

Schon sagte ich an, wie sehr wir uns freuten, dass es mit dem Besuch unserer Gesundheitsministerin nun doch noch geklappt hat. Sie wurde mit Applaus begrüßt, und wir gingen zum Sofa, auf dem noch immer die Maikel saß. Plötzlich erschien sie zerbrechlich und zart, sie kauerte mehr, als dass sie aufrecht saß. Ich stellte die Damen einander vor. Wie geplant, wollte ich nun einige Erste-Hilfe-Griffe mit der Ministerin probieren, dann fiel mir etwas auf: »Oh, vorhin hatten wir einen Dummy aufs Sofa gesetzt ...«

Ich hatte es noch nicht ausgesprochen, da fiel mir die Maikel bereits ins Wort: »Was fällt Ihnen ein? Ich habe es kaum für möglich gehalten, aber alle hier im Raum haben es mit angehört; Ihr Chef hat Ihnen vorhin den Tipp gegeben, die Erste-Hilfe-Griffe bei mir zu üben. Ich bin nicht Ihr *Dummy*!« Plötzlich schossen ihr Tränen aus den Augen (sie besaß also doch welche). »Gott sei Dank muss ich noch nicht ins Altenheim, ich weiß mich noch zu wehren ...«

Frau Dr. Schnabel und mich zeichnete dieselbe Fassungslosigkeit aus. Aber egal, die Schauspiel-Legende hatte uns in der Hand. Die Ministerin fürchtete um ihre Wiederwahl, ich meinen Rauswurf aus der Show. Also buhlten wir um die Wette um das Verständnis und die Zuneigung der alten Hexe.

Wie wir die Sendung zu einem halbwegs akzeptablen Ende brachten, weiß ich nicht mehr. Bedeutend war der Moment, als die Kameras abgeschaltet wurden. Von einem Augenblick zum nächsten war die Maikel wie genesen. Sie rückte ihren Hut zurecht, stand auf und kam auf mich zu, mir feindselig ins Gesicht lächelnd: »Das war Ihre letzte Sendung. Wetten?«

Ihre Tränen entpuppten sich somit als eiskalt berechnet. Sie wollte mich vernichten. Und sie hatte mich vernichtet.

Es gibt Momente, in denen möchte man keine Fotografen um sich wissen. Dies war so einer. Seltsamerweise hatten sich die zwei Studiofotografen zahlenmäßig verdreifacht. Mechanisch lächelte mein Gesicht, das mehr einer Maske mit angeekelt gekräuselter Oberlippe glich. Warum war das kein böser Traum, aus dem ich nur erwachen musste?

Die Bodyguards von Frau Dr. Schnabel starrten bedrohlich in meine Richtung.

Irgendwie schaffte ich es in meine Garderobe. Der Blick in den Spiegel zeigte mir, dass man trotz dicker bräunlicher Make-up-Schicht blass sein konnte. Leichenblass!

Suzanne war telefonisch immer noch nicht zu erreichen. Auf meiner Mailbox war auch keine Nachricht von ihr. Seltsam. Dafür hatte mein bester Freund Frederik ein paar mitfühlende Worte hinterlassen.

Dreimal hatte er angerufen. Ich könnte ihn jederzeit zurückrufen. Und wenn er »jederzeit« sage, dann meine er auch jederzeit.

Ich wollte aber niemanden sprechen, drückte die Off-Taste meines Handys, nur um es gleich wieder anzuschalten. Nur für den Fall, dass Suzanne mich erreichen wollte.

Ich hörte auf meinen Atem. Eine unwirkliche Stille ergriff den Raum. Es konnte nicht lange dauern, und Knetke, oder einer seiner eilfertigen Redakteure, würde an die Tür klopfen und fragen, ob ich nicht endlich zur Nachbesprechung kommen wolle.

Ich hasste dieses Gelabere über eine Sendung, die gerade unabänderlich über den Sender gegangen war. Meist wurden nur

Allgemeinplätze ausgetauscht. Ob die Sendung gut war, interessierte sowieso niemanden. Und wie die Quote war, erfuhr man eh erst am nächsten Morgen.

Gleich im Anschluss an eine Live-Sendung ist man für Kritik nicht aufnahmefähig, sondern wird allenfalls verletzt. Einen Tag später kann man alles bereden, ohne Schaden anzurichten. Aber heute wollte man mich sicher richten ... ach was, hinrichten!

Nach einer halben Stunde war ich sicher, dass niemand mehr klopfen würde. War das ein gutes Zeichen? Ich zog mich um und wischte mir mit Feuchttüchern das Make-up vom Gesicht. Konnte man innerhalb von zwei Stunden Jahre altern?

Ich holte die Spickzettel zur Sendung aus den Tiefen der Jackettinnentaschen und versenkte sie auf Nimmerwiedersehen im Papierkorb.

Noch einmal versuchte ich, Suzanne zu erreichen. Musste ich mir Sorgen machen? Ach was, wahrscheinlich war sie beruflich aufgehalten worden oder schlief schon fest.

Als ich meine Garderobe verließ, leuchtete kein Licht mehr unter den anderen Türschlitzen hervor. Anscheinend gab es auch kein Essen mit den Gästen der Sendung, wie sonst üblich. Oder hatte man heute auf meine Anwesenheit verzichtet? Egal. Ich wollte Geborgenheit. Ich wollte nur noch nach Hause.

3

Von der Straße blickte ich zu unserem Balkon hinauf, kein Lichtschein war zu sehen. Ich fuhr mit dem Lift in den dritten Stock (ja ja, ich wollte eigentlich immer Treppe steigen ...). In der Wohnung herrschte Stille. Ich hängte meinen Mantel sorgfältig über den Bügel, streifte die Schuhe von den Füßen und öffnete vorsichtig die Tür zu unserem Schlafzimmer. Ich wollte Suzanne nicht wecken. Falsch: Natürlich wollte ich Suzanne wecken, aber behutsam. Da lag sie nun: unsere menschenleere Bettwäsche!

Ich holte mein Handy hervor. Wahlwiederholung. Wieder nur Suzannes Mailbox.

»Ich bin jetzt zu Hause, wüsste gerne, wo du steckst. Ich hab mich vielleicht eben um meinen Job gebracht und brauche dich mehr denn je, bitte melde dich, nein, komm einfach nach Hause, dein Flaatsch.«

Mit diesem, eigentlich blöden, Kosenamen beendete ich mein Flehen. Suzanne hatte ihn für mich auserwählt. Ich nannte sie manchmal »Wirblie«. Das passte gut zu ihren wirbeligen Haaren und ihrem ungestümen Wesen. Sie meinte, »Flaatsch« sei liebevoll gemeint und ihr beim Betrachten meines Ganges eingefallen. Irgendwann hatte ich mich an den Kosenamen gewöhnt. Natürlich war es nur Suzanne erlaubt, mich so zu nennen – und auch nur, wenn wir allein waren. Ich war gern ihr »Flaatsch«.

Sollte ich doch Frederik anrufen? Als sein letzter Freund ihn verlassen hatte, war ich schließlich auch für ihn da. Für eine Woche war ich sogar zu ihm gezogen, damit er sich nicht so allein fühlte. In der Schulzeit beneidete ich Frederik manchmal um seinen Schlag bei den Frauen. Die liefen ihm scharenweise hinterher, vielleicht gerade, weil er sich nicht sonderlich um sie bemühte. Trotzdem hatte er reichlich Abenteuer. Nach der Schulzeit gestand er mir, dass er schon mit dreizehn sein erstes Verhältnis mit einem älteren Schüler gehabt hatte und sich gut vorstellen konnte, einen Mann zu lieben. Bei einem sollte es nicht bleiben. Irgendwann hatte er seine heterosexuelle Seite versenkt und lebte seither offen schwul. Ich kann mir keinen besseren Freund vorstellen als ihn, auch wenn unsere Lebenswelten oft sehr weit auseinanderliegen.

Blöde Idee, ihn anzurufen! Suzanne musste ja jeden Augenblick hier sein. Ich aß eine Riesenportion Eis, setzte mich vor den Fernseher und sah mir im Schnellzapping alles an, was die Sender zu bieten hatten. Am besten gefiel mir noch die Werbung, also schaltete ich wieder ab.

Meine eigene Sendung hatte ich aufgezeichnet. Sollte ich tatsächlich jetzt gleich überprüfen, wie schlimm es über den Bildschirm gekommen war? Nein, Suzanne sollte mir das sagen. Erst dann wollte ich gucken. Vielleicht.

Ich holte mir den Rest vom Vanilleeis und aß direkt aus der Zwei-Liter-Packung, setzte mich unter Kopfhörer und berieselte mich mit traurigsten Bach-Kantaten. Aus wunderbar vibrierenden Stimmen vernahm ich »Schmerzen« und »Sterben« und suhlte mich im Selbstmitleid.

Gegen 3 Uhr fand mich Suzanne, schlafend am Boden vor dem Korbsofa. Das geschmolzene Eis lief mir über die Finger, um dann in unserem Perserteppich zu versickern. Der Kopfhörer hing schief, bedeckte nur noch ein Ohr.

Mein Anblick schien sie wenig zu erbauen. Zumal sie einen Regisseur mitgebracht hatte, dem sie unbedingt noch in dieser Nacht ihr Lieblingsmusical Jekyll & Hyde auf CD mitgeben wollte. Mike Baumann, Typ graumelierter Lebemann mit sympathischen Lachfalten um die Augen, stand hinter ihr in der Tür und fragte, ob er nicht lieber wieder gehen solle. Man sehe sich ja eh nächsten Monat beim Dreh.

Mike Baumann ist der beste Regisseur, den Deutschland zur

Zeit für Sitcoms aufzubieten hat. Wie gerne wollte ich mal mit ihm arbeiten. Ich stand noch etwas benommen auf, leider war mir ein Bein eingeschlafen, und reichte ihm meine eisverklebte Hand. Dabei schnellte mir der Kopfhörer endgültig vom Schädel und donnerte gegen ein Bild, das Suzanne und mich innig umschlungen zeigte. Es fiel zu Boden, und das Glas zerbrach einmal der Länge nach.

»Hm, Scherben bringen Glück«, stammelte ich, während ich meine Hand in seine drückte. Hier klebte nun zusammen, was nicht zusammengehörte.

Ich war Suzanne sichtlich peinlich. Baumann beschwichtigte sie lächelnd, dass wir alle schon mal über den Durst getrunken hätten. Dass ich nie Alkohol trank, erwähnte ich nicht, stattdessen lief ich ins Bad, um mir die Hände zu waschen. An manchen Tagen geht wirklich alles schief. Obwohl: War nicht mittlerweile schon ein neuer Tag angebrochen?

Suzanne scherzte mit Baumann, ich hörte beide lachen. Sie hatte die CD gefunden und geleitete ihren Regisseur hinaus. Durch den Türspalt sah ich, dass sie sich mit drei Wangenküsschen verabschiedeten. Eigentlich wollte ich Baumann ein feuchtes Handtuch für seine verklebten Finger bringen, aber da war er schon weg. Ohne sich bei mir zu verabschieden. Kein Benehmen! Na wenigstens würde er nun sein Lenkrad verkleben, geschah ihm recht.

Hallo? Ohne mich zu beachten, verschwand meine Angebetete im Schlafzimmer. Ich stiefelte ihr hinterher. »Und, wie war dein Tag?«, fragte ich.

»Och, lass uns morgen reden. Ich bin todmüde.« Sie zog sich ihr karminrotes Top über den Kopf.

»Wie schön, dass du dich für Baumännchen« – jawohl, Männchen, der war doch höchstens einsachtzig groß – »wach halten konntest.« Das klang doch nicht irgendwie eifersüchtig?

»Flaatsch, bist du eifersüchtig?«

Ich schüttelte den Kopf.

»Du wusstest doch, dass ich heute bei Eni war, um Mike zu

treffen.« (Woher sollte ich das wissen?) »Stell dir vor, er hat mir eine Episodenhauptrolle in *Ärmelschoner mit Pfiff* angeboten!«

Sie stieg aus ihrem figurbetonenden schwarz-chargierenden Rock. »Mit dem wollte ich immer schon mal arbeiten. Der ist auch privat sehr lustig!«

»Also habt ihr euch auch privat angefreundet?«, fragte ich fast beiläufig.

»Ja, wir waren noch zusammen was trinken. Irgendwann wollte meine Agentin schließlich ihre Ruhe haben.« Sie hielt inne und sah mich stirnrunzelnd, auch etwas mütterlich, an: »Hey, irgendwas stimmt doch nicht mit dir, richtig?«

»Wie kommst du denn darauf?«, schmollte ich. »Hast du denn deine Mailbox nicht abgehört?«

Kaum gesagt, ging sie in den Flur und kramte ihr Handy aus ihrer quadratischen Handtasche hervor. »Der Akku ist leer.« Sie griff in die Schublade unseres ansonsten als Schuhschrank genutzten Vertikos, holte das Ladekabel hervor und schloss ihr Handy an. Sie strahlte mich triumphierend an, drückte auf die Anwahl ihrer Mailbox und lauschte.

Gespannt beäugte ich ihren Gesichtsausdruck. Ihr war nichts anzumerken. »Oh, wie süß von dir«, sie zwinkerte mir zu. Nun gut, ich hatte ja mehrfach angerufen. »Cornelia lässt schön grüßen. Ob wir am Wochenende Zeit haben?«

Cornelia war eine Freundin von Suzanne, ebenfalls Schauspielerin, mit zwei unausstehlichen Kindern, die sich immer beklagte, dass sie beruflich nicht weiterkam.

»Was gibt mir denn diese Ehre? Frederik! Ich wusste gar nicht, dass der meine Num...« Sie hörte auf, die Anrufe zu kommentieren. Unsere stummen Blicke trafen sich. Ihr Gesichtsausdruck wurde ernst, wirkte erschrocken. Stehen Menschen wirklich Haare zu Berge? Auch auf dem Kopf? Ihre Frisur schien sich zu heben, wenn auch nur ein klein wenig. Wortlos legte sie das Handy weg und schloss mich in ihre Arme. Wie sehr hatte ich auf diesen Moment gewartet! Man kann noch so abgeklärt und erwachsen sein; es gibt Momente, da will man nur noch gehalten werden.

»Mein Flaatsch!«

Ihre Stimme hatte nun einen ganz warmen Klang. Ich drückte sie ganz fest an mich. So fanden wir den Weg zum Bett. Dort ließen wir uns nieder und lagen sicher eine Viertelstunde in dieser innigen Verbundenheit. Dann schlief mein Arm ein. Bei Suzanne hegte ich den Verdacht, dass bei ihr weit mehr eingeschlafen war, sie atmete mir zu gleichmäßig. Ich zog meinen Arm unter ihr hervor. Verstört sahen mich ihre verschlafenen Augen an. Nein, sie sei hellwach, beteuerte sie.

»Glaub mir, Flaatsch. Nichts wird so heiß gegessen, wie es gekocht wird.« (Welch beruhigende Worte!) »Morgen sieht alles schon ganz anders aus.« (Aber es war doch schon morgen!) »Wenn du gute Quoten hattest, werden sie dich sogar loben!« (Damit könnte sie sogar recht haben.) »Lass uns schlafen gehen! Wir hatten beide einen anstrengenden Tag.«

Leicht torkelnd verschwand sie im Bad. Ich zog mich aus, folgte Suzanne, putzte die Zähne, um kurz darauf in Albträume abzusinken.

Als ich wieder aufwachte, deckte Suzanne bereits unseren Frühstückstisch. Ihren morgendlichen Lauf hatte sie schon vollendet.

»Guten Morgen«, schallte es mir aus gut gelauntem Mund entgegen. »Wir sollten wieder mal einen Verwöhntag einlegen, was meinst du?« Zwei Menschen, ein Gedanke!

»Weißt du, wie sehr ich dich brauche?«

»Ja!«, war ihre Antwort, und schon stob sie in den Flur, wo sie die Tüte mit den frischen Brötchen abgestellt hatte. »Presst du uns schon mal einen O-Saft?«

Mein Wirblie! Und während ich die erste Orange teilte, rief sie: »Willst du dir nicht erst mal was anziehen?«

»Wieso, erwarten wir Besuch?«

Sie lachte, gab mir einen Klaps mit der Zeitung auf den Po: »Ab ins Bad!«

Wie gut einem doch ein unbeschwerter Mensch tut.

»Du weißt auch nicht, was du willst!«

Damit legte ich die Orange wieder hin und ging mich ausgiebig duschen. Ich liebe es, den vollen Wasserstrahl auf mein Gesicht prasseln zu lassen und dabei ab und an nach Luft zu schnappen. Ich verharrte so lange, dass die gerötete Haut danach schmerzte. Trotzdem tat es gut.

Als ich am Frühstückstisch erschien, hatte Suzanne ihren Orangensaft schon ausgetrunken. Sie war in die Zeitung vertieft, legte diese aber sofort weg. Etwas zu auffällig.

»Suzanne, muss ich was wissen?«, fragte ich besorgt.

»Was meinst du? Nein!«

»Kann ich mal die Zeitung haben?«

»Nun iss doch erst mal.« Sie hielt das Blatt noch fest umklammert, als ich es ihr schon entwand. Die äußerste Seite riss ein. Warum war mir eigentlich nicht aufgefallen, dass Suzanne das Blatt mit den vier Großbuchstaben gekauft hatte. Das tat sie sonst nie.

Das war keine Schlagzeile, das war eine Erschlagzeile!

»TV-SKANDAL«, stand da in fetten Lettern, und etwas kleiner: »Das Ende eines Moderators!«

»Totgesagte leben länger.« Suzanne vermochte es nicht, mich zu ermutigen.

Das war nicht mehr die *Bild*, das war schon die *Killt*! Der Mensch auf dem Foto war tatsächlich ich? Ich hatte gar keine Ähnlichkeit mit mir. Der Gesichtsausdruck war niederschmetternd niedergeschmettert.

Ich überflog den Schmierenartikel: Da stand etwas von »zur Selbstjustiz aufgerufen«, »Angriff auf die Mutter der Nation«, »hilfloses Gestammel voller Frechheiten«, »wie unter Drogeneinfluss« und so weiter. Man erdreistete sich, einen Zusammenhang zwischen meinem Absturz in der Sendung und meinem privaten Desaster mit Suzanne zu ziehen.

Welches Desaster? Fortsetzung auf Seite zwei: Dort waren wir beide abgebildet, ein Foto von der Verleihung der Goldenen Kamera, wo wir als Laudatoren auftraten. In der Mitte war unsere Trennung mittels Riss angedeutet. Daneben war Suzanne mit Mike Baumann abgebildet, wie sie lachend mit Sektgläsern anstießen. Darunter stand vermerkt: »Zur selben Zeit im In-Lokal *Austerlitz*: Suzanne Henke und ihr Neuer, Erfolgsregisseur Mike Baumann.«

»Ich weiß überhaupt nicht, wieso du das überhaupt liest!? Da ist überhaupt nichts dran. Morgen kräht überhaupt kein Hahn mehr danach!«

Suzannes Gehabe erschien mir natürlich *überhaupt* nicht verdächtig! Ich hatte sofort mit starker Übelkeit zu kämpfen. Hilflos lachte sie mich an und nickte, Harmlosigkeit bezeugend, mit dem Kopf, wobei sie ihre Augen einmal blinzelnd schloss.

»Wie lange geht das schon?«

Ich versuchte, sachlich und ruhig, ganz als Herr der Lage zu erscheinen. Was für eine Reaktion erwartet man in so einem Moment? Eindeutiges Leugnen, dem man misstrauisch begegnen kann? Meine Erwartung wurde vollends erfüllt.

»Sei doch nicht kindisch! Du weißt doch, dass ich ihn erst gestern kennengelernt habe.«

»Und die Fotos?«

»Sind von gestern! Wie blind musst du eigentlich sein, wenn du nicht merkst, dass ich dich liebe, und zwar nur dich!«

Was erwartet man nach so einer Aussage? Volle Bestätigung und ebensolche Liebesbekundungen? Wenn ja, dann erfüllte ich ihre Erwartungen voll und ganz.

Um 11 Uhr sollte die Sitzung für meine kommende *On-Air-Show* sein, verbunden mit der Auswertung der gestrigen Einschaltquoten in Fünf-Minuten-Schritten. Ich hätte mich am liebsten krank gemeldet, oder besser: gleich tot gestellt. Ich sah schon die heutigen Zeitungsartikel am schwarzen Brett vor mir.

Selten aß ich derart appetitlos drei Brötchen, ohne auch nur eines geschmacklich wahrzunehmen. Als ich mechanisch nach dem vierten griff, stoppte mich Suzanne.

Ich konnte nicht anders, ich musste diese wirklich ungeliebte Frage stellen: »Was magst du an mir, Suzanne?«

Ja, ich hatte unglaublich viel Zuneigung nötig.

»Deine abstehenden Ohren ... deinen ganz speziellen Gang, *dich*! ... Und wie du die Dinge furchtlos angehst!«

Um Suzanne nicht zu enttäuschen, machte ich mich auf den Weg. Das heißt, ich wollte mich auf den Weg machen. Vor unserem Haus erblickte ich Reporter von Potzblitz, dem Klatsch-Journal des Konkurrenzsenders AST1. Und dann waren da noch weitere Kameras nebst Trägern sichtbar. Wie lange die schon ausgeharrt haben mussten!? Ich kehrte sofort um und lief in unsere Wohnung zurück. Suzanne telefonierte, sie sah mich etwas erschrocken an. Klar, die Presse musste sie auch schockieren. Mit wem sprach sie denn da?

»Du, ich muss Schluss machen, ich rufe nachher noch mal an.«

Noch ein Küsschen durch den Hörer schickend, legte sie auf.

»Wer war das?«

»Du weißt doch, dass ich Cornelia zurückrufen sollte. Kommst du am Wochenende mit?«

»Wohin?«

»Zu Cornelia!«

Seit wann verabschiedete sich Suzanne von der nervenden Cornelia derart liebevoll, mit Küsschen, am Telefon? Frauen!

»Sag mal für mich noch nicht endgültig zu. Vielleicht verlassen wir lieber die Stadt. Hast du mal aus dem Fenster gesehen?«

»Oh Gott, wieso?«

Suzanne ging auf unseren Balkon. Durch die Astern, die schon langsam in den Blumenkästen dahinwelkten, spähte sie auf die Straße runter. Bei dem sich ihr bietenden Anblick zuckte sie unweigerlich zurück. »So hat sich also Lady Di gefühlt!«

»Und ihr Name wurde Programm!«

»Aber wir lassen uns nicht kleinkriegen!«

Schon stürmte sie an mir vorbei ins Badezimmer. »Die waren doch vorhin noch nicht da!?«

Sie wusste sich schnellstens aufzubrezeln: »Ihr wollt Fotos, die sollt ihr haben!« Tiefrot bemalte sie ihre Lippen. Ihre Haare zerzauste sie fachfraulich mit den Fingern. »Los geht's!«

Und schon zog sie mich die Treppe hinunter. An der Haustür, deren durchsichtiges Glas guten Einblick gewährte, umarmte sie mich auf das Heftigste, zog meinen Kopf zu sich herab und küsste mich derart leidenschaftlich, dass mir die Brille beschlug. Als sie von mir abließ, waren ihre Lippen wieder ungeschminkt. Erst jetzt bemerkten wir, dass die Damen und Herren der Presse uns dabei für die Nachwelt festhielten. Was gaben wir uns erstaunt. Suzanne tat gar so, als wäre ihr die Meute unangenehm. Sie öffnete die Tür und schimpfte: »Kinder, was soll das? Wie sehe ich denn aus, ich bin doch gar nicht zurechtgemacht.«

Selbstsicheren Schrittes ging ich vor das Haus. »Auf wen warten Sie denn?«

Suzanne hielt mich auf: »Flaatsch!«

Diesen Namen wollte ich doch nie in der Öffentlichkeit hören!

»Flaatsch!« Da, schon wieder! »Liebling, darf ich?«

Und dann rieb sie mir, mich in Richtung der Kameras drehend, den Lippenstift von der Wange. Dass wir ein überaus glückliches Paar waren, war hiermit sichtbar für alle geklärt.

Leider kam in diesem Moment eine ältere Frau auf uns zu und bat ganz verlegen um ein Autogramm. Da die Kameras weiter auf uns gerichtet waren, bot Suzanne an, schnell von oben Autogrammkarten zu holen, doch die Alte holte die Bild-Zeitung aus ihrer Einkaufstasche, schlug die Seite zwei auf und bat uns, gleich auf das Foto mit dem eingefügten Riss zu unterschreiben. Irgendein Presseheini reichte sogleich einen Filzer. Wir taten sehr erstaunt ob des Bildes nebst Bericht. »Das ist aber ein schönes Foto von dir und Mike!«, ließ ich mich vernehmen. »Meine Frau, äh ...« (gekonnt gesetzt, denn wir waren ja nicht verheiratet) »... Suzanne dreht ja bald mit ihm. Mike setzt voll auf ihr komisches Talent. Und wissen Sie was, ich bin froh, dass das auch mal ein anderer erkannt hat!«

»Frau Henke! Was sagen Sie zu der gestrigen Sendung Ihres Freundes?«

»Ich liebe seine heiter-ironische Art und fühlte mich blendend unterhalten. Peter weiß auch mal Ecken und Kanten zu zeigen, und ich glaube, genau das ist es, was ihn auch beim Publikum so beliebt und populär gemacht hat.«

Wie sehr ich sie dafür bewunderte. In Amerika hätte an dieser Aussage ein ganzes PR-Team eine Woche lang gearbeitet, aus ihr floss sie nur so heraus. »Bitte entschuldigen Sie uns jetzt, wir sind beide berufstätig und haben noch einiges zu tun.« Damit gab sie mir einen erneuten Abschiedskuss und verschwand im Hauseingang.

Ich arbeitete mich zu meinem Auto vor.

»Herr Sander, werden Sie heute Ihren Hut nehmen?«

Kurz klemmte die Wegfahrsperre. »Ich habe gar keinen Hut, also werde ich ihn auch nicht nehmen. Ich muss jetzt leider los, die nächsten Sendungen wollen vorbereitet sein. Das ist nämlich bei uns Teamarbeit!«

Endlich funktionierte der Schließmechanismus, und ich konnte in meinen Wagen einsteigen. Selbst jetzt drückte die Meute noch auf ihre Kameras und ich bahnte mir vorsichtig beschleunigend den Weg durch die Menge. Warum lag mir eigentlich früher mal daran, prominent zu werden?

Während der Fahrt überkam mich eine tiefe Traurigkeit. Wie lange war es her, dass mich Suzanne derart leidenschaftlich geküsst hatte?! Sollte ich der Presse vielleicht dankbar sein? Heute Abend sollte ich mich vielleicht mit Frederik treffen. Mist, den hatte ich noch nicht mal zurückgerufen!

Selbst kein Freund von SMS, tippte ich während der Fahrt »DANKE! HAST DU 18 UHR ZEIT? PETER« in mein Handy.

4

Auf dem Parkplatz des Studio-Komplexes warteten ebenfalls zwei Kamerateams. Noch bevor die mich noch richtig erkannt und ihre Kameras geschultert hatten, war ich schon an ihnen vorbei ins Haus gestürmt. Dem Pförtner erhob ich zum Gruß die Hand und bat ihn, die unangemeldeten Pressevertreter abzuweisen. Ich eilte zum Konferenzsaal. Diesen betrat ich strahlend, warf den Mantel über meine Stuhllehne, entschuldigte mich nur kurz für mein Zuspätkommen und fragte – Angriff ist die beste Verteidigung – nach der gestrigen Quote.

Knetke machte seinem Namen alle Ehre und knetete umständlich an seinen wurstigen Fingern. Anstelle einer Antwort gab er mir eine Quotengrafik. Darauf war eine anfangs durchschnittliche Einschaltquote zu erkennen, dann ein Absturz, um schlussendlich in ungeahnte Höhen aufzusteigen.

Keiner der Redakteure traute sich, mir ins Gesicht zu sehen. In ihrer Mitte saß Lena Tischler.

Lena? Was hatte die denn hier zu suchen? Die war doch erst nächste Woche wieder dran!

Hinter meinem Rücken hörte ich wieder einen bekannten Satz, mit der Stimme meines Regisseurs formuliert: »Die Auszeit wegen Suzanne sei dir gegönnt!«

»Hey, glaubt ihr den ganzen Mist aus der Presse? Ihr wisst doch, wie so was zustande kommt ...«

Knetke knautschte ein: »Warum hast du mich nicht früher informiert? Jetzt kann ich nichts mehr für dich machen. Kugler hat das letzte Wort.«

Lena kam auf mich zu: »Es tut mir so leid für dich!«

»Was tut dir leid? Kinder, macht euch nicht ins Hemd. Die Quoten stimmen, was will man mehr?«

Knetke sah mich finster vernichtend an: »Quoten ohne Werbekunden interessieren einen Scheiß!«

»Aber wir haben doch Werbekunden!«

»Hatten! Wir *hatten* Werbekunden! Fünf Stornierungen für unser Format. Das kann uns alle den Job kosten!«

Lena heuchelte verlogen: »Jetzt kann ich auch mal was für dich tun. Ich übernehme deine Sendungen, und in ein, zwei Monaten sieht die Welt schon ganz anders aus. Du weißt doch: Nichts ist so alt wie der Skandal von gestern.«

Noch bevor ich etwas erwidern konnte, läutete das Telefon. Knetke nahm ab und ließ gereizt ein »Jetzt nicht!« vernehmen. Mit diesem Anrufer hatte er wohl nicht gerechnet, denn er nahm sofort eine angespannte gerade Haltung ein.

»Ja, Knetke am Apparat.« (Pause) »Das kann man wohl sagen.« (Pause) »Das können Sie ihm gleich selbst sagen! Ja, er ist hier ... Bitte!«

Damit reichte er mir den feuchten Hörer.

»Peter Sander, guten Tag!?«

Am anderen Ende der Leitung sprach sehr ruhig unser Programmchef Kugler: »Wie geht es Ihnen?«

»Danke. Gut.«

»Das freut mich. Das war ja gestern eine ganz bemerkenswerte Sendung. Ist die immer so ... abwechslungsreich?«

»Wir bemühen uns darum.«

»Da muss ich wohl häufiger reinschalten.«

»Ja, ich denke, das lohnt sich.«

»Sind Sie mit Ihrem Team zufrieden?«

Ich sah meine Chance gekommen und stellte fast beiläufig das Telefon auf Mithören. Und nun fing ich an, mein Team zu loben. Auf der anderen Leitungsseite war es ruhig. Dann: »Sie sind also zufrieden?!«

»Ja, bin ich. Kleine Reibereien gibt es immer, aber man wächst an den Auseinandersetzungen.«

Kugler: »Wie gut. Dann wachsen Sie mal. Sie können sich nämlich damit auseinandersetzen, einen neuen Job zu suchen.«

Beim folgenden Satz schraken alle durch seine unvorbereitete Lautstärke zurück: »Haben Sie sich die Quoten angeschaut?«

Fest war meine Stimme nicht mehr: »Ja, das habe ich. Und die Endquote möchte ich mal als sensationell bezeichnen.«

»Wissen Sie, wie viele Jahre es gedauert hat, bis wir den Stempel ›Skandal- und Titten-TV‹ losgeworden sind? Und nun kommen Sie daher und ruinieren unseren Ruf innerhalb einer einzigen Stunde! Wenn nicht so viele Ihren Ausfall gestern gesehen hätten, kein Problem. Aber so? Wissen Sie, was Hausverbot ist? Jetzt werden Sie das kennenlernen!«

Ich stellte die Mithörfunktion ab. Aber das war gar nicht mehr nötig. Kugler hatte aufgelegt.

Alle sahen mich schweigend an. Oder sahen sie durch mich hindurch?

»Rainer?«

»Ich kann dir nicht mehr helfen«, sagte Knetke. »Wahrlich, ich habe meine Hand immer über dich gehalten, aber jetzt ... Mir sind die Hände gebunden.«

Dicke Schweißperlen rundeten seinen runden Eindruck noch ab.

Lena kam auf mich zu: »Wenn ich irgendwas für dich tun kann ...«

»Lass ich es dich nicht wissen!«, wies ich sie brüsk zurück.

»Arschlöcher! Euch zeig ich's noch! Wozu gibt es Verträge!« Aufgebracht verließ ich die Sitzung.

Auf dem Flur wartete Cleo. Als sie mich sah, fummelte sie eine Packung Kaugummis aus der vorderen Jeans-Jackentasche und hielt sie mir entgegen. Eigentlich wollte ich sie keines Blickes würdigen, war schon an ihr vorbei, als sie mich am Ärmel packte: »Die sind jut für die Nerven! Gloob mir, die Juten jehn nich unter!«

Ich starrte sie an. Cleo war auf meiner Seite?

»Woher weißt du?«

»Frag mich lieba, seit wann? Die Tischler schläft nicht umsonst mit ... mit wem auch immer. Ick hab nüscht jesacht.«

Ich verstand nicht wirklich: »Aha.«

»Ick muss rin.« Und sie entschwand in den Konferenzsaal.

»Danke, Cleo.« Aber das konnte sie schon nicht mehr hören.

In diesem Moment kann ich keine 1,95 Meter mehr gewesen sein. Ich hatte das Gefühl, beim Verlassen des Studios Stück für Stück in mich zusammenzusacken. War da was dran? War Cleo nur eifersüchtig auf Lena, weil die mit Knetke? Nein, für den hätte sie noch Ekelzulage bekommen müssen. Sollte sie etwa mit Kugler kungeln? Das war doch zu unwahrscheinlich!

Der am Ausgang stehende Studiowart kam auf mich zu, erst drangen seine Worte gar nicht bis an mein Ohr. Er musste sie wiederholen: »Ihren Hausausweis bitte, Herr Sander!«

Ich trat vor das Sendergebäude.

Es hätte regnen müssen, mir war nach einem grollenden Gewitter, nein, nach einem heftigen Hagelsturm. Aber es schien die Sonne, ungewöhnlich warm für Anfang Oktober. Ich atmete tief ein (oder schwer durch?). Keine Spur von Befreiung, Leere und Verzweiflung machten sich breit.

Ich hatte das Gefühl, als würden meine Schultern bis auf den Boden hängen. Meine Tasche war schwer wie Blei. Warum darf ein erwachsener Mann eigentlich nicht einfach losheulen, wenn ihm danach ist?

Mittlerweile hatten die beiden Kamerateams ihre Objektive auf mich gerichtet. Erst jetzt sah ich, dass die zweite vom eigenen Sender war. Vom »eigenen« Sender? Wie konnte ich mich noch mit diesem Dreckssender identifizieren? Das war nicht mehr *mein* Sender! Und noch schlimmer: Ich war nicht mehr *sein* Moderator.

Die Schultern halbwegs wieder auf Normalhöhe gebracht, schritt ich zu meinem Wagen.

Der narbengesichtige Klatschreporter von *Topflop*, dem A.I.R.-Boulevardmagazin, versperrte mir den Weg und hielt mir sein Mikro entgegen. Zwischen den Zähnen presste er sich ein »'schuldigung, aber ich muss das machen, du weißt doch, wie schnell man hier fliegt« ab, um gleich darauf mit erhobener Stimme zu fragen:

»Peter Sander, Sie wurden soeben vor die Tür gesetzt, nachdem gestern bei Ihrer *On-Air-Show* wirklich alles danebenging. Was war dafür der Auslöser? Etwa die Trennung von Suzanne Henke?«

Schlagartig verstand ich all die Promis, die mit ihren Schirmen auf Paparazzi einprügelten. Leider schien die Sonne, ich hatte keinen Schirm zur Hand. Also cool bleiben! Nichts anmerken lassen.

»Erstaunlich, dass Sie schon vor mir von einer Trennung wissen.«

»Dann ist es also nicht wahr, dass Suzanne Henke in Mike Baumann ihre große Liebe gefunden hat?«

»Doch. Sie hat ihre große Liebe in ihm gefunden, ihre große Liebe zu einem ganz wunderbaren Regisseur, mit dem wir beide noch eine ganze Menge vorhaben.«

»Werden Sie nach Ihrem Rauswurf als Moderator von A.I.R. wieder mehr als Schauspieler arbeiten?«

»Genau das ist mein Wunsch und den werde ich mir bald erfüllen. Nachdem ich meine Zusammenarbeit mit diesem Sender aus freien Stücken beendet habe, kann ich mich endlich wieder mehr um meine Karriere als Schauspieler kümmern. Sie wissen gar nicht, was ich in den letzten Jahren alles absagen musste ...«

Ehrlich gesagt, das wusste ich auch nicht. Aber es galt, mir nichts anmerken zu lassen. Bloß nicht die beleidigte Leberwurst spielen, das hatte schon dem Kollegen Wolfgang Lippert das Genick gebrochen.

Endlich gelang es mir, in den Wagen zu steigen. Während ich den Gurt festzog, sagte ich noch direkt in die Kameras: »Wenn Sie mir jetzt den Weg frei machen würden, ich muss zu einer Besprechung für mein nächstes Projekt!«

Na bitte, das hatte ich doch gut von Suzanne gelernt. Narbengesicht besaß noch die Frechheit, mir seine Visitenkarte ins Auto zu werfen. »Für den Fall, dass sich bei dir und Suzanne was Neues ergibt.«

Nicht wirklich seelenruhig fuhr ich davon. Im Auto war es stickig heiß, aber ich bekam Schüttelfrost. Sollte ich zu einem Anwalt fahren und meine Vertragsrechte prüfen lassen? Und was käme dabei raus? Ich könnte klagen, käme eh nicht auf den Bildschirm zurück und bekäme womöglich eine einmalige Abfindung. Aber kein anderer Sender würde mich jemals wieder engagieren. So etwas spricht sich rum.

Ich könnte mit einem frischen Gebiss zur Maikel fahren und vor laufenden Kameras um Versöhnung bitten.

Ich könnte mich auch von einer Brücke stürzen und eine letzte Schlagzeile bekommen.

Um mich herum hupte es. Ich fuhr zum bestimmt zehnten Mal in der Außenspur durch einen Kreisverkehr. Ich nahm die nächste Ausfahrt, hielt auf dem Seitenstreifen und ergoss mich im wahrsten Sinne des Wortes in Selbstmitleid. Ich hörte erst auf zu weinen, als die Fensterscheiben beschlagen waren.

Ich stieg aus dem Wagen und befreite mich von dem viel zu heißen Mantel. Ich würde es denen schon zeigen! So etwas konnte man mit einem Peter Sander nicht machen! Das war doch alles ein abgekartetes Spiel! Die Lena schlief doch mit ... na ja, mit irgendjemandem halt! Cleo hatte so etwas angedeutet. War das etwa abgekartet? Ich hatte Lena schon immer im Verdacht, die Besetzungscouch wiederbelebt zu haben. Sie hatte optisch etwas Puppenhaftes, unterstrichen durch ihr gewelltes, fast naturblondes Haar. Und sie war eine der wenigen Moderatorinnen mit deutlichem S-Fehler. Das gefiel vielen Männern, weckte Beschützerinstinkte, die sie für sich zu nutzen wusste.

Doch was ich mir auch zusammenreimte, es ergab einfach keinen Sinn. Am Ende war auch mir bewusst, dass ich zum Fiasko des Vorabends einiges beigetragen hatte.

Mein Handy gab Laut, Frederik hatte zurückgesimst: »18 Uhr bei mir, koche was Gutes. Bin in Gedanken bei dir.«

Wieder besprach ich die Mailbox von Suzanne und den heimischen Anrufbeantworter. Sie hatte ja vor der Presse etwas von »vollem Arbeitstag« gesagt, aber ich hatte keine Ahnung, was sie eigentlich an diesem Tag geplant hatte. Ich rief bei ihrer Agentin Eni an, ob die wisse, wo Suzanne gerade stecke. Außerdem konnte ich so nebenbei fallen lassen, dass sie bei meiner eventuellen Vermittlung derzeit keinerlei Terminschwierigkeiten haben würde. Sie hatte häufiger mal angefragt, ob auch ich von ihr vertreten werden wolle, was ich bis dato aber abgelehnt hatte, da ich schon einen Agenten für meine Moderationsjobs hatte, der die wenigen Schauspielangebote gleich mit verhandelte.

Eni war erstaunlich kurz angebunden. Sie hatte Suzanne ebenfalls zu erreichen versucht und warte auf einen Rückruf. Wir einigten uns darauf, wer zuerst was von ihr höre, würde sie bitten, den anderen anzurufen. Auf meine Offerte, mich ab jetzt zu vermitteln, ging sie mit keiner Silbe ein.

Mir fiel auf, wie seltsam ruhig mein Handy war, kein einziger Anruf, trotz der Schlagzeile. Gut, ich gab die Nummer so gut wie gar nicht heraus, aber nicht mal Helge, mein Agent, hatte sich gemeldet. Das verwunderte mich schon. Womöglich war er noch nicht draußen gewesen, hatte noch nichts gelesen. Andererseits wurde er bestimmt mit Anfragen der Hetzzeitungen überhäuft.

Ich entschloss mich, unangemeldet bei ihm aufzutauchen. Damit hatte ich ein Ziel, musste nicht wieder sinnentleert im Kreis fahren.

5

Mein Agent besaß eine Villa im Grunewald, Bestlage, von seinen Adoptiveltern geerbt. Er hatte er noch nie woanders gewohnt. Sie war im Grunde viel zu groß für ihn allein. Seit dem Auszug seiner Frau Minh, einer Thailänderin, die er bei seinem Lieblingschinesen kennengelernt hatte, wirkte er richtiggehend verloren in seinen vierundvierzig Wänden. Alles stand noch genauso da, wie Minh es vor einigen Jahren verlassen hatte. Helge wirkte immer ein wenig verwahrlost, man sah ihm seinen Reichtum nie an. Und reich musste er sein, denn er vertrat so manch prominentes Fernsehgesicht. Dabei machte er den größten Reibach mit Verträgen für Firmengalas, von denen er bis zu dreißig Prozent Vermittlungshonorar kassierte. Er kümmerte sich allerdings rührend um alles, führte die Vorbesprechungen zu den einzelnen Events, buchte Flüge und Hotels, stellte die Rechnungen aus und sorgte für Vorkasse am Auftrittsort. Selbst bei Benefizveranstaltungen, für die seine Leute angefragt wurden, holte er noch einiges an Gagen heraus. Er pflegte immer darauf hinzuweisen, dass er nur die erste Liga an Künstlern vertrete, die täglich Anfragen für Benefiz-Geschichten hätten, sich ihre knappe Zeit genauestens einteilen müssten und daher nur die lukrativsten annehmen würden.

Vor seinem Haus war alles ruhig. Erstaunlich, keine fünf Minuten vom Kudamm entfernt, war nicht mehr zu hören als das Zwitschern der Vögel. Ein laues Lüftchen wehte angenehm.

Ich klingelte, und ohne zu fragen, wer denn da am Tor stünde, ließ mich Helge ein. Er sah fast unappetitlich aus, trug einen Hotel-Bademantel, seine strähnigen Haare fielen in ein unrasiertes Gesicht. Ohne Begrüßung ging er vor mir her in sein Büro und setzte sich hinter seinen vollgepackten Schreibtisch. Er hatte schon mit meinem Kommen gerechnet. Mein Vertrag mit dem Sender lag in Kopie auf seinem Schreibtisch.

»Wenn du das anfechten möchtest? Die müssen zahlen!«

Ich erwiderte, dass dies nicht in meinem Sinne sei. Er gab mir recht. Auch für ihn sei ein Prozess mit A.I.R. schädlich, schließlich hätte er dort noch »weitere Gesichter auf dem Sender«. Er war über alles im Bilde, hatte nach diversen Anrufen der Presse selbst bei der Redaktion nachgefragt und von meinem unrühmlichen Rauswurf erfahren. Die Sendung hatte er mittlerweile auf seinem Laptop gesehen (YouTube ließ grüßen), ich selbst war noch gar nicht dazu gekommen. Er bot mir einen Cognac an, hatte wohl selber schon einige intus. Aber da man bei ihm nie genau wusste, wann er anfing zu trinken, beziehungsweise ob er je stoppte, registrierte ich das nur nebenbei. Fast hätte ich einen angenommen, obwohl ich, branchenunüblich, Alkohol verschmähe.

Komisch, dass dieser ungepflegte Kerl einer der besten Agenten Deutschlands war. Er musste im Geld schwimmen, aber keinen Spaß am Ausgeben haben. Der Luxus im Haus endete bei Elektrogeräten. Seine Bank schickte ihm zum Geburtstag jedes Jahr einen Riesenfresskorb, das besagt einiges!

»Für dich finden wir immer was!« (Er hätte mir kaum etwas Schöneres sagen können!) »Jedes Ende ist ein neuer Anfang, und mit dir geht es jetzt erst so richtig los!«

Das wollte ich hören und noch lieber glauben, denn schließlich kannte Helge sich aus.

»Ein gutes Zeichen: Du warst der Bild die Schlagzeile wert, obwohl Madonna mit einem Neuen gesehen wurde! Selbst eine schlechte Nachricht ist eine gute, wenn nur der Name richtig geschrieben wurde. Außerdem ist nichts so unwichtig wie die Zeitung von gestern!«

Balsam für meine geschundene Seele. Ob er denn schon eine neue Idee für mich hätte?

»Lass erst mal etwas Zeit ins Land gehen. Die Konkurrenzsender werden schon von alleine kommen.«

»Und wenn nicht?«

»Dann hast du ja den besten Agenten von allen, der lässt dann seine Beziehungen spielen. Du bist schließlich nicht irgendwer. Du bist Peter Sander!« (Ja, Peter der Geschasste.)

Noch während ich mich von ihm aufbauen ließ, kam ein Anruf von der *Potzblitz*-Redaktion, die ein Interview mit mir erbat. »Das können Sie gerne haben, auch exklusiv, Sie müssen nur in der nächsten halben Stunde das richtige Angebot machen, sonst entscheiden wir uns für eine Konkurrenzsendung!«

Was würde ich nur ohne meinen Agenten machen?

»Wir sollten besprechen, was wir ab sofort nach außen vertreten: Du bist gegangen, hast deinen Hausausweis demonstrativ zurückgegeben, da du mit diesem Team nicht länger arbeiten willst. Die Maikel gab schon ein Interview, in dem sie nicht sehr schmeichelhaft über dich herzog, aber auch Redaktion und Regie verantwortlich machte, die sich für alle hörbar in unflätiger Weise über sie lustig gemacht hätten. Das nutzt du und machst dich öffentlich zu ihrem Verbündeten. Was ist eigentlich an der Sache mit Suzanne dran? Läuft das schon lange mit dem Baumann?«

»Da läuft gar nichts. Jetzt fängst du auch noch an!«

»Peter! Mir kannst du es doch sagen. Ich bin dein Freund und Agent! Und ich kenne die Frauen!« Bei diesen Worten goss er sich ein weiteres Glas ein, diesmal Whiskey aus einer neu angebrochenen Flasche.

»Wenn ich jedes Mal, wenn ich mit einer Frau fotografiert wurde, mit der auch im Bett gewesen wäre, wäre ich Super-Lendenman!«

»Und ich dachte immer, du hättest dich hochgeschlafen!?«

Entgeistert sah ich ihn an, was Helge mit einem Lachanfall erwiderte. »War doch nur ein Witz!«

Nun konnte ich mitlachen. Immerhin: Ich konnte noch lachen, also war noch nicht alles verloren.

Potzblitz bekam das Exklusiv-Interview, dafür suchten wir das Rondell im Garten meines Agenten aus. Das viele Grün der Nadelhölzer sollte eine positive Grundstimmung verbreiten. Ich saß lässig in einem Teakholzsessel, um mich Bildbände von fernen Reiseziele drapiert, die Helge sammelte. Das Betrachten fremder Landschaften reichte ihm, er verließ nur ungern seine Heimat.

In diesem Ambiente wollten wir den Eindruck von Gelassenheit ausstrahlen, als ob ich kurz davor wäre, mir die Welt zu erobern.

Helge, mittlerweile geduscht und frisiert, tat, als ob er seiner normalen Arbeit nachging, uns nicht stören wollte, um dann, als die Kamera nebst Licht aufgebaut war und das Interview beginnen sollte, ganz kurz ins Bild zu huschen mit der Frage, ob denn die Moderation für diesen »Autokonzern« noch in meinen Terminplan passe? Sie würden jetzt auch die doppelte Gage zahlen. Diese Anfrage gab es nicht. Es gab überhaupt keine aktuellen Anfragen, aber Helge meinte, das würde meine Interviewerin beeindrucken, besonders wenn sie meine Antwort hören würde: »Gut, wenn du die Besprechung mit dem Sender verschieben kannst, mache ich es!« Natürlich war auch diese Besprechung erfunden. Helge tat geschäftig und eilte in sein Büro zurück.

Die Aufnahmen konnten beginnen. Die Kamera eilte auf mich zu, während ich, erstaunt ob des Besuches, aus einem Bildband über die Sahara aufblickte, den mir der Kameramann zuvor in die Hand gedrückt hatte. Die Moderatorin der täglichen Sendung und ich begrüßten uns herzlich vertraut mit Küsschen neben beide Wangen, und ich bot ihr einen Platz an. Immerhin hatte man Frauke Ehrenfeld persönlich zu mir geschickt, was nur in ganz seltenen Fällen passierte. Normalerweise sagte sie bloß Beiträge anderer an, war nur bei Filmfestspielen und Preisverleihungen persönlich »vor Ort«. Wir waren uns bisher auch nur auf roten Teppichen begegnet. Eine Frau mit herbem Profil, an deren Gesicht die Maskenbildner wahre Meisterleistungen vollbrachten. Hier, ohne Maskenbildner, tat sie sich keinen Gefallen damit, im Bild aufzutauchen. Aber da ihr Gatte die Presseabteilung ihres Senders leitete, musste sie sich um ihren Job keine Sorgen machen. Wir plauderten wie alte Freunde, wobei Helge im Vorfeld auf dem vertraulichen »du« beharrte, was eine allzu distanzierte Fragerunde ausschloss.

Wie abgesprochen, vertrat ich unsere Version des Abschieds von A.I.R., ohne auf den Sender zu schimpfen, man weiß ja nie, wann man ihn wieder benötigt. Als würde sie ein Ass aus dem Ärmel schütteln, erwähnte die Ehrenfeld, dass sie erfahren habe, dass bereits andere Sender mit mir Gespräche führten und ich auch sonst einen vollen Terminkalender hätte. Ob ich denn überhaupt Zeit zum Reisen finden würde. Ich hielt mich bedeckt, Gespräche würden doch immer geführt. So lange nichts unterschrieben sei, würde ich auch nicht darüber reden wollen.

»Nur so viel: Meine Fans können sich darauf freuen!« Dann entschuldigte ich mich bei Gertrud Maikel, der »großen alten Dame des deutschen Fernsehens. Es gab Pannen, die so nie hätten passieren dürfen. Sie sehen ja, ich zog meine Konsequenzen und verließ dieses Team!«

Bis dahin war alles für mich blendend gelaufen. Doch im Abgang stellte mir Frauke Ehrenfeld noch die Frage, ob ich denn alleine reisen müsste, jetzt, wo Suzanne mit Mike Baumann zusammen sei? Hinterhältig!

Ich winkte die Kamera zu mir heran, blickte direkt in dieselbe und sprach die Zuschauer an ihren Bildschirmen mit tiefer vertrauensvoller Stimme an: »Sehen Sie mir in die Augen! Glauben Sie mir, an den Gerüchten über meine Frau – ich nenne sie so auch ohne Trauschein – und den Regisseur, den wunderbaren, sehr von mir geschätzten Mike Baumann, ist nicht der kleinste Funken Wahrheit dran.«

Dabei setzte ich meinen treuesten Dackelblick auf. Können diese Augen lügen?

»Das war's, Kamera aus.«

Die Ehrenfeld bedankte sich für das offene Gespräch und betonte, dass sie die Frage nach meiner Beziehung nie gestellt hätte, wenn ihre Redaktion dies nicht zur Bedingung gemacht hätte. Ich wüsste ja am besten, welche Macht die Redaktionen haben, und hätte ja so die Möglichkeit bekommen, die Gerüchte aus der Welt zu schaffen. Küsschen hier, Küsschen da, und weg war sie.

Helge wollte wissen, ob ich zufrieden sei.

»Alles in Butter, die Ehrenfeld fiel auf alles rein. Gut, dass wir es gemacht haben.«

»Na für zweitausend Euro! Dafür müssen andere 'nen Monat schuften!«

Wir strahlten um die Wette. Es sollte für lange Zeit die größte Summe Geld sein, die ich verdiente.

Suzanne war immer noch nicht erreichbar, und so hinterließ ich ihr mehrfach die Nachricht, dass ich diese Nacht bei Helge im Gästezimmer verbringen würde, bis die Paparazzi vor unserem Haus aufgeben würden. Während Helge seiner Arbeit nachging, versank ich in seiner Bücherwelt. Ägypten, Vietnam, China, Antarktis ... was ich alles noch sehen wollte.

18.30 Uhr. Der letzte Tropfen aus der Whiskeyflasche des Morgens war schon von Helge verzehrt, wobei er keine Anzeichen des Betrunkenseins zeigte. Wir machten es uns vor seinem Riesen-Flachbildschirm gemütlich. Nach einem endlosen Werbeblock erstrahlte das Logo der Sendung, dann zeigte die Kamera, wie sich die Moderatorin drei Schritte auf die Zuschauer zubewegte. »Guten Abend und herzlich willkommen bei *Potzblitz*. Mein Name ist Frauke Ehrenfeld.«

Sie las die Themen des Tages vom Teleprompter ab, ich wurde mit »Der tiefe Fall. Steht Peter Sander vor dem Aus?« angeteasert.

Nach den täglichen Top- und Floplisten, diversen Beiträgen zu fremdgehenden Fußballern, abgemagerten Models und Paris Hilton machte die Ehrenfeld ein betretenes Gesicht und zeigte Ausschnitte meiner gestrigen Sendung (war die wirklich erst einen Tag her?). Der Beitrag begann mit Gertrud Maikel. Diese ließ sich zischelnd vernehmen: »Es wurde Zeit, ich hätte den Sander längst in die Wüste geschickt!«

Das nächste Bild war der Bildband von der Sahara, von dem aus auf mein Gesicht geschwenkt wurde. Na super! Deshalb hatte ich unbedingt dieses Buch in den Händen halten sollen. Ich war sprechend im Bild zu sehen, aber nicht zu hören. Fraukes

Stimme erzählte von einer Flucht zu meinem Agenten und dem Rausschmiss bei A.I.R., was mit eingeschnittenen Bildern vom Vormittag, der Abgabe meines Hausausweises, unterlegt war. Dann hörte man mich sagen: »Es gab Pannen, die so nie hätten passieren dürfen!« Wieder war mir der Ton genommen, und man vernahm die Ehrenfeld: »Pannen gibt es nicht nur beruflich, Peter Sander steht auch privat vor dem Aus. Wie wir aus Insiderkreisen erfahren haben, kriselt es in der Beziehung zu Suzanne Henke seit einiger Zeit. Wem will das Paar noch etwas vormachen?«

Meine Stimme kehrte in den Beitrag, mit den Bildern des verliebten Abschieds von Suzanne und mir am Morgen unterlegt, zurück: »An den Gerüchten über meine Frau – ich nenne sie so auch ohne Trauschein – und den Regisseur, den wunderbaren, sehr von mir geschätzten Mike Baumann, ist nicht der kleinste Funken Wahrheit dran.«

Dazu zeigte man Bilder von Suzanne, joggend im Park. Erst alleine, dann mit einem Mann an ihrer Seite: Mike Baumann. Davon hatte sie mir nie etwas erzählt! Und dann folgten mehrere Schnappschüsse der beiden: sich küssend, sie an seinen Zehen lutschend bei einem Picknick für zwei (wann war es das letzte Mal warm genug gewesen?), tollend, lachend. Mir wurde übel.

Dann sah man mich noch einmal, den Zuschauer fixierend: »An den Gerüchten über meine Frau« (Schnitt) »und Mike Baumann« (Schnitt) »ist nicht der kleinste Funken Wahrheit dran.«

Frauke Ehrenfeld im Studio: »Wem will Peter Sander da noch etwas vormachen?«

Helge drückte die Fernbedienung.

Dann war es ganz ruhig.

»Wenigstens sah man, wie hässlich die Ehrenfeld ist!«

»Hm.«

»Morgen sieht die Welt schon ganz anders aus.«

Stille.

»Scheiß Weiber!«

Mir versagte weiterhin die Stimme. Ob ich mir je wieder Gehör verschaffen können würde?

»Sollen wir noch bei *Topflop* reinschauen?«

»Wieso? Kann man mehrfach hingerichtet werden?«

Mein Handy klingelte. Auf dem Display erschien der Name Suzanne. Ich stellte mein Mobiltelefon aus.

Mein Gesicht konnte man als versteinert bezeichnen. Helge ging wortlos in seine Küche, öffnete seinen Kühlschrank. »Du auch?«

Ich stammelte: »Hast du ... hast du Eis?«

Ich würde heute eine Zwei-Liter-Box Sahneeis essen, ohne Rücksicht auf Verluste. Auch wenn ich aufginge wie ein Hefeteig!

»Klar doch!«

Helge brachte zwei Gläser Wodka mit, eines bis oben mit Eiswürfeln bestückt. Ich probierte einen Schluck, aber auch jetzt ekelte mich der Alkoholgeschmack. An Wasser-Eiswürfel hatte ich bestimmt nicht gedacht, aber nun, da sie schon mal da waren, fischte ich die Eiswürfel heraus und begann diese zu kauen. Speiseeis hatte Helge gar nicht im Haus. Trotz des Eises wurde mir ganz warm. War das die Wirkung, um derenthalben Leute Alkohol trinken? Als der letzte Würfel zerkaut war, trank Helge den Wodka in einem Zug leer. Ihn schüttelte es ob der Verdünnung, mich ob des zu Verdünnenden.

»Ich will sterben!«

»Das wirst du. Keine Bange. Aber nicht heute.«

»Doch. Jetzt gleich! Hier, fühl mal, meine Hände sind schon ganz kalt.«

»Und feucht. Das kommt davon, wenn man Eiswürfel aus Wodkagläsern fischt.«

Ein Würfel war mir wohl entfleucht. Er hatte sich fast ganz aufgelöst. Wie gebannt starrte ich auf den sich ausbreitenden Fleck auf dem Teppich. Mein Hirn war leer. Trübsinn ergriff mich.

Dies war die zweite Nacht in Folge, in der ich auf dem Fußboden aus dem Schlaf erwachte.

Ich wusste gar nicht, wo ich mich befand. Mein Kopf fühlte sich ungewöhnlich schwer an. Hatte ich eine Fahne? Helge hatte das

Licht heruntergedimmt und war schlafen gegangen. Auf einem Zettel riet er, ich solle es mir im Gästezimmer bequem machen.

Plötzlich kam mir die riesige Villa unheimlich vor. Sollte ich nicht doch lieber nach Hause fahren? Nach Hause? Hatte ich denn noch ein Zuhause? Wahrscheinlich war meine Wohnung längst als Liebesnest von Mike Baumann und seiner Konkubine entehrt. Wo könnte ich denn noch hin? Zu Frederik?

Oh Gott, den hatte ich ganz vergessen. Ich saß bei meinem Agenten auf dem Boden, hatte mich mit Eiswürfeln volllaufen lassen und meinen besten Freund versetzt.

Ich holte das Telefon heraus, schaltete es betriebsbereit. Als Bildschirmschoner erschien ein Foto von Suzanne. Wie löscht man so was? Egal. Pieptöne informierten mich über neue Nachrichten, gesprochene und geschriebene. Ich las etwas von zwölf Anrufen. Mir konnte man nichts mehr vormachen. Vor der ganzen Welt war ich gedemütigt, nun musste Suzanne nichts mehr von Liebe heucheln.

Ich malte mir ihre Entschuldigungssprüche aus: »Wir haben doch nur für eine Szene geprobt, wo ich Mike zeigen wollte, dass ich ganz unbefangen mit meinem Partner spielen würde, als würde ich Liebe für den empfinden.« Oder: »Was regst du dich auf. Mike hat sich beim Barfußjoggen einen Span eingetreten, den ich ihm hilfsbereit aus dem Zeh lutschte. Der hatte aber auch solche Schmerzen, deshalb liegt der auf den anderen Bildern nur noch flach da.«

Die Liste der Kurznachrichten war auch nicht zu verachten. Vier von Suzannes Telefon, ebenso oft von Frederik, dann noch zwei unidentifizierte Nummern. Frederik machte sich ernsthaft Sorgen und bat, auch zu später – oder schon wieder früher – Stunde, dringend um meinen Rückruf.

Und, das schlug dem Fass den Boden aus, auch Mike Baumann bat um einen Rückruf. Woher der meine Nummer hatte, musste ich mich ja nicht fragen. Verblüfft war ich über eine Nachricht von meiner Kaugummi kauenden Regieassistentin: »Wenn de wat brauchst ... Cleo« stand da. Sollte ich mich drei Jahre so in ihr getäuscht haben? Befand sich unter ihrer rauen Schale doch ein weicher Kern? Plötzlich hatte ich sie lieb gewonnen.

Irgendwo musste doch ein Lichtschalter sein! Ich tapste Richtung Eingangshalle. Oh, wie nett. Helge hatte das Gästezimmer im oberen Stockwerk bei offener Tür erleuchtet gelassen. Wie spät es wohl war? »3.37 Uhr«, zeigte das Handydisplay an. Sollte ich Frederik um diese Uhrzeit wirklich noch anrufen? Eine SMS erschien mir sinnvoller: »Alles o.k., bin k.o., mach dir keine Sorgen, melde mich.« Den Kurznachrichten von Suzanne verweigerte ich das Lesen, brachte es aber auch nicht fertig, sie zu löschen.

Ich stakste die Treppe zum Gästezimmer hinauf, erblickte dahinter ein eigenes Gästebad, was mir in diesem Moment mehr als zupass kam. Wahrscheinlich hatte mich der Druck auf der Blase geweckt. Geschafft!

Während sich mein Körper noch einer gewaltigen Menge Harnflüssigkeit entledigte, hörte ich die Mailbox ab. Meine Mutter sorgte sich. Suzanne würgte ich ab, Frederik fragte, wo ich bliebe, das Cordon Bleu würde kalt, Frederik zum Zweiten, er drohte, die Polizei einzuschalten, Suzanne würgte ich ab, Frederik hatte von Suzanne erfahren, ich sei bei meinem Agenten, ob das denn stimme? Suzanne und Cornelia gemeinsam würgte ich ab, meine Mutter sorgte sich nach *Topflop* noch mehr, Frederik ginge nun ins Bett und wünschte, von meinem Anruf geweckt zu werden, Suzanne würgte ich weitere zwei Male ab.

Oh Gott, meine Mutter! An die hatte ich gar nicht gedacht. Suzanne und sie waren sich nur einmal begegnet, da war die Stimmung frostig. Obwohl Suzanne genau instruiert war, welche Themen bei meiner Mutter von Vorteil wären, wollte kein rechtes Gespräch aufkommen. Aber wen akzeptierte meine Mutter schon an der Seite ihrer Kinder? Meine Mutter lebte in der Nähe vom Starnberger See in einem Seniorenstift, das man in ihrer Gegenwart aber nie so nennen durfte. Nach Vaters Tod wollte sie wieder in der Nähe meiner Schwester sein, ich würde mich »ja eh nicht für sie interessieren«. Vor mir tat sie immer, als wäre ihr mein

Beruf egal. Ich sollte bloß etwas Anständiges lernen. Doch als der Erfolg kam, erzählte sie aller Welt, dass ihr Sohn beim Fernsehen sei. Meine Mutter bestand darauf, uns im Restaurant des Stifts zu treffen, schließlich sollten die Mitbewohner sehen, mit welch prominenten Leuten sie Umgang pflegt.

Wie ich nur mit der Maikel in dieser Art reden konnte!, hatte sie sich am Telefon mokiert. Sie interessierte sich nur für den eigenen Ruf.

Ohne nachzudenken rief ich doch noch bei Frederik an und ließ es endlos klingeln, bis er beherzt – aber schlaftrunken – den Hörer ergriff. Ich glaube, ihm lag manche Beschimpfung auf der Zunge, aber er war viel zu erleichtert, mich endlich zu hören, sodass er nur ein »endlich!« herausbrachte. Wo ich denn sei.

»Bei meinem Agenten. Mir geht es gut.« Ich spülte. »Nein, mir geht es gar nicht gut.«

»Soll ich Dich abholen?«

»Ja. Nein. Ich hab ja ein Auto. Aber ich hab Eiswürfel getrunken! Ich darf gar nicht fahren.«

»Eiswürfel? Ich versteh kein Wort.«

»Die schwammen in Alkohol. Das war nicht gut!«

»Dann lass die Finger vom Wagen. Du verträgst doch nichts. Habe ich dich jemals was trinken sehen? Kann mich nicht erinnern.«

»Mir fällt es auch schwer, mich an alles zu erinnern. Nein, ich erinnere mich noch an alles sehr gut. Nur, da war *nichts* sehr gut. Im Gegenteil. Und dann wollte ich sterben. Aber ich bin gar nicht tot. Das könnte denen auch so passen. Nicht mit mir!« Ich saß noch immer auf der Toilette. Langsam hatte sich der Klobrillenrand unter meinen Oberschenkeln eingedrückt. Ich stand mit einem schmatzenden Geräusch auf, und torkelte mit herabgelassener Jeans zum Waschbecken. Im Spiegel sah mich ein zerstörtes Gesicht an. Lag das am Haus, oder warum sah ich Helges Sumpfgesicht ähnlich?

»Hallo, bist du noch dran?«, vernahm ich Frederiks Stimme.

»Ja, ja. Ich bin wohl etwas durcheinander. Kann man das Cordon Bleu noch mal in die Mikrowelle ...?« Ich hatte Hunger. Seit dem Frühstück hatte ich nichts Richtiges mehr gegessen.

»Ich glaube nicht, dass du jetzt noch losfahren solltest. Wenn, dann nimm dir ein Taxi. Meine Tür steht dir immer offen, das weißt du. Ich mach dir auch was Frisches zu essen.«

Wenn es Frederik nicht gäbe, man müsste ihn für mich erfinden. Er arbeitete in einem Auktionshaus, begutachtete die neue »Altware«, die eingeliefert wurde, und taxierte diese. Immer wieder erstaunte er mich mit seinem Wissen über Malerei, Möbel und Kunstgegenstände. Seit er im traditionsreichen Haus eines seiner Ex-Männer mitarbeitete, erzielte es immer neue Rekordsummen bei dessen Versteigerungen. Frederiks nette Art band zahlungswillige Käufer wie Verkäufer. Wenn er darum bat, konnte er ohne Schwierigkeiten einen Tag frei nehmen, solange er nicht feste Termine einhalten musste oder gar eine Versteigerung anstand. Außerdem war sein Ex und Chef mir wohlgesinnt. Wir hatten einige Wochenenden gemeinsam bei Ausflügen verbracht, und ich hatte ihn zweimal als Sachverständigen in meine Sendung geholt.

Nach einigem Hin und Her entschieden wir uns dafür, dass wir uns am kommenden Vormittag sähen.

Helge hätte sicher nichts dagegen, wenn ich aus seinem Kühlschrank etwas nähme. Ich wollte nur noch etwas essen und schlafen. Oder baden und schlafen? Oder alles drei? Ich traute mich nicht mehr zu baden, wollte nicht allzu viel Lärm im Haus machen. Also begnügte ich mich mit einer Schnellwäsche am Becken. Erfrischt begab ich mich in die Küche im Erdgeschoss. Mit Magenknurren öffnete ich Helges überdimensionalen Kühlschrank mit Eisspender an der Vorderfront. Drinnen fand ich diverse Alkoholika, eine Packung Würstchen, Ketchup und zahlreiche abgelaufene asiatische Soßen. Ferner eine Packung Pumpernickel und quadratischen Scheiblettenkäse, der in der offenen Packung lag. Es wurde ein lukullisches Mahl. Mit wie wenig man zufrieden sein kann!

Am nächsten Morgen schlief ich erstaunlich lange, obwohl ich schwören könnte, kein Auge zugemacht zu haben.

Helge saß schon wieder schlunzig im Bademantel an seinem Schreibtisch und checkte seine E-Mails, vor ihm die obligatorische Flüssignahrung. Er war aufgeräumt und guter Dinge.

»Hör mal, wenn *Potzblitz* noch ein Interview will, dann müssen die aber gehörig blechen. So billig kommen die nicht mehr davon!«

Ich ließ ihn reden und hoffte inständig, dass niemand mehr so schnell etwas von mir wissen wollte. Leider nahm das irgendeine Macht wörtlich.

6

Ich fuhr direkt zu Frederik. Er wohnte in einem ausgebauten Dachgeschoss mit dazugehöriger Terrasse. (Warum wohnen alle mir bekannten Schwulen bloß im obersten Stockwerk, dazu ohne Fahrstuhl? Weil sie schlank bleiben möchten? Oder weil sie keine Kinder bekommen können, mit denen der Aufstieg nie zu bewerkstelligen wäre?)

Ich weiß nicht, ob sein Gesichtsausdruck eher Sorge um mich oder Erschrecken über meinen Anblick widerspiegelte: Unrasiert, in zerknitterten Klamotten, wahrscheinlich mit strengem Atem, denn ich hatte die Zahnpasta, die ich in Helges Gästebad fand, nur mit den Fingern im Mund verteilt.

Ohne ein Wort der Begrüßung lagen Frederik und ich uns in den Armen. Dann zog er mich ins Wohnungsinnere. »Ich hatte schon Angst, du kommst nicht mehr.«

Das Licht, das durch die große Fensterfront einfiel, durchflutete die Wohnung und gab dem Bambus-Parkett eine warme Note. Nur wenige Möbel, ausgesuchte Stücke, meist Antiquitäten, standen vereinzelt in den drei Räumen. Der moderne Esstisch war bereits liebevoll für zwei Personen gedeckt: frische Brötchen, Marmelade, Aufschnitt, zwei Eier im Becher mit Eierwärmern, die aussahen wie Prinz Charles und Camilla (Frederik war bekennender Monarchist).

»Die Eier sind sicher schon kalt. Tee ist in der Thermoskanne, die passt leider nicht zum Gesamtbild.«

Der Tisch war mit KPM-Geschirr Marke Kurland gedeckt, die hohe, weiße Thermoskanne passte wirklich nicht dazu.

»Ich trinke noch 'ne Tasse mit. Vom Kaffee habe ich genug.«

Er tauschte seine Kaffee- gegen eine Teetasse aus. »Das war alles ein bisschen viel auf einmal, was?« Dabei ließ er ein großes Stück Kandis mittels einer reich verzierten silbernen Zuckerzange in meine Tasse fallen.

»Bis vorgestern war ich ein erfolgreicher Fernsehstar mit glücklicher Beziehung, und heute bin ich« – ich warf die Bild des heutigen Tages auf den Tisch. Da stand es rot auf weiß: »ARBEITSLOS! BEZIEHUNGSLOS!«

»Was sagt Suzanne dazu?«

»Wir haben nicht mehr miteinander gesprochen.«

»Weiß sie, wo du bist?«

»Warum sollte sie? Ich weiß ja auch nicht, wo sie sich gerade rumtreibt! Wo sie dem Baumann die Zehen abschlabbert, aber das kann man sicher heute Abend im Fernsehen begutachten!«

»Sollen wir ein paar Tage wegfahren?«, fragte Frederik. »Nach Schweden? Da könnten wir im Haus von Freunden wohnen. Oder irgendwohin, wo es warm ist? Mexiko? Wo dich keiner kennt? Soll ich Last-Minute was buchen?«

»Ja. Nein!«, sagte ich und dann trotzig: »Ich renn doch nicht weg!«

Frederik sagte mit beschwichtigender Stimme, wie wenn man mit einem kranken Kind redet: »Ganz wie du willst. Und sollte sich deine Meinung ändern, Carsten gab mir diese Woche frei.«

Frederik musste man einfach lieben!

»Warum bin ich nicht schwul geworden? Kannst du mir das sagen?«

»Glaub mir, das Leben birgt dann ganz andere Schwierigkeiten!«

»Was Besseres als dich finde ich doch nicht.«

»Ich bin ja auch so für dich da. Wahrscheinlich ist es gerade gut, dass sich zwischen uns nichts Erotisches abspielt.«

Bisher hatte ich noch nie darüber nachgedacht: »Meinst du, ich bin für Männer völlig unerotisch?«

Frederik wusste sich geschickt aus der Frage herauszuwinden: »Hättest du so viele Frauen enttäuschen wollen?«

Aber ich ließ nicht locker: »Hast du dich je für mich interessiert? Ich meine, früher, in der Schulzeit wenigstens?«

Frederik köpfte sein Ei.

»Das wäre 'ne neue Schlagzeile: ›Peter Sander zum anderen Ufer übergelaufen‹!«

Da waren wir wieder beim alten Thema.

»Ich will nicht täglich in der Zeitung stehen!«

Frederik konnte sich einen gewissen Sarkasmus nicht verkneifen: »Komisch. Vorher konntest du gar nicht oft genug in der Zeitung stehen. Und endlich hast du es auch mal *auf* die Zeitung geschafft. Du warst es doch, der immer klagte, auf die Titelseiten komme Mann nie allein drauf, nur mit Frau im Arm. Und jetzt ...?«

»Damit meinte ich die Yellow-Press! Bis letzte Woche sah ich uns unsere Hochzeit an irgendein Schmierenblatt höchstbietend versteigern, genauso die ersten Babyfotos. Und nun?«

Frederik wollte mich beruhigen und erreichte genau das Gegenteil: »Ach, in ein, zwei Wochen berichtet kein Mensch mehr über euch!«

Ich spürte, wie das Blut aus meinem Gesicht wich: »Meinst du wirklich, so lange machen sich die Aasgeier noch über mich her?«

»Vielleicht hast du ja Glück, und ein Serienmörder schlägt zu. Dann werdet ihr uninteressant. Ansonsten ist nach spätestens einer Woche die Luft raus, nur die *Frau ohne Hirn* tröpfelt noch nach.«

»Vielleicht sollten wir doch verreisen. Wo gibt es denn weder Fernsehen noch Zeitungen, Telefon und Internetanschluss?«

Mir schwebte etwas wie das Eismeer oder ein Ureinwohnerstamm auf Papua-Neuguinea vor. Meine Mutter sammelte eh alle Zeitungsausschnitte über mich, in einigen Jahren konnte ich also noch alles nachlesen, was in dieser Zeit über mich geschrieben wurde.

»Peter, wenn du nicht wenigstens aus Höflichkeit was isst, bist du zu schwach zum Reisen!«

Ich saß immer noch vor einem aufgeschnittenen Brötchen, das ich mit Butter bestrichen hatte, ohne mich für einen Belag entscheiden zu können. So entfernte ich erst Camilla und dann die Pelle vom erkalteten Ei und schnitt es auf eine Brötchenhälfte, wobei Eigelb auf meine Finger kleckerte. Der silberne Salzstreuer gab erstaunlich viele Körner auf einmal frei. Als Rache hatte ich ihn mit Eigelb eingesaut. Belustigt nahm Frederik seine Leinenserviette und reinigte mich und Streuer.

»Ich hab keine Ahnung, wie lange das schon geht mit Suzanne und Mike ...«

»Gut zwei Wochen.«

Ich verschluckte mich: »Woher weißt du?«

Frederik sah mich sehr ernst an. »Suzanne und ich haben gestern Abend ein ausführliches Gespräch geführt. Ich denke, ihr solltet miteinander reden.«

»Reden?!«

Wer hatte denn *nicht* mit mir geredet? Das war doch wohl sie! Noch gestern Morgen hatte sie mir ins Gesicht gelogen und mich damit vor aller Welt lächerlich gemacht. Was gab es da noch zu reden? Sie hatte sich schon den Nächsten unter den Nagel gerissen und mich als Notnagel im Ungewissen gelassen. Meine Mutter mochte sie gleich nicht, die hatte einen Riecher für falsche Schlangen! (Gerechterweise musste ich mir eingestehen, dass sie noch nie eine Frau an meiner Seite mochte. Erstaunlich, wie schnell die Gedanken ineinander übergreifen, wenn einen die Wut packt!) Nie wieder wollte ich diese Frau sehen! Am liebsten hätte ich jetzt und hier unseren gemeinsamen Film vernichtet. Warum tat sie mir das an! Ich war doch immer bemüht! Andererseits: Mühe allein genügt nicht, hielt ich mir vor, während meine Gedanken rasten. Warum waren die Verwöhntage eingeschlafen? Hatte uns der Alltag zu sehr eingeholt? Oder war er einfach so viel besser im Bett? Oder bloß wichtiger auf der Karriereleiter? Nein. Das konnte nicht sein. Suzanne war keine, die Karriere übers Bett machen wollte. Dann wäre mein Wirblie schon viel weiter, diesbezügliche Avancen hatten wir in der Vergangenheit mehrmals abschätzig belächelt. Wie oft hatte der Einschaltquotengarant Regisseur Dietmar Schniepel an ihrer Hotelzimmertür geklopft? Einmal steckte er Suzanne bei einem Gala-Bankett vor meinen Augen einen Zettel mit seiner Zimmernummer zu, verbunden mit der anzüglichen Bemerkung, ob sie denn nicht mal 'ne Hauptrolle in einem seiner nächsten Filme spielen wolle ...

Ich suchte die Schuld bei mir. Hatte ich sie vernachlässigt? Nur noch an meine Karriere gedacht? Nein! Oder? Ich beschimpfte mich selbstmitleidig: »Ich bin sicher an allem schuld!«

»Das sieht sie ganz anders. Sie sagt, sie liebt dich, trotz allem.«

»Ach ja?«, schrie ich fast auf. »Mich liebt sie, und ihm lutscht sie die Zehen! Weißt du, wann sie mir mal die Zehen gelutscht hat? Nie!« Ich musste mich sehr lächerlich anhören. »Ich möchte gar nicht wissen, was sie bei ihm sonst noch alles lutscht!«

Frederik blieb sachlich verständnisvoll: »Egal, wie und was vorgefallen ist, ihr solltet reden, bevor die Sache ganz aus dem Ruder läuft.«

Meine Stimme überschlug sich: »Ist sie das noch nicht? Ich werde der Presse auf dem Scheiterhaufen präsentiert, und sie zündet die Lunte an.«

»Es ist nicht alles optimal gelaufen ...«

»Wirklich nicht! NICHTS IST OPTIMAL GELAUFEN!«

»Lass mich bitte ausreden! Auch Suzanne wird belagert, aber sie hat kein böses Wort geäußert, wollte dich auf ihre Weise schützen. Zugegeben, es war nicht die feine Art, ich weiß da auch einiges zu kritisieren, aber sie hat zu dir gehalten.«

»Nee, mein Lieber, sie hat mich zum Narren gehalten. Und alle konnten zusehen. Wahrscheinlich weiß es die ganze Branche schon seit Monaten, nur ich ... wie lange geht das, sagtest du?«

»Zwei Wochen.«

»Das sind vierzehn Tage ...«

Ich rechnete schnell nach. »Da war doch das Agenturfest bei Eni!?«

Frederik wurde es unangenehm: »Sie erwähnte so etwas, ja, aber ich finde, das muss sie dir selber sagen. Ruf sie an. Hier ist ihre Nummer.« Er griff nach einem Zettel auf seinem Biedermeier-Sekretär.

»Was soll ich mit ihrer Nummer? Ich kenne all ihre Nummern auswendig!«

Die Nummer auf dem kleinen Papier war mir total unbekannt.

»Was denn? Ist sie schon bei ihrem neuen Stecher eingezogen?«, empörte ich mich.

Frederik goss sich seufzend noch eine Tasse Tee ein.

»Wähl die Nummer und du wirst eines Besseren belehrt. Sie ist bei einer Freundin untergetaucht. Diese Schauspielerin mit den zwei Biestern.«

»Cornelia?«

Frederik drückte mir sein Telefon in die Hand und begann den Tisch abzuräumen.

»Oder wollt ihr allein sein?«

Bevor ich antwortete, verließ er rücksichtsvoll das Zimmer in Richtung Küche, wo ich ihn dann hantieren hörte.

Da saß ich nun, ein Häufchen Unglück, auf die Nummer starrend, vor einem bekleckerten Teller, der meine Henkersmahlzeit beherbergt hatte, verzweifelt, mich gleichzeitig nach der Stimme Suzannes sehnend, zutiefst enttäuscht und aufgewühlt. Wie sollte ich sie begrüßen? Ganz locker, nonchalant? »Na wie geht's? Heute schon 'n paar fremde Füße gelutscht?« Was sollte sie darauf antworten? »Deine darf ich ja nicht lutschen, du bist da ja kitzlig.«

Ich wählte bedächtig wie nie die aufgeschriebene Nummer. Gerade als ich wieder auflegen wollte, ertönte eine Kinderstimme: »Hallo?«

»Mit wem spreche ich bitte?«

»Und du bist?«

»Sander, Peter Sander.«

Aus dem Hintergrund hörte ich ein zweites Kind rufen: »Ist die Gurke dran?«

»Hm!«, bestätigte mein Gesprächspartner.

»Würdest du bitte Suzanne ans Telefon holen?«

Wieder ließ sich der Junge ein »hm« entlocken.

»Jetzt gleich!«

Im Hintergrund tobte sein Bruder: »Die Gurke ist dran, die

Gurke ist dran!« Dann: »Darf ich auch mal?« Daraufhin raschelte es im Hörer, was sich nach einem Kampf anhörte: »Die Gurke gehört mir. Ich war zuerst dran!«

Der Hörer knallte auf den Boden oder gegen eine Wand.

Gott sei Dank hatte der Lärm die Mutter der beiden Teufel aufmerksam gemacht. »Ricardo, Kevin! Jetzt ist aber mal Schluss. Was soll das?!«, hörte ich sie sehr unüberzeugend einschreiten.

»Aber ich war zuerst an der Gurke!«

Fast erschrocken hörte ich Cornelia, mit dem Hörer hantierend: »Peter, bist du es?«

»Ja, hier ist die saure Gurke. Kann ich mit Suzanne sprechen?«

Nach einem peinlich berührten Laut verlangte die überforderte Mutter: »Du musst ganz lieb zu ihr sein.«

Als hätte ich Suzanne irgendwann schlecht behandelt!

»Suzi weint sich die Augen aus!« Und im selben Atemzug: »Ricardo, Kevin, hört auf zu toben! Da geht doch gleich wieder was zu Bruch.«

Drei Beinpaare entfernten sich hörbar schnellen Schrittes; die »Gurken«-Rufe wurden leiser, als Suzanne »Flaatsch?« in den Hörer hauchte.

Man hörte ihr an, dass sie ein Schluchzen zu unterdrücken versuchte. Das war ungerecht! Ich kann es nicht ertragen, wenn sie weint. Sofort fühlte ich mich schuldig.

»Ich bin's, Peter«, erwähnte ich sinnloserweise.

»Wie geht es dir?«

»Erwartest du darauf eine Antwort?«

Drei schwere Atemzüge später: »Kann ich dich sehen?«

»Wieso? Hat Mike keine Zeit?«, quetschte ich in bemüht gleichgültigem Tonfall hervor.

Suzanne war zu klug, um auf diese Provokation direkt einzugehen. »Möchtest du zu mir kommen?«

»Um als Gurkenkönig gefeiert zu werden?«

Suzanne wurde das Ganze zu blöd. Ihre Stimme hatte sich wieder gefasst: »Wo steckst du? Ich komme vorbei.«

Sollte ich behaupten, ich sei auf den Bahamas? Was für ein

blöder Gedanke! Stattdessen sagte ich, dass ich nicht wüsste, ob Frederik ihr Besuch willkommen wäre.

»Du bist bei Frederik? Wenn du willst, rufe ich bei ihm im Auktionshaus an und bitte um die Erlaubnis, vorbeizukommen. Ist dir das recht?«

Ich kam mir kindisch vor. »Frederik hat sich frei genommen. Er lauscht wahrscheinlich gerade ziemlich diskret an der Tür. Vielleicht sollten wir uns zu Hause treffen. Den Schlüssel hast du doch noch?« Warum diese Spitzen?

»Flaatsch!«, sagte Suzanne genervt. »Noch wird unser Haus von der Presse belagert. Mach irgendeinen sinnvollen Vorschlag. Mach es uns nicht noch schwerer, als es ohnehin schon ist.«

Nach einigem Hin und Her einigten wir uns auf ein Treffen im Restaurant *Moorlake*. Fast schon in Potsdam, im Wald versteckt gelegen, wäre dort um diese Jahreszeit kaum mit Betrieb zu rechnen, und wenn doch, könnten wir immer noch spazieren gehen. Da wären wir vor der Presse einigermaßen sicher.

Sowie ich aufgelegt hatte, kam Frederik erleichtert aus der Küche, belud ein Tablett und begann, Pläne zu schmieden. Ob ich am Abend bei ihm essen würde? Wenn er seine berühmte Lasagne machen solle, müsse er noch was einkaufen. Auf dem Weg könne er ja schnell mal bei mir zu Hause vorbeihuschen und ein paar frische Klamotten, Zahnbürste und was ich so bräuchte, einsacken. Währenddessen könnte ich mich mit Suzanne aussprechen. Er schien es richtig zu genießen, mal etwas für mich tun zu können, und freute sich augenscheinlich gar auf etwas Gesellschaft in seiner Wohnung. Seit dem Ende seiner letzten Beziehung war schon einige Zeit ins Land gegangen. Für ihn wäre meine Anwesenheit also auch etwas Abwechslung. Dabei führte Frederik beileibe kein Mauerblümchendasein. Er pflegte immer zu sagen: »Bis der Richtige kommt, kann ich noch viel Spaß mit den Falschen haben!«

Er zwinkerte mir zu: »Und wenn einer von uns beiden jemanden mit nach Hause bringen will, zieht der andere so lang aufs Sofa!«

Das fand ich etwas unpassend für meine Situation.

»Ach«, achselzuckte Frederik, »ich zitiere bloß dich nach meiner letzten Trennung.« (Was sagt man nicht alles, um andere aufzuheitern oder abzulenken ...)

Kurz darauf erkundigte sich noch Carsten nach meinem Befinden. Es tut so gut, Freunde zu haben, denen mein Promi-Status vollkommen wurscht ist.

7

Es nieselte, alles war feucht. Das Berlin-typische, graue Novemberwetter schien um einen Monat vorgezogen. Nur, dass heute noch etwas farbenfrohes Laub die Augen erfreute. In den Rinnsteinen verklumpte es leicht, und der Wind blies zuweilen heftig, was sich im Blätterregen niederschlug. Das Restaurant *Moorlake* zieht mit deftiger deutscher Küche an warmen Tagen massenhaft Besucher in seinen Biergarten. Drinnen wird es meist für Veranstaltungen, Hochzeiten und dergleichen genutzt. Doch die Saison war vorbei. Wir würden hoffentlich die einzigen Gäste sein.

Suzanne wartete schon in ihrem Wagen, als ich vorfuhr. Die ersten Meter gingen wir, ohne ein Wort zu sagen. Wahrscheinlich wollten wir beide nicht Gefahr laufen, den anderen unnötig zu provozieren oder gar zu verletzen. Verletzt war ich schon genug. Der Nieselregen passte zu unserer Stimmung, Feuchtigkeit sammelte sich auf meiner Brille. Doch unabgesprochen lenkten uns unsere Schritte in den Wald, am Wirtshaus vorüber. Ich hatte mich bei Frederik so gut es ging zurechtgemacht, die Haare gewaschen, mich mit seinem Nassrasierer mehrfach geschnitten und mir ein (zugegeben) etwas eng sitzendes Hemd von ihm geborgt. Suzanne sollte sehen, was ihr abhanden kommen würde. Aber im Regen?

Sie sah schrecklich aus: vollkommen übernächtigt, verheult, ein Häufchen Elend. Wieso eigentlich? Ich war hier doch der Leidtragende!?

Für mich war sie trotzdem die hübscheste Frau auf der Welt! Wie konnte ich ihr nur antun, dass sie mich betrog! Seltsame Gedanken? Mag sein, aber ich spürte ein schlechtes Gewissen. Hatte ich sie zu diesem Schritt getrieben? Irgendetwas musste ihr doch gefehlt haben? Hatte ich mich zu sehr gehen lassen? Mein Bauch zeugte davon. Von Frederiks Lasagne würde ich am Abend nur einen Hauch essen, gerade so viel, dass es nicht unhöflich wirkte ...

Bevor ich mich noch mehr in Selbstzerfleischung üben konnte, seufzte Suzanne tief und gedehnt, wie nur sie zu seufzen vermag. »Ach, Flaatsch!«

Wir schwiegen wieder, als wäre damit alles gesagt. Erstaunlich, wie beredt man schweigen kann. Ich kann nicht mal sagen, wer die Hand des anderen nahm. Ihre feuchten Augen sahen noch grüner aus als sonst. Wir stellten uns unter einen Baum, der uns nicht wirklich vor Regen schützte. Unendlich traurige Blicke trafen sich. Mit der freien Hand strich sie mir über die gröbste Schnittwunde am Kinn und schüttelte dabei leicht den Kopf. »Du weißt doch, ich bin nicht der Geschickteste!«

»Ja«, sagte sie unheimlich liebevoll. »Ich weiß!«

»Frederik holt mir meinen Rasierapparat, dann kann das nicht mehr passieren.«

»Du bleibst eine Weile bei Frederik?« Und ohne eine Antwort abzuwarten, stellte sie erleichtert fest: »Das ist gut. Er ist ein feiner Kerl!«

Irgendwann musste ja einer von uns beiden Tacheles reden, und so pirschte ich mich vor: »Bleibst du bei Cornelia? Oder ziehst du zu ...?« Den Namen mochte ich nicht aussprechen.

»Wenn ich Ricardo und Kevin nicht vorher an die Wand klatsche und dafür eingebuchtet werde, bleibe ich noch zwei Tage da. Dann wird die Presse hoffentlich eine andere Sau durchs Dorf jagen. Hoffe ich jedenfalls. Eni hasst mich schon für die vielen Anrufe, die sie kriegt, aber ich lehne jede Interviewanfrage ab. Wenn wir denen kein Futter geben ... du verstehst!?«

Das war natürlich auch in meinem Sinne.

»Die Jungs sind eine richtige Plage: vorlaut und unbeherrscht. Cornelia kann sich überhaupt nicht durchsetzen. Einen Tag mit den beiden, und du willst keine Kinder mehr!«

»Ich wollte immer Kinder. Mit dir!«

Was sollte sie darauf entgegnen? »Ja, ich weiß.«

»Das wird wohl nichts mehr.«

Sie blickte mich nur an, löste ihre Hand aus der meinen und strich sich durch ihre derzeit blond gesträhnten Haare.

»Will Mike Kinder?«

»Er hat zwei.«

Ich erinnerte mich, darüber gelesen zu haben. »Stimmt. Beide von Schauspielerinnen!«

Sie ergriff sofort Partei für ihn: »Er ist ein ganz liebevoller Vater.«

Als hätte ich das je angezweifelt.

»Nette Kinder?«, fragte ich etwas hinterfotzig, und sie fiel darauf rein: »Ja. Jedenfalls das Kleinere. Die andere kenne ich noch nicht.« Sie gehörte also schon fast zu seiner Familie.

»Bist du auch schon ...?«

»Bin ich *was*?« Ihr Körper versteifte sich etwas. Gott sei Dank hatte ich das Wort »schwanger« nicht ausgesprochen, sie kannten sich ja erst seit zwei Wochen! » ... äh ... schon so weit, dass du den Auszug planst?«

»Das kam alles so plötzlich.«

»Wem sagst du das!«

»Wir haben gar nicht gemerkt, dass wir fotografiert wurden.«

Kein Wort der Reue, dass es ihr leid tue. Ich hätte ihr so gerne versöhnlich meine Hand gereicht. Stattdessen machte sie die Fotografen für unsere Misere verantwortlich.

»Warum hast du mir nichts davon erzählt?«

»Das wollte ich ja. Zuerst dachte ich, na ja, das ist nur ein Flirt. Zugegeben, er tat gut, aber ich hielt ihn für nichts Ernstes. Mein Gott, wie einem so was mal passiert!«

»Mir ist so was nie passiert«, bemerkte ich trotzig.

Ohne darauf einzugehen, sprach sie weiter: »Wann ist der richtige Moment, um das zu beichten, hm? Ich hab ihn nicht gefunden. Außerdem wollte ich es selbst nicht wahrhaben. Ich wusste doch, was ich an dir hatte.«

»Stattdessen hast du mir was vorgespielt.«

»Ich hab mir selbst was vorgespielt. Für mich war klar, du und ich, wir bleiben für immer zusammen. Und dann traf ich Mike bei Enis Agenturfeier. Du weißt doch, wie so was ist!«

»Weiß ich das?«

»Mach es mir doch nicht so schwer.«

»Wie leicht muss ich es dir denn machen?«, fragte ich, während mir die Tränen die Wangen herunterrannen.

»Wein doch nicht«, sagte sie bestürzt zärtlich.

»Das ist der Regen.« Ich wischte mir das Nass aus dem Gesicht und wandte mich Richtung Wirtshaus. »Komm, wir holen uns sonst noch den Tod.«

Mein Handy klingelte, auf dem Display erschien Helges Name, so ging ich ran. »Nein, ich möchte kein Interview zu Suzanne und mir geben. Auch nicht für fünftausend Euro.«

»Auch nicht, wenn wir es Suzanne damit heimzahlen könnten?«

Ich blieb dabei. Helge schien etwas angesäuert. Wir hätten uns doch im Vorfeld darauf verständigt, aber bitte, wenn ich es mir anders überlegt hätte. Lauter als normal sagte Suzanne: »Schönen Gruß an Helge!«

Helge legte auf.

Suzanne sagte leise: »Danke.«

Den Rest des Weges beschleunigten wir unsere Schritte, da das Wetter immer ungemütlicher wurde.

Es hätte noch gefehlt, dass das Gasthaus *Moorlake* geschlossen war, aber wir hatten Glück. Wie zwei begossene Pudel schüttelten wir uns im Entree, streiften unsere durchnässten Mäntel ab und suchten uns ein Plätzchen in der Nähe eines Heizkörpers. Im Gastraum waren wir allein, in einem Nebenzimmer saß eine Trauergesellschaft. Der Kellner fühlte sich in seiner Ruhe gestört und schlurfte missmutig an unseren Tisch. Ich erbat die Speisekarte, die er von der rückwärtigen Anrichte holte, alles im Tempo einer gequälten Schnecke. Dann stand er, Notizblock in der Hand, an unserer Seite und dachte nicht daran, auch nur einen Schritt zu weichen, bevor er nicht seine Bestellung notiert hatte. Trübsinnig starrte er uns an. An einem anderen Tag hätten wir das lustig gefunden. Ich ließ Suzanne den Vortritt, die nicht sehr entscheidungsfreudig durch das Angebot blätterte. »Ich weiß gar nicht, ob ich was essen ...?«

»Ich brauch nur was Kleines, aber heiß muss es sein. Was haben Sie denn für Suppen?«

»Steht vorne in der Karte.«

»Vielleicht können Sie ja was empfehlen?«

»Nee, bei uns muss nichts weg, ist alles gut.« Und mit einem drängenden Blick zu Suzanne: »Lassen Sie sich ruhig Zeit!«

Sie blätterte an den Anfang der Speisekarten, entschied sich für eine Tomatencremesuppe, ich schloss mich an.

»Was zu trinken?«

»Ist Ihre Suppe so trocken?«

Da meine Bemerkung zu meinem Gesichtsausdruck passte, trollte er sich, hörbar seufzend.

Bald darauf brachte er einen spärlich befüllten Brotkorb zu der Suppe, die mit einem Sahnehäubchen nebst Petersiliengekräusel versehen war. Wider Erwarten stürzten wir uns beide auf die Teller und löffelten sie bis zum letzten Tropfen gierig aus.

Erst danach kam unser Gespräch erneut in Gang. Ich ergriff Suzannes Hände, sodass unsere Arme über den Tisch ausgestreckt lagen.

»Was soll nun aus uns werden?«

»Die besten Freunde!«

»Sind wir das nicht schon?«

»Wir wollen es aber auch bleiben!«

»Ziehst du zu ihm?«

»Ich sollte eine Weile allein sein. Vielleicht suche ich mir was Kleines in Hamburg, die *Sankt Pauli Klinik* soll weitergehen, und du weißt, wie gerne ich abends nach Hause komme. Diese ewigen Hotels gehen mir auf den Wecker.«

»Du kannst so lange bleiben, wie du willst!«

Als ob sich dadurch noch was retten ließe. Ihre Entscheidung gegen mich war längst gefallen, sie machte keinerlei Anstalten einzulenken – als wären wir schon lange über die Phase der Trennung hinweg. Andererseits bewunderte ich ihre Stringenz. War einmal ein Entschluss gefasst, zog sie ihn auch durch.

Aus dem Nebenraum kamen zwei schwarz gekleidete, mittelalte Damen. Eine der beiden erkannte Suzanne, stieß die andere aufgeregt an, sprach und deutete zu unserem Tisch. Die Trauer war aus beiden Gesichtern verschwunden. Eifrig schnatternd sahen wir sie Richtung Toilette verschwinden. Als sie nach einer Weile wieder erschienen, hatten beide rosige Wangen, und eine ging beherzt auf uns zu. Mit ihrem Handy machte sie ein Foto von uns. Erst danach fragte sie: »Gestatten?«, um im Redefluss danach nicht mehr innezuhalten. Sie liebe die *Sankt-Pauli-Klinik*, hätte noch keine Folge versäumt. Da ginge es so realistisch zu, sie müsse es wissen, denn sie sei schon so oft in der Klinik gewesen. Also zu Besuch, sie selber sei ja noch topfit. Wie schön, dass sie Suzanne mal lebend sehen würde, also in natura. »Birgit, mach doch mal ein Foto von uns!«, dabei drückte sie ihr Handy der anderen Dame in die Hand und ihr Gesicht an das von Suzanne, die diese Prozedur recht gelassen über sich ergehen ließ. Nach auch dieser Aufnahme wurde der zweiten Dame mit einem aufdringlichen Blick in mein Gesicht bewusst, wer ich war, und als fleißige Boulevardblatt-Leserin fiel ihr fast die Kinnlade runter. Sie rannte mit dem Handy in den Nachbarraum, von wo sich alsbald verstohlen herüberblickende Gestalten im Türrahmen zeigten. Die Serienliebhaberin dagegen gratulierte Suzanne sogar noch zu ihrem neuen Mann: »Ein wirklich fescher Kerl, was man so in den Zeitungen sieht. Da könnte man fast neidisch werden.«

Es war kein schönes Gefühl, wieder in die nassen Mäntel zu schlüpfen. An den Autos angekommen, wollte ich Suzanne ganz großzügig in die weite Welt der Beziehungen entlassen, aber kaum hatte ich ihr die Hand zum Abschied gereicht, sie mir dagegen beherzt einen Kuss (auf die Wange) gesetzt, brach es aus mir heraus: »Warum tust du mir das an? Warum?«

»Ich tue es nicht gegen dich, sondern für mich. Und ob das gut für mich ist, wird sich auch erst mit der Zeit erweisen. Aber jetzt muss ich es ausprobieren!«

Vollkommen bescheuert witterte ich eine Chance: »Heißt das, du kommst vielleicht zurück? Ich gebe dir alle Zeit der Welt, ich, ich …« Weiter kam ich nicht.

»Flaatsch, ich liebe dich. Aber nicht auf die Art, die dir gebührt. So schmerzhaft das für uns sein mag, wir sollten dem ins Auge sehen!«

In dem Moment hasste ich sie, so groß war meine Liebe.

Der Rest des Tages verlief unheimlich zäh. Nach fünf Stunden war gerade erst eine vergangen. Frederik hatte mehr aus meiner Wohnung herbeigeschafft als abgesprochen. »Sicher ist sicher!« Dankbar wechselte ich die Klamotten, Frederiks Hemd spannte feucht an meinem Körper, es schmatzte richtig, als ich mich aus ihm herausschälte.

Gegen meinen zuvor erklärten Willen aß ich zwei große Portionen Lasagne, obwohl ich Kummerspeck wirklich nicht gebrauchen konnte. Carsten war mit seinem Gatten, einem kahl rasiertem Riesen mit erstaunlich filigranen Händen, zum Essen zu uns gestoßen, und gemeinsam probierten mich meine Homofreunde von meinem Heteroproblem abzulenken. Obwohl mein Problem ja nichts mit der sexuellen Ausrichtung zu tun hatte: Ich stand schlichtweg vor den Trümmern meiner Partnerschaft. Ich fühlte mich unwert, klein, ungeliebt, verlassen und ausgesetzt.

Wild entschlossen, mich nicht allzu sehr ins Selbstmitleid abgleiten zu lassen, verließ uns das Männerpaar erst gegen 2 Uhr in der Früh. Bis dahin hatten sie mich tatsächlich ganz gut mit Gesellschaftsspielen ablenken können. Mit Suzanne hatte ich meiner Spielleidenschaft schon lange nicht mehr gefrönt. Komisch, wenn der Partner etwas nicht mag, wird das oft aus beider Leben verdrängt. Gesellschaftsspiele macht man nur gemeinsam, ansonsten vergeht der Spaß. Obwohl Suzanne vorschlug, wir sollten ruhig mal ohne sie spielen, sie könne ja in der Zeit was lesen, wurde das natürlich nie gemacht. Entweder beide oder keiner. Es geht da ums Miteinander, ansonsten könnte man ja Patiencen legen. Frederik hatte unsere gemeinsamen Spielnachmittage vermisst und wusste mich hier auf einen Vorteil meiner Trennung hinzuweisen. Nicht ungeschickt! Zuletzt spielten wir dreimal hintereinander »Die Siedler«. Ich gewann alle Runden. Glück im Spiel, Pech in der Liebe? Carstens Mann, Ralf, verlor jedes Mal und strahlte seinen Liebsten dabei glückselig an.

Ich schlief im frisch bezogenen Bett neben Frederik. Alles andere wäre uns unnatürlich vorgekommen. Vor dem Einschlafen gab es noch einen kurzen Kuss auf den Mund. Nichts konnte unschuldiger sein.

8

Auch die nächsten Tage hielt ich mich bei Frederik versteckt. Nach dem Aufstehen führte ich jeweils ein Telefonat mit Helge, der sich seltsam distanziert gab. Auch mit meiner Mutter sprach ich. Besser gesagt: Sie sprach. Die Frau Maikel tue ihr unendlich leid, ich hätte sie wohl stellvertretend für alle alten Menschen schlecht behandelt. Das ganze Stift wäre aufgebracht, sie traue sich gar nicht mehr aus ihrem Zimmer. Wie könne ich ihr so etwas bloß antun!

Auf meine Einwände reagierte sie gar nicht. Ich hätte mir die beruflichen Konsequenzen selbst zuzuschreiben und solle ja nicht auf den Gedanken kommen, bei ihr um monetäre Unterstützung zu betteln. Sie hätte Suzanne zwar nie gemocht, aber die Trennung könne sie gut nachvollziehen! Frauen begehrten eben gegen Ungerechtigkeiten auf. Dass das eine mit dem anderen nichts zu tun hatte, ließ Mutter nicht gelten.

Irgendwann warf ich ein, dass der Akku meines Handys leider gleich aufgebraucht sei und beendete das Gespräch abrupt.

Zum ersten Mal in meinem Leben fühlte ich mich aufgrund meiner Prominenz gefangen. Ging ich auf die Straße, spürte ich die Finger, die auf mich zeigten, den Loser der Nation. Frederik probierte, mir jeden Schritt unter die Leute zu ersparen, aber dadurch fühlte ich mich erst recht eingesperrt. Dieser Zustand machte mich gereizt, auch gegen ihn, was er aber mit stoischer Gelassenheit wegsteckte.

Die Schlagzeilen der Boulevardpresse fanden ein neues Opfer, einen steuerhinterziehenden Wirtschaftspolitiker. Der wurde von Spekulationen um eine Hochzeit in der englischen Königsfamilie abgelöst. Suzanne und ich rückten von der letzten Seite ins Innere der Blätter, bis wir nach einigen Tagen ganz verschwanden. Wir hielten im Schweigen gegenüber der Presse zusammen. Weder unsere Agenten noch Freunde waren auskunftsfreudig, und so verstummten auch bald die gern zitierten »informierten Kreise«.

Im Fernsehen wurden als Sander-Experten nur noch Lehmann, Brösicke und Kazsmarek präsentiert. Meine Fans saßen, viel zu aufgetakelt geschminkt, inmitten ihrer Fotosammlungen und versuchten, mich in Schutz zu nehmen. Dagegen wurde Rainer Knetke geschnitten, der das Ende unserer Zusammenarbeit privat bedauerte, für das Wohl des Senders aber als unabdingbar hinstellte.

Mir wurde langweilig. Ich war es gewohnt, mich in die Themen meiner nächsten Sendungen einzuarbeiten oder Rollen zu studieren. Dazu hatte ich bis dato viele Einladungen zu Premieren und Empfängen angenommen. Abende mit Geplänkel, Smalltalk und Kontaktpflege, bis hin zu wirklich relevanten Gesprächen. Manchmal wurde mir das alles zu viel, nun gerade zu wenig. Es gab zwar noch Einladungen (Frederik holte meine Post ab), doch da wollte ich mich noch nicht sehen lassen.

Aber was macht ein Mann ohne definierte Aufgabe? Frederik hielt seine Wohnung selbst in Schuss, auch wenn er kochte, gut kochte!, war mit dem Servieren des Gerichtes die Küche schon wieder blitzblank. Meine Aufgabe war es, das Essen zu loben, was ich ausnehmend gerne tat, aber das war nicht wirklich abend-, geschweige denn tagesfüllend. Wenigstens Frederik hatte nach der Arbeit etwas zu berichten. Meine Gedanken drehten sich nur um zwei Themen: Suzanne und meine Karriere. Beides keine Stimmungsaufheller.

Dass meine Karriere mehr als nur einen Dämpfer bekommen hatte, war zu dem Zeitpunkt nicht abzusehen. Noch kamen Anfragen zu diversen Talkshows, Will und Beckmann wollten Redakteure zum Vorgespräch schicken, Sandra Maischberger wollte eine Sendung zum Thema »Wie behandeln wir unsere Alten?« machen, und ich sollte in der Gesprächsrunde sitzen, zwischen einem Jungpolitiker der Piraten, Norbert Blüm, Trude Unruh und Simone Rethel. Klar, dass ich da als Sündenbock hätte herhalten müssen. Helge sagte mir jedes Mal, dass er Verständnis für meine ablehnende Haltung habe, nannte aber auch die uns entgehenden Gagen, womit es erst richtig wehtat. Doch ich hatte in den letzten Jahren ja anständig verdient. Neben den TV-Auftritten moderierte ich manche Firmenfeiern, Events und Galas zu erstaunlich hohen Preisen. Da konnten meine Fernsehgagen nicht mithalten, aber meine TV-Präsenz erlaubte diese Summen. Eine im Monat, und eine vierköpfige Familie hätte von dem Salär gut leben können.

Zwei dieser Auftritte sollten noch folgen. Sollten, taten es aber nicht mehr. Für eine große Zigarettenfirma sollte ich die Weihnachtsfeier moderieren. Das andere wäre ein Ball mit Show-Einlagen für einen Versicherungskonzern gewesen, dessen beste Vertreter nach Seefeld zum Winterwochenende geflogen wurden. Bei derlei Anlässen wird ein Geld verpulvert, davon hat kein Haftpflichtversicherungskunde eine Vorstellung! Beide Auftraggeber zogen ihr Angebot zurück.

Helge tobte. Diesmal drohte er mit seinem Anwalt. Ich beschwichtigte ihn. Wenn ich erst mal wieder auf dem Bildschirm sei, dann würden die schon wiederkommen, was nützte uns dann deren Verärgerung? Ich war so siegesgewiss. Heute frage ich mich, woher ich dieses Selbstvertrauen nahm.

Wollte ich Suzanne sprechen, ging immer nur ihre Mailbox ran, mit der Aufforderung, in dringenden beruflichen Angelegenheiten bitte Eni anzurufen.

Nach neun Tagen überbrachte Frederik mir einen Brief von ihr, abgestempelt in Hamburg, geschickt an seine Adresse:

»Mein lieber Flaatsch! Es tut mir so weh, dass ich dich derart verletzt habe. Bitte verstehe, dass ich derzeit nicht ans Handy gehe, aber ich danke dir für deine liebevollen Mitteilungen. Auch dir wird es täglich besser gehen. Verstehe unser Ende als Chance für einen Neuanfang, deinen Neuanfang!«

Wer sagte, dass ich je neu anfangen wollte? Ich war bis vor zwei

Wochen ganz zufrieden mit meinem Leben gewesen. Größtenteils jedenfalls.

»Geht eine Tür zu, geht eine andere auf. Du kannst jetzt all das machen, worauf du meinetwegen verzichtet hast. Wolltest du nicht immer mal Vietnam bereisen, woran dich meine Flugangst hinderte? Bitte berichte mir davon.«

Sie tat, als ob meine Reise längst geplant war, aber ich bin unfähig, größere Reisen alleine zu machen, jedenfalls keine privaten Urlaube.

»Meine Sachen hole ich am Wochenende ab. Wie ich Dich kenne, werden wir um nichts streiten. Ich ziehe in eine gemütliche Zwei-Zimmer-Wohnung, unweit der Außenalster. Zugegeben, das Haus wirkt von außen etwas schäbig, aber die Räume sind intakt und recht gut geschnitten, ohne Balkon, aber mit Erker. Wenn Du willst, können wir uns ja dann ~~bei uns~~, bei Dir in der Wohnung treffen. Ein paar Freunde helfen mir beim Ausräumen, gepackt habe ich schon fast alles.«

Sie war demnach schon wieder in unserer, korrigiere: *meiner*, Wohnung gewesen! Wahrscheinlich stand alles voller Umzugskartons. Und wer wollte ihr helfen? Mike etwa?

Mein Entschluss stand fest, ich würde in meine Wohnung zurückkehren. Im Magen hatte ich ein flaues Gefühl, das auch beim Verzehr einer Zwei-Liter-Packung Vanilleeis nicht verschwand.

Frederik hielt die Idee nicht für gut. Er hatte sich an unser Zusammensein gewöhnt, schien fast ein wenig enttäuscht. Wenn ich meine Wohnung wieder bewohnen wollte, sollte ich doch besser bis nach dem Wochenende warten. Genau das wollte ich aber nicht. Ich wollte mir die volle Dröhnung geben. Wollte miterleben, wie Suzanne ihre Sachen packte und mich vereinsamt in der plötzlich viel zu großen leeren Wohnung zurückließ. Ich wollte ein Bild des Jammers abgeben, das ihr die Schamesröte ins Gesicht treiben würde, sie nächtens, von schlechtem Gewissen geschüttelt, nicht mehr schlafen lassen würde!

Oder sollte ich lieber cool, lässig mit Internetblondinen chattend, am Computer sitzen, während sie ächzend ihre Habseligkeiten aus der Wohnung schleppte? Sollte Mike auftauchen, würde ich ihn ganz freundlich begrüßen, wie einen alten Freund. Oder, noch besser, wie einen mir vollkommen Unbekannten, seinen Namen erfragend, um mich dann zu erinnern, diesen schon mal irgendwo gehört zu haben.

Im nächsten Moment kam ich mir albern vor. Was sollte dieses Getue, wenn auch nur in Gedanken? Ich wollte Suzanne bei ihrem für mich schmerzlichen Auszug einfach noch mal sehen. Vielleicht würde es mir sogar helfen, meine neue Situation endlich zu akzeptieren.

Meine Gedankenwelt wurde unterbrochen, als Frederik, den Kopf in seinem Tiefkühlschrank, fluchte. Er hätte schwören können, erst gestern Eis gekauft zu haben. »Wie blöd muss ich denn sein, dass ich eine bezahlte Zwei-Liter-Packung Eis im Laden liegen lasse?!«

Es gibt Momente, da ist es besser, den anderen nicht gehört zu haben ...

Um ja nichts zu verpassen, zog ich schon am Freitagabend nach Hause. Auch wenn es sich nicht mehr wie ein Nachhausekommen anfühlte. Mich schmerzte der Anblick von Kartons, Koffern, Tütenhaufen im Flur. Mit Suzanne waren auch Teile ihres Hausstandes eingezogen: Bilder, Teppiche (dickflauschige Gebilde) und einige Möbelstücke. Was doppelt und zu viel war, wurde verschenkt, für Selbstabholer bei Ebay eingestellt oder im Keller zwischengelagert. Unseren Schuhschrank-Vertiko vom Flohmarkt wollte damals unbedingt sie bezahlen. Nun lagen all meine Schuhe daneben. Ein deprimierender Anblick.

Im Schlafzimmer betätigte ich den Lichtschalter, aber nichts passierte. Klar, sie hatte die Deckenlampe auch schon abmontieren lassen! Wenigstens stammten die Nachttischleuchten von mir, nur fanden die sich mittlerweile auf dem Boden wieder, die dazugehörigen Nachtkästchen hatte sie in die Wohnung eingebracht. Alt und neu kombiniert passte eigentlich alles zu allem, und ich war froh, dass sie mir das Bett, eines, das uns beiden gefiel – *unser* Bett – hatte stehen lassen. Obwohl ich mir nicht ganz sicher war, ob sie es nicht doch noch einpacken würde. Die eingerollten Teppiche würde ich noch am wenigsten vermissen. Im Flausch verschwanden so viele Krümel, dass sie mir nicht ganz geheuer waren.

Ich öffnete die Küchenschränke. Wie viel Platz sich plötzlich darin fand!

Ich begann eine Liste all der Dinge, die Suzanne mitnehmen würde und die ich zuvor auch im Gebrauch hatte. Wenn sich kein Doppel im Keller fand, würde ich es schnellstens nachkaufen, um nicht vor zu vielen Lücken zu stehen. Jede Lücke würde eine noch größere Wunde reißen. Ich holte einen großen Zettel, ganz oben notierte ich: Vertiko. Einen Augenblick zögerte ich, sollte ich wirklich alles schnellstens ersetzen? Würde ich Suzannes Rückkehr damit nicht von vornherein ausschließen? – Nein, ich war wohl einfach nur Realist.

Ich wollte mir etwas aus dem Kühlfach nehmen und in der Mikrowelle heiß machen, aber nein, auch die war schon eingepackt. Auch eine Mikrowelle war also zu besorgen.

An der Wohnungstür hing eine kleine Schiefertafel, auf der wir uns immer kleine Nachrichten hinterlassen hatten: ein kleiner Gruß, eine Zeichnung, wo man hinging und wann man zurückerwartet werden konnte. Der letzte Eintrag war schon mindestens einen Monat alt. »Vergiss mein nicht!«, stand dort. Daneben hatte Suzanne sich selbst porträtiert, mit Herzen umrandet. Damals war sie nur eine Nacht weg gewesen für eine Promi-Ratesendung. – Wie sollte ich sie je vergessen?

Theatralisch nahm ich das Schwämmchen neben der Tafel und entfernte die Herzen. Sie kamen mir nicht mehr echt vor. Waren sie es jemals? Da niemand zusah, gab ich der Kreidezeichnung einen Kuss.

Wieder in der Küche entschied ich mich für eine heiße Brühe, in der ich zerkleinerte Spaghetti kochte. Suppennudeln hatte ich nicht. Das letzte Ei gab dem Ganzen Fülle. Es kam mir vor, als kochte ich meine Henkersmahlzeit.

Ich erwachte mit den ersten Sonnenstrahlen, denn auch die Vorhänge waren verschwunden. »Vorhänge«, schrieb ich auf die Liste und stellte die erste Maschine Kochwäsche an, nicht bedenkend, dass auch der Wäscheständer mit nach Hamburg zog. Ich betrieb ausgiebigere Körperpflege als sonst, föhnte mir die Haare, hielt sie danach unter den laufenden Wasserhahn, da ich mit dem Ergebnis nicht zufrieden war, föhnte sie erneut und zog mir die Kleidungsstücke über, die mich besonders vorteilhaft erscheinen ließen. Dunkles, längsgestreiftes Hemd zur Jeans, einen schwarzen Pullover lässig über die Schultern geworfen. Suzannes Lieblingsparfum aufgelegt, hatte ich die Zeitung gekauft und wartete dann unkonzentriert lesend auf ihr Erscheinen.

Was in dem Moment in mir vorging, als Suzannes Schlüssel in der Tür ging, vermag ich nicht zu beschreiben. In Sekunden war von unbändiger Liebe, Verzweiflung bis hin zum Hass alles in mir. Aus mir heraus kam nur ein zaghaftes: »Hallo.«

Sie sprudelte gleich los. »Ach, wie schön, dass du da bist. Ich brauch doch 'nen kräftigen Mann, der mit anfasst. Cornelia und ich schaffen das gar nicht alleine. Es ist ja doch mehr geworden, als ich dachte.«

Alles hatte ich erwartet, aber nicht solch alltägliche Geschäftigkeit.

»Hilft dir dein Lover nicht beim Tragen?«

»Nicht in Berlin.«

Das saß! In Hamburg würde er mit an- und auspacken. Dort wartete ihr neues Leben auf sie.

Cornelia drückte sich an uns vorbei. Sie sah elend aus. Als würde es ihr etwas ausmachen, dass sie mir Suzanne entriss. Sie flüsterte: »Grüß dich ...«

»... Gurke!«, vervollständigte ich.

Sie fühlte sich sichtlich unwohl und griff eine gepackte Kiste. »Das soll alles in den Wagen passen? Ach, du liebes bisschen ...«

Sie konnte den Umzugskarton kaum heben, aber wahrscheinlich war ihr alles lieber, als mit Suzanne und mir in einem Raum bleiben zu müssen. Ich dachte nicht im Traum daran, ihr zur Hand zu gehen.

Ein tiefgründiger Augenaufschlag von Suzanne, verbunden mit

der Bitte, mit anzupacken, ließ mir keine andere Wahl. Schwungvoll griff ich in den seitlichen Tragegriff des Pappkartons und zerrte daran. Cornelias Aufschrei gellte durchs Haus, als die untere Partie des Kartons auseinanderbarst. Sekunden später lagen Goethes gesammelte Werke mit denen von Schiller, Lessing und Molière nebst Suzannes bester Freundin verkeilt auf dem Boden. Eine Buchecke hatte böse Kratzer auf ihrem Schienbein hinterlassen. Das vorwurfsvolle »Flaatsch!« hätte sich Suzanne sparen können! Wer hatte denn die Kartons überladen!

Aus dem Badezimmerschränkchen holte ich eine alte Flasche Jod. Ich kann nicht sagen, dass ich zimperlich mit Cornelias Wunde umging, schließlich verhalf sie gerade meiner großen Liebe zur Flucht. Als ein erneuter Schrei durchs Treppenhaus scholl, schlossen wir lieber die Wohnungstür. Cornelia fiel nun als Helferin aus und wurde auf unsere, nein, *meine* Couch gelegt.

Ich ging mit Suzanne durch die Wohnung. Meine Liste der zu besorgenden Dinge wurde immer länger: Flaschenöffner, Weingläser, Käseglocke (nein, die brauchte ich nicht wirklich), Gefrierboxen (ach, dafür reichten auch leere Eisbehälter), Schuhcreme, Sieb, Bettwäsche, Wasserkocher, Küchenuhr, Schlüsselbrett, Pflanzen, Kerzenhalter, Seifenschale, Aktenvernichter ... es nahm kein Ende. Sie hatte auch schon unser gemeinsames Geschirr verstaut. Das hatten wir erst im Sommer besorgt. Sie wollte mich dafür auszahlen, was ich großzügig ablehnte. Dafür erhielt ich die dazugehörigen Vasen, sechs Stück, obwohl ich mir nie Blumen kaufe. Auch der große Ohrenbackensessel ging nach Hamburg, ebenso wie Lampen, DVD-Player, CDs und der große geflochtene Einkaufskorb, der als Zeitungsablage gedient hatte. Amputationen an allen Enden der Wohnung. Dinge, die bisher für mich keinen Wert besessen hatten, wurden bedeutungsvoll. Besonders kahl mutete das Badezimmer an: ohne Spiegel, Läufer und all ihre Schminkutensilien und Pflegeprodukte. Für mich reichten Rasierer, Zahnbürste, Kamm und Bürste und ein paar Hotelshampoos. Nur die Waage blieb als Mahnmal sichtbar zurück.

Suzanne hatte einen kleinen Kastenwagen gemietet, in dem wir schwitzend ihre Habseligkeiten verstauten. Sie passten gerade so rein. Bräuchte ich auch einen solchen Wagen, um meine Wohnung wieder aufzufüllen?

Wir schwitzten, trotz des Fahrstuhls, verloren kaum Worte, wirkten wie eine verschworene Gemeinschaft, die ihre Arbeit verrichtete. Cornelia trug gelegentlich einzelne Plastiktüten. Einmal waren wir allein im Fahrstuhl, da platzte es aus ihr heraus: »Wie könnt ihr nur so ruhig sein? Ihr wart immer mein Vorbild. So glücklich wollte ich auch mal sein. Ihr wart immer das ideale Paar für mich!«

Ich stellte klar, dass ich mich nicht trennen wollte, sondern musste – getrennt wurde!

»Ja, aber was lief schief? Zwei so erfolgreiche Menschen, ihr hattet doch alles, was ihr wolltet?!«

»Suzanne wohl nicht.«

»Ich dachte immer, Kinder könnten 'ne Beziehung retten, aber das war ein Irrtum. Aber ihr? Ihr musstet euch doch nie einschränken, wurdet nicht durch Existenzängste belastet. Worum musstet ihr euch sorgen?« Aus Cornelia sprach die Verbitterung über ihr eigenes Leben. Um sie positiv zu stimmen, erwähnte ich, dass ich immer Kinder wollte: »Da hast du uns was voraus!«

Nicht wirklich überzeugend rief sie sich selbst zur Raison. »Ricardo und Kevin sind mein ganzes Glück!«, um noch nachzusetzen: »Aber manchmal wüsste ich gerne, wo ich ohne sie heute stünde ...«

Die Fahrstuhltür öffnete sich und spuckte uns mit weiteren Kisten und Tüten aus. Suzanne stand davor, typisch, sie war die Stufen wahrscheinlich hinuntergesprungen. Ihre Laune war urplötzlich missmutig, sie wirkte angestrengt. Hatte Mike angerufen und gesagt, er könne in Hamburg nicht helfen? Oder merkte sie endlich, was sie mit mir aufgab? Oder ging es ihr nur nicht schnell genug?

»Peter, wenn du läufst, wenigstens runter, bekommen wir weit mehr mit einer Fuhre in den Fahrstuhl.« Okay, es ging ihr nicht schnell genug. Wirblies Haare standen ihr noch wirrer vom Kopf als sonst schon, als hätte sie sie sich gerauft.

»Nun mach mal halblang! Ich *muss* auch gar nicht helfen«,

schmollte ich. Warum sollte ich mich auch noch dumm anmachen lassen? Ich räumte zwar die Sachen aus dem Fahrstuhl, denn jemand aus einem oberen Stockwerk schimpfte schon durchs Treppenhaus, dass der Fahrstuhl den ganzen Tag blockiert sei, ließ die beiden Frauen dann aber stehen und stieg die Kellertreppe hinab. Jetzt galt es auch mal, an mich zu denken. Einiges, was dort unten verstaut worden war, sollte meine Wohnung wieder bereichern. Zum Beispiel die Ritterburg mit Zugbrücke, von meinem Vater für mich gebaut, die jahrelang verstaubt auf meinem Kleiderschrank gestanden hatte. Oder die Plexiglas-Klobrille mit sichtbar eingearbeitetem Stacheldraht. Es gab auch eine Schuhschachtel voll CDs von Mireille Mathieu, die Suzanne mir verboten hatte, in ihrer Anwesenheit zu hören, die ich, sobald ich oben in der Wohnung angekommen war, sofort in den Player einlegen wollte. In der Schachtel befanden sich auch drei DVDs. Gut, die konnte ich natürlich nicht einlegen. Die hatte mir mal mein Studiogast Dolly Buster in die Hand gedrückt. Suzanne hatte einen Aufstand gemacht, als sie die Filme bei mir entdeckte, ob ich an »Silikonbombern« wirklich Gefallen fände. Ich versprach damals, die Filme sofort dem Müll zu übergeben. Mit den ersten Gegenständen zur Rückeroberung meiner Wohnung bepackt, erklomm ich den Weg ins Erdgeschoss.

Den Blick, den mir Suzanne zuwarf, hätte ich lieber nicht gesehen. Auch sie war körperlich fertig, ansonsten wäre sie nie mit in den Fahrstuhl nach oben gestiegen, in dem wir nun zu dritt, Auge in Auge in Auge, standen. Keiner sagte einen Ton. Nach wenigen Sekunden sah Cornelia aufgeregt weg, Suzanne genau hin und ich hielt ihrem bohrenden Blick stand. Der Wehrturm meiner Burg stand Gott sei Dank zwischen uns.

Für jeden sichtbar platzierte ich mein Spielzeug aus Kindertagen an die Stelle, wo zuvor der Ohrenbackensessel gestanden hatte. Nur hier kam Vaters Bastelwerk richtig zur Geltung! Dann schraubte ich den Klodeckel auf die Schüssel. Ich verstand zwar selber nicht, wie diese Geschmacklosigkeit jemals in meinem Besitz kommen konnte, aber was tut man nicht alles, um sich zu positionieren! Zu guter Letzt ließ ich Mireille Mathieus Stimme erschallen. Diese

Frau gehörte seit meinen Kindertagen zu meinem Leben und hatte mich nie enttäuscht. Mit sechs hörte ich das erste Mal: »Hinter den Kulissen von Paris«, ein Lied ohne jeden Inhalt, mit sich endlos wiederholenden hohlen Textzeilen, die ich in Windeseile mitsingen konnte. Erst später erfuhr ich, dass zu dieser klaren Stimme auch französische Chansons gehörten. In der Pubertät wurde ich ob meiner Platten von Gleichaltrigen ausgelacht, aber wenn sie nicht wussten, wer da in einer fremden Sprache sang, fanden sie die Chansons sogar ganz gut. Heute legte ich eine selbst gebrannte CD mit ihren japanischen und chinesischen Liedern auf. Ich hatte die Mathieu nie live erlebt, wollte das aber unbedingt nachholen. Sie war eine Konstante, die sich nie veränderte, jedenfalls nicht nach außen. Frisur und Haarfarbe, Kleidung, nichts hatte sich in den letzten Jahrzehnten verändert. Sie blieb sich – und mir – treu. Anders als Suzanne!

Die betrat nun aufbrausend mein Zimmer: »Flaatsch! Macht es dir vielleicht etwas aus, noch eine Stunde auf deine Musik zu verzichten? Schließlich hab ich für diesen Monat auch noch Miete bezahlt und ein Anrecht, mich hier wohlzufühlen! Und je mehr du mir zur Hand gehst, desto schneller bin ich weg und werde dich auch nie wieder stören!« Während ihrer Rede wechselte sie vom Schnurren ins Fauchen ins Säuseln, bemerkenswert.

Eingeschnappt, wie ich nun mal war, nahm ich mir Kopfhörer, stöpselte diese ein und hörte dann untätig vor der Anlage stehend weiter meine Musik. Das war wohl zu viel für Suzanne, deren Nerven langsam blank lagen. Als ich mich umsah, sah ich, wie sie katzenhaft zum Sprung ansetzte, sich auf die Schuhschachtel stürzte und diese auf den Boden warf. Und da lagen sie nun. Die CDs, aber auch die drei DVDs. Entsetzt sah Suzanne von mir zu Dolly Buster und zurück. Dann verließ sie wortlos das Zimmer. Ich nahm die Kopfhörer runter, stellte die Musik aus, da kam auch schon Cornelia verstört herein. »Was ist denn passiert?« Ohne genau hinzusehen, sammelte sie die CDs ein. Sie ließ sich nichts anmerken, als sie die DVDs ins Regal neben mir stellte. Aber sie verließ ungewöhnlich aufrecht und steif das Zimmer. Wieder war ein Schatten auf ihr Vorbild-Paar gefallen. Wahrscheinlich würde sie nie wieder fragen, wieso wir uns trennten, so pervers ich nun mal war!

Ich hatte wieder etwas gutzumachen. Die nächste Stunde verbrachten wir mit dem Abbau ihres Kleiderschrankes. Ein Gründerzeit-Massivholz-Ungetüm, das man nur zur dritt abbauen konnte. Insgeheim freute ich mich, dass das neue Liebespaar in Hamburg mit dem Aufbau überfordert sein und Mike sicher einige ungeduldige Hiebe von Suzanne abbekommen würde. Eine Tür schlug Cornelia auf das noch unlädierte Bein. Diesmal tat sie mir fast ein wenig leid. Als sie den Schmerz halbwegs überwunden hatte, sagte sie nur einen Satz: »Wehe, einer kommt mit Jod auch nur in meine Nähe!«

Das löste unsere Anspannung, wir lachten alle.

Irgendwann war es so weit. Der Wagen wurde geschlossen. Fairerweise halfen die beiden, mir noch einige Gegenstände, Kisten, deren Inhalt ich gar nicht so genau beschreiben konnte, aus dem Keller zu holen. Mittels eines alten Wasserkessels, noch aus dem Besitz meiner Großeltern, machte ich uns einen Tee, Becher waren ja noch da. Mein Wirblie hatte mir ihre neue Adresse und Telefonnummer aufgeschrieben. Cornelia schrieb ihre Nummer wortlos darunter. Natürlich hatte Suzanne längst einen Nachsendeantrag gestellt, aber falls die Post schlampen würde ...

Ein letztes Mal ging sie von Raum zu Raum. Sie guckte nicht nur, ob sie was vergessen hatte, sondern nahm Abschied. Während Cornelia im Bad war, trotz Stacheldraht-Klobrille, umarmten wir uns ein letztes Mal.

»Es war schön mit dir, Flaatsch!«

»Wohl nicht schön genug ...«

Bevor ich weiterreden konnte, drückte mir Suzanne ihren Zeigefinger auf den Mund und machte nur: »Pscht!«

Wir hielten uns fest. Ganz, ganz fest. Erst, als wir die Spülung hörten, trennten wir uns.

Ich brachte die beiden hinunter. Suzanne wollte tougher wirken, als es ihr gelang. Wir sollten sie immer besuchen, wenn wir in Hamburg wären. »Ein Platz zum Schlafen ist in der kleinsten Hütte.«

Während ich mir ausmalte, wie ich es mir auf einer Gästeliege bei ihr bequem machte, während sie mit Mike im Schlafzimmer verschwand, verschwand Suzanne wirklich. Der durchlöcherte Auspuff des Umzugswagens knatterte mich aus den trüben Gedanken.

Das war es also!

»Ich werde mich dann auch mal auf den Weg machen«, druckste Cornelia rum. »Bevor Ricardo und Kevin von ihrem Vater zurückgebracht werden, möchte ich die Wohnung halbwegs in Ordnung gebracht haben. Oder brauchst du noch Hilfe?«

»Nee, danke, ich werd nur noch die Wäsche aufhängen und dann einkaufen. Der Kühlschrank ist ja noch da, aber leer.«

Cornelia umarmte mich wirklich herzlich. Irgendwie fühlte ich mich schuldig, als hätte ich ihre beste Freundin vertrieben. Ich drückte ihr einen Kuss auf die Stirn.

Genau diese Szene fand sich am nächsten Tag in der Presse wieder. Scheiß-Zuschauer-Journalisten! Jedermann konnte einen mit seinem Fotohandy ablichten und bekam dafür noch Geld von irgendwelchen Schmierenblättern. Der Kleinbürger-Paparazzo lauert überall!

»Suzi Henke ausgezogen, schon knutscht Sander Umzugshelferin!«, schrieb eine Boulevardzeitung.

Meine nasse Wäsche verteilte ich auf Stuhllehnen oder hängte sie auf Bügel an Türklinken. Der Staubsauger war leider mit entschwunden, sodass ich mit Handfeger und Kehrblech durch die Wohnung kroch. Dann zog ich mit meiner Endlos-Einkaufsliste los. Als Erstes erwarb ich das gleiche Geschirr, das wir einst hatten. Die Preise schienen sich innerhalb des letzten Jahres verdoppelt zu haben. Als ich das zu erwähnen wagte, wurde ich mit einem kühlen: »Sie können ja auf unsere nächste Aktionswoche im Januar warten!« abgebügelt.

Die Küchenutensilien hatte ich relativ schnell beisammen, aber bei so manchem anderen würde erst ein Provisorium helfen müssen. Als Nachttisch müsste zunächst eine alte Teekiste aus dem Keller herhalten.

Frederik bot sich erneut an, die Nacht bei mir zu schlafen, aber ich lehnte dankend ab. Diesen Abend würde ich es mir mit Dolly gemütlich machen! Der DVD-Player war hinfort, so saß ich schließlich Eis essend vor meinem kleinen PC-Bildschirm, mit abgedrehtem Ton (damit Mireille nicht gestört wurde), und sah einer Frau bei erstaunlichen Verrenkungen zu, mit denen sie ihre Körperöffnungen verschiedenen Herren zur Benutzung darbot. Das war so spannend, dass nicht nur mein Bein einschlief, was sich höchst unangenehm auf dem Weg zum plötzlich schellenden Telefon bemerkbar machte.

Cornelia war dran. Ob ich wüsste, ob Suzanne gut angekommen wäre. Doch ich hatte ebenfalls nichts gehört und mir war nicht danach, bei ihr anzurufen. In diesem Moment kam eine SMS bei uns beiden an: »Hundemüde! Auspuff fiel ab. Alles an seinem Platz. Danke! Suzanne.«

Obschon reichlich spät, hörte ich die Bälger von Cornelia durch ihre Wohnung toben. Ein Kind schrie: »Ricardo hat den Schokopudding auf die Tapete gespuckt!«

Verständlicherweise endete hier unser Gespräch.

Als ich zurück zum PC kam, probierte Dolly gerade, ihre aufgespritzten Lippen (die im Gesicht) zu spitzen und in Richtung Zuschauer zu küssen. Wahrscheinlich war das sehr schmerzhaft für sie. Das Einzige, was sie damit bei mir erregte, war Mitleid.

Ich war zu müde, um noch zu einem befriedigenden Ergebnis zu kommen, und ging ins Bett.

Der Duft von Suzanne lag neben mir, ich spielte mit dem Gedanken, die Bettwäsche nie mehr zu wechseln. Obwohl von nun an ganz allein, legte ich mich auf »meine« Seite. Der Mensch ist wohl ein Gewohnheitstier.

9

Die folgende Woche war ich vollends damit beschäftigt, Lampen zu ersteigern. Stundenlang saß ich vor Ebay und suchte raffinierte Einzelstücke, fand zum Beispiel zwei große, bronzene Deckenleuchten von etwa 1880, mit jeweils sechs geschwungenen Armen. Ich bot viel zu viel. Doch die Lampen erfreuen mich noch heute. (Eine der beiden funktionierte sogar, ohne dass ich ihr Innenleben kostspielig austauschen musste).

Auf dem Flohmarkt erstand ich einen wunderschönen Bilderrahmen, schwarze feine Blumenranken auf mattem Goldgrund. Mit dem leeren Rahmen überdeckte ich die Schmutzränder, die ein Bild von Suzanne auf der Wand hinterlassen hatte. Da hinein kam das viel zu kleine Foto aus unseren guten Zeiten, das bei meinem ersten Zusammentreffen mit Mike sein Schutzglas eingebüßt hatte, und gleich darunter das aus der Bild ausgeschnittene Foto, das Suzanne und mich durch einen angedeuteten Riss trennte. Ja, ich wusste mich zu quälen. Da der Rahmen neben dem Fernseher hing, starrte ich fast täglich darauf.

Nur mit dem Vertiko und den Nachttischen ließ ich mir Zeit. Mir wollte nichts so recht gefallen, nichts glich dem Entfernten wirklich.

Mein Telefon schien sich von seiner Klingellust verabschiedet zu haben. Hob ich den Hörer ab, kam der vertraute Summton, also alles war damit in Ordnung. Es wählte wohl einfach niemand mehr meine Nummer.

Nein, das ist nicht ganz richtig. Frederik und Carsten meldeten sich, unabhängig voneinander. Von Suzanne erhielt ich nach einer

Woche eine Postkarte. Sie stünde täglich vor der Kamera (drehte sie etwa schon mit Mike?). Sie hätte noch kaum Zeit gefunden, ihre neue Heimat zu erkunden, sei froh, eine Post und einen Supermarkt um die Ecke zu haben. Kein Wort davon, dass sie mich vermisste.

Und Helge? Natürlich wollte ich ihn nicht unter Druck setzen. Er würde seine Fühler schon in die richtige Richtung ausstrecken. Doch ich hörte einen ganzen Monat lang kein einziges Wort von ihm. Dann hielt ich es nicht mehr aus, sprach ihm aufs Band.

Seine Antwort kam per E-Mail: »Wir leben nach Angebot und Nachfrage. Früher gab es für dich Angebote, heute muss ich für dich nachfragen.« – Kein Gruß, kein persönliches Wort.

Um mich sinnvoll zu beschäftigen, strich ich den Flur. Meine Schuhe landeten so lange im Schlafzimmer, wo ich nachts über sie stolperte. Eine weiße Decke weiß zu streichen und dabei keine Wölkchen zu hinterlassen, wird mir wohl nie gelingen.

Ich dachte immer, ich wüsste mich durchaus allein zu beschäftigen. Es gab so viele Bücher, die ich schon immer mal lesen wollte. Die »Buddenbrooks« zum Beispiel. Komisch, wenn man die Zeit zum Lesen hat, will man sie gar nicht haben. Eine innere Unruhe störte mich in der Konzentration, wie ich sie bislang nicht gekannt hatte. Ich kam mir so unnütz vor.

Ich erwischte mich dabei, wie ich vor einer Daily-Talkshow saß und mir ansah, wie Brian aus Hohenschönhausen, fünfundzwanzig Jahre, drei Zähne, von seiner Freundin Jaqueline-Jennifer, ebenfalls arbeitslos, angemotzt wurde, er hätte mit ihrer Freundin »Niekolle gefüßelt«, und das in irgendeinem Burgerladen. Eine ehemalige Mitinsassin hatte ihr davon berichtet (ja, sie saß bis vor Kurzem im Knast, wegen Körperverletzung). Nun sollte er den Lügendetektor-Test machen lassen. Alle Beteiligten schrien sich unentwegt an. Die hilflose Moderatorin versuchte vergeblich zu schlichten, was bei den schlichten Gemütern unmöglich war. Ein Grinsen lief mir übers Gesicht, bei dem Gedanken, Lena Tischler würde bald an solchen Gästen scheitern. Aber – ach nein! – sie hatte ja jetzt *meine* Sendung!

Meine Tage veränderten sich. Ich lag bis elf im Bett, ging dafür nicht vor 3 Uhr schlafen. Vollkommen erstaunt sah ich nachts Sendungen, in denen barbusige Frauen zwei Bilder präsentieren, auf denen man einen Unterschied finden soll. Dazu reden sie unablässig auf die Zuschauer ein, sie mögen doch anrufen und würden, wenn sie in die richtige Leitung kämen, direkt ins Studio durchgestellt. Sollten sie die Aufgabe lösen, bekämen sie dann drei von zwanzig Kuverts mit Geldbeträgen von bis zu hundert Euro, das wäre doch »supigeil!«. Jeder Anruf kostete. Ich probierte es mal aus, landete aber in der falschen Leitung. Dort ertönte eine säuselnde Frauenstimme: »Hab Dank für deinen Anruf. Irgendwann bist auch du in der richtigen Leitung. Probiere es gleich noch mal, hilf deinem Glück auf die Sprünge.«

Man kann sich ja vorstellen, wie viele Anrufer die falschen Leitungen treffen müssen, bis man einen in die richtige lässt. Der Gewinn muss zuvor abgezockt werden, dazu noch die Sendegebühren, die technische Ausstattung, die Rendite für die Aktionäre des Senders sowie die Gage für die entblößten Mädels. Wenigstens sparte man am Kostüm. Ob nicht sogar jemand vom Sender selbst schlussendlich der vermeintliche Gewinner war?

Verkaufshows im Fernsehen boten sinnlose Güter an, zeigten Frauen vorher und nachher, in ein herkömmliches Korsett gepresst und in ein neuartiges. Plötzlich sah dieselbe Frau viel schlanker aus. Allerdings trug sie zuvor unvorteilhaftes Pink und danach abdeckendes Schwarz. Außerdem guckte sie auf dem einen Bild missmutig, auf dem anderen strahlte sie. Gleich darauf boten eine ehemalige Heidekönigin eine schmucklose Schmuckkollektion oder Uschi Altglas ihre Hautpflegeserie an. Fehlte nur noch die Maikel mit einem Gebissreiniger.

Müsste auch ich irgendwann solche Sendungen präsentieren? Wofür könnte ich werben? »Wenn Ihnen was auf den Magen schlug, nehmen Sie diesen Magenbitter, und Sie merken erst, wie süß das Leben ist!«

Fassungslos sah ich einen Modedesigner seine Kollektion anpreisen. Sein Gesicht schien durch den Fleischwolf gedreht,

Brustimplantate steckten ihm in Lippen, die sich an jeder Scheibe festsaugen könnten. Wie schaffte es so ein Zombie nur, seine scheußlichen Roben im Fernsehen zu verkaufen? Wie konnten Frauen so einem Mann Geschmack zutrauen?

Frederik riet mir weiterhin, in den Urlaub zu fahren. Ganz weit weg, wo ich immer schon mal hin wollte. Aber alleine? Außerdem ist es was anderes, ob man sich frei nimmt und endlich mal ausspannen kann, oder ob man immer frei hat. Dann ist man nämlich nicht frei, sondern belastet, weil arbeitslos. Von heute auf morgen kann in meinem Beruf ein Angebot kommen, das durfte ich gerade in meiner Situation auf keinen Fall verpassen. Wie schnell das gehen kann, wusste ich aus eigener Erfahrung. Einmal sprang ich am selben Tag für eine abendliche Vorstellung ein. Ein anderes Mal wurde ein Kollege für eine Episoden-Hauptrolle einer Sitcom mangels Talent nach Hause geschickt, und ich übernahm innerhalb von Minuten seinen Part. In solchen Momenten lernt man Text, wie es einem ansonsten nie gegeben ist.

Ich blieb also zu Hause, für den Fall der Fälle, der leider nicht eintrat.

Früher machte es mir nie etwas aus, allein ins Theater oder in die Oper zu gehen. In der Pause sah ich mir gern die anderen Besucher an. Nun war ich so bekannt, dass man sich mich ansah. Auch das war ich gewohnt und hatte mich damit abgefunden. Schließlich tritt niemand im Fernsehen auf, um vollkommen unbekannt zu bleiben. Doch meine Situation hatte sich geändert. Als ich mich einmal traute, mir im Theater »Hello Dolly« zu Gemüte zu führen, mit dem Regisseur hatte ich selbst mal gearbeitet, hörte ich es um mich herum tuscheln, und die verstohlenen Blicke in der Pause waren nicht mehr verstohlen, sondern sehr direkt. Als ich an einem Pulk dauergewellter Damen vorbeiging, vernahm ich: »Dem kann auch keine Heiratsvermittlerin mehr helfen!«

Man möge mir nachsehen, aber den zweiten Teil der durchaus launigen Vorstellung verpasste ich.

Mir bleib noch das Kino, wo ich aber erst nach Ende der Werbung, im Dunkeln, einen Randplatz einnahm.

Ab und an lieh ich mir einen Film auf DVD aus. Als man mich fragte, ob ich nicht auch mal einen eigenen Film mitnehmen mochte, ging ich auch dort nicht mehr hin. Ich wollte in der Anonymität versinken.

Mein Schlagabtausch mit der Maikel hatte im Internet unterdessen Kultstatus erreicht, an die 1,65 Millionen Hits auf YouTube.

Helge leitete mir diverse E-Mails weiter. Bis heute weiß ich nicht, ob deren Inhalt gefakt oder ernst gemeint war. Die Gemeinschaft zur Förderung der aktiven Sterbehilfe in Deutschland e.V. wollte mich als Schirmherr gewinnen. Natürlich ohne Salär. Ich lehnte ab.

Eine schwäbische Blitzableiter-Firma erkundigte sich, ob sie ein Bild von mir und der Maikel für ihren Prospekt verwenden dürfe. Ich lehnte ab.

Der Maikel-Hass-Club auf Facebook wollte mich als Ehrenmitglied gewinnen. Den gab es tatsächlich, gegründet von ehemaligen, abgewiesenen Fans. Ich lehnte ab.

Um nicht nur in den eigenen vier Wänden zu versauern, ging ich spazieren. Allein. Das war trostlos. So war ich fast froh, als die alte Dame auf meiner Etage mit einem Oberschenkelhalsbruch darnieder lag und jemanden zum Ausführen ihres Dackels Timo benötigte. Der Hund verpflichtete mich, den Tag wenigstens etwas zu strukturieren. Durch ihn kamen wir beide mal an die frische Luft. Das Tier war zudem etwas Besonderes, denn es hatte eine Fleischallergie. Am liebsten fraß er Tomaten und Äpfel, bei Fleischgenuss verlor er seine Haare und kratzte sich wund. Dass es so etwas gab, lag bis dato jenseits meiner Vorstellungskraft.

Ein Dackel zieht die Blicke auf sich, besonders in Berlin, denn dort gibt es ansonsten nur Möpse, Terrier und unzählige Mischlingsköter. Mir war es recht, wenn die Menschen auf den Straßen den

Blick »tiefer legten« und den Mann am anderen Ende der Leine gar nicht registrierten. An einer Ampel, der Hund wickelte sich gerade um den Mast, sprach eine ältere Frau auf mich ein: »Wie süß!« Sie hätte auch von klein auf Dackel besessen. Dann sah sie mir ins Gesicht, erkannte mich, verschluckte sich und spie mir fast feindselig ins Gesicht: »Sie werden auch mal alt! Nur weil man dritte Zähne hat, kann man im Kopf noch die Nummer Eins sein. Schämen Sie sich nicht, mit alten Leuten so umzuspringen wie mit der Maikel?«

Dabei schlug sie erstaunlich behände mit ihrer Gehhilfe nach mir. Mittlerweile zeigte die Ampel zwar grün für Fußgänger, aber die Alte ließ sich nicht von ihrem Vorhaben, mir wehzutun, abhalten. Ich konnte leider nicht flüchten, da ich erst Timo nebst Leine vom Ampelmast wickeln musste. Als ich den wild kläffenden Hund endlich an kurzer entwirrter Leine hielt und den Stock der immer lauter werdenden Furie festhielt, wurde ich von hinzukommenden Leuten beschimpft, ich solle es ja nicht wagen, der Frau auch nur ein Haar zu krümmen. Bevor es noch eine Massenkeilerei gab, nahm ich den ängstlichen Timo auf den Arm und sprintete bei Rot über die Straße, Reifen quietschten, und die Menschenansammlung hinter mir grölte.

Die Zicke hatte mir tatsächlich Schrammen zugefügt! Sollte ich sie anzeigen? Aber wer würde schon glauben, dass das zarte Wesen ohne Vorwarnung auf mich eingeschlagen hatte? Schließlich war ich als Greisinnenhasser gebrandmarkt.

Sollte ich mich zukünftig nur noch mit Sonnenbrille auf die Straße trauen? Das hätte nur das Gegenteil bewirkt. Nichts finde ich alberner als all die Kollegen, die mit gefärbten Augengläsern im Restaurant erscheinen, damit auch jeder genau hinsieht.

10

Das Jahr neigte sich seinem Ende zu. Meine Stimmung wurde täglich düsterer. In den Fenstern sah man immer mehr Lichtlein blinken, die Kaufhäuser hatten ihre Auslagen festlich geschmückt. Überall glitzerte es, Weihnachtsmärkte öffneten, und auch die Werbung versuchte, ein heimeliges Gefühl zu vermitteln.

Dank Suzanne hatten wir jedes Jahr einen Weihnachtsbaum, meine ersten. Bis dahin hatte ich gar keinen rechten Zugang zum heiligen Fest, saß oft alleine in anderen Städten, wenn ich Theater spielte, bügelte (wann kommt man sonst schon dazu?) oder traf mich auch mal mit Freunden. Erinnerungen an einen schönen Weihnachtsabend hatte ich nicht. Bis auf die Heiligabende mit Suzanne! Kerzenschein, Lichterketten im Baum, glänzende Kugeln, Nüsse und Gebäck (zugegeben: gekauftes), das Weihnachtsoratorium von Bach, Suzannes Weihnachtsmannsammlung ... Vergangenes Jahr hatte ich mich an meiner ersten (leicht angeschwärzten) Gans im Orangensud versucht. Das Rotkraut hatte ich mit Äpfeln verfeinert. Wir aßen Tage daran. In diesem Jahr war mir gar nicht mehr nach Gans. Früher hatte ich keinen Sinn für das ganze Getue um diesen Tag gehabt, nun fürchtete ich mich davor. Auch das Fernsehprogramm bietet nicht wirklich Möglichkeiten, dem Festtagsrummel zu entfliehen. Wir warten aufs Christkind ist nicht wirklich ein Stimmungsaufheller, wenn man allein ist. Wenn die anderen feiern ist schon vom Titel her deprimierend.

Um mein Unglück zu vollenden, erreichten mich mehrere Anfragen für Menschen-des-Jahres-Sendungen. Dort wollte man mich mit der Maikel erneut aufeinandertreffen lassen, was Helge, ohne mich zu fragen, ablehnte. Ich hätte mich dem Treffen vielleicht sogar gestellt, aber Helge sagte, ich dürfe so etwas erst machen, wenn ich wieder 'ne eigene Sendung hätte, oder zumindest 'ne größere Schauspielrolle. Da war aber leider weit und breit nichts in Aussicht.

Die Maikel besuchte natürlich jede dieser Sendungen! Sprach man sie auf mich an, tat sie immer so, als könne sie sich gar nicht mehr an einen Menschen dieses Namens erinnern. Alles lachte auf meine Kosten, wenn sie ihr niederschmetterndes »Muss man den kennen?« spuckte. Immer dasselbe Spiel, auf allen Sendern!

Selbst meine Trennung von Suzanne wurde erneut von Society-Reportern beleuchtet, und man äußerte sogar die Vermutung, unsere ganze Beziehung sei nur ein Publicity-Coup gewesen. Diese Nattern! Fehlte nur noch ein Foto von mir und Frederik als Beleg für ihre stumpfsinnige Aussage.

Erstaunt war ich, als Cornelia anrief und sich nach meinem Befinden erkundigte. Ein sich wiederholendes dumpfes Geräusch erschreckte mich etwas, aber die allein erziehende Mutter beruhigte mich, das sei bloß der Ball, den die Kinder gegen die Wohnungstür warfen. Im Flur konnten sie kaum noch etwas zerstören, so hätte sie im Zimmer mal Ruhe zum Telefonieren. Ruhe stellte ich mir anders vor. Das sagte ich leider auch, und nun platzte es aus Suzannes Freundin heraus. Sie wüsste einfach nicht mehr weiter, die Kinder tanzten ihr auf dem Kopf herum, und der Vater kümmere sich nicht. Da der auch nichts verdiente, zahle er fast keinen Unterhalt, und zu den Geschenketagen kämen nur unmögliche Dinge wie Trommeln oder überdimensionierte Plastikspinnen. Wegen der Lärmbelästigung der Nachbarn sei ihr schon mit Kündigung gedroht worden. »Ricardo und Kevin sind mein Ein und Alles«, sagte Cornelia verzweifelt, »aber manchmal ist alles nichts mehr. Gelegentlich kann ich die Jungs bei meinen Eltern abgeben, wenn sich ein Drehtag bietet, aber neulich hatte ich ein Tournee-Angebot und konnte es wegen der Kinder nicht annehmen. Die paar Euros vom Synchron zögern das Verhungern nur hinaus.«

Für mich war dieses Gespräch heilsam. Wie sehr bedauerte ich mich eigentlich? Anderen ging es viel schlechter. Ich hatte wenigstens keine finanzielle Not zu leiden, könnte mit meinem Namen, den ich mir in der Branche gemacht hatte, sicher bald wieder hohe Gagen abgreifen, aber Cornelia? Sie war keine schlechte Schauspielerin, hatte aber bisher kein Glück. Etwas, das in diesem Beruf leider dazugehört. Die ganz jungen Dinger konnte sie nicht mehr spielen, und für größere Partien war sie zu unbekannt. Alle wollten immer prominent besetzen. Als wäre das ein Qualitätsmerkmal! Leider war ihr der Kummer der letzten Jahre auch schon anzusehen. Die Sorgenfalte auf ihrer Stirn sollte sie vielleicht mit Botox behandeln lassen ... nichts Ungewöhnliches für Frauen vor der Kamera. Aber das sagte ich ihr natürlich nicht.

Damit ihre Kinder unter der Scheidung der Eltern nicht allzu sehr litten, hatte sie die beiden zu sehr verwöhnt und in Watte gepackt, nun rächte sich das.

»Gibt es denn jemanden, den sie fürchten?«

»Ja, den Weihnachtsmann! Sie glauben nicht mehr an ihn, weil das uncool ist, aber ganz sicher sind sie sich nicht.«

»Soll ich dieses Jahr als Weihnachtsmann vorbeikommen?«, fragte ich recht unbedacht.

Cornelia konnte ihr Glück kaum fassen. Ein Kostüm hätte sie noch, wenn auch mit etwas zerfleddertem Bart. Aber den könnte man schon wieder zusammenstopfen.

Nicht wissend, wie ich aus dieser Nummer anders rauskommen sollte, sagte ich erst einmal zu, in der Hoffnung, später noch 'ne gute Ausrede zu finden.

Bei ihnen gäbe es traditionell Würstchen und Kartoffelsalat, ich könne danach gerne, ohne Kostüm, als Peter Sander noch zum Essen kommen.

Damit wäre ich wenigstens am Heiligabend nicht mehr meinem Selbstmitleid zu Hause ausgesetzt. Trotzdem lehnte ich ab. Oder deshalb.

»Na, du kannst es dir ja noch mal überlegen! Aber ich bin dir schon jetzt zu großem Dank verpflichtet! Ich könnte mir doch so 'nen studentischen Weihnachtsmann gar nicht leisten.«

Was konnte man da noch sagen? Ich verwarf den Gedanken, meine Zusage zurückzuziehen.

Als Frederik fragte, ob ich Heiligabend mal in rein homosexueller Gesellschaft verbringen wolle, denn Carsten (sein Freund verbrachte den Abend bei dessen Eltern) hätte mich mit zu seinem jährlichen Fest der »einsamen schwulen Herzen« geladen, erzählte ich ihm, was mir bevorstand. Zu meinem Erstaunen begeisterte ihn der Gedanke, dass ich den Weihnachtsmann geben würde. Schließlich würde ich in glückliche Kinderaugen sehen, das entschädige sicher für vieles. Wenn ich das Kostüm gleich anbehielte, wenn ich später bei Carsten aufschlüge, würde sich auch keiner seiner Freunde an mich ranmachen: »Bis auf Heiner, der liebt Ruten. Aber das ist ein anderes Thema!«

Vielleicht war das ja die Lösung? Unter einem Rauschebart war ich unerkennbar. Sollte ich mich am Vierundzwanzigsten als Weihnachtsmann verdingen? Wenn auch eine ungewöhnliche, so wäre es mal wieder eine Rolle für mich. Ich könnte später von meinen Erlebnissen in Talkshows berichten, und man würde gemeinsam darüber lachen.

Plötzlich fing ich an, mich auf den Heiligen Abend zu freuen. Endlich hätte ich wieder eine Aufgabe und würde auch noch andere damit erfreuen. Vielleicht sollte ich so auch Krankenhäusern und Altersheimen einen Besuch abstatten? Bestellte Paparazzi könnten mich dort im Kostüm fotografieren, endlich was Positives für die Presse!

Helge gefiel die Idee überhaupt nicht. »Das bringt nur was, wenn du dich unterm Baum öffentlich mit der Maikel versöhnst!«

Nachts träumte ich davon, wie ich mit einem Vierergespann an Rentieren bei der Maikel durch den Kamin schoss, mit voller Absicht glitt die Kufe des Schlittens über ihre Füße, bevor ich sie die Rute spüren ließ. Sie musste schwören, nie wieder garstig zu sein, erst dann erhielt sie ihr Geschenk. Vor meinen Augen öffnete sie die samtene Schatulle, in der ein neues (passendes) Gebiss strahlte und funkelte. Sie tauschte die Beißerchen sofort aus, und wir lachten gemeinsam in ein Blitzlichtgewitter, aus dem Knetke versöhnlich hervortrat, der Lena Tischler geknebelt auf den Schlitten packte, den Rentieren einen Klaps versetzte, sodass die mit ihrer neuen Fracht durch den Schornstein hinfortstoben. Mir hielt er einen Exklusiv-Vertrag, nebst Füller, zur Unterzeichnung hin …

Geschenke! An Geschenke hatte ich noch gar nicht gedacht. Pünktlich zur morgendlichen Kaufhausöffnung begab ich mich hinein. Unbehelligt besorgte ich zwei schöne Holzrahmen mit Intarsien (für wessen Bild?), ein geflügeltes Schwein aus Metall, aufschraubbar, als Sparbüchse oder Türstopper zu benutzen, eine stilvolle Fußmatte, einen Nussknacker mit dem Gesicht von Dieter Bohlen (würde Frederik gefallen), und dann entdeckte ich einen halbmetergroßen Weihnachtsmann: angezogen mit brauner pelzbesetzter Robe, nach alter Vorlage, mit wild gekräuseltem weichem abstehendem Bart und Lockenkopf. Das hört sich geschmacklos an, war es aber nicht. Kitsch, aber eben Edelkitsch und Handarbeit. Sofort musste ich an Suzannes Weihnachtsmann-Sammlung denken. Dieser hier würde alle überragen.

Sollte ich ihr noch etwas schenken? Sie hatte sich kaum noch gemeldet, ihre letzte Mail besagte, sie drehe bis an die Feiertage ran, sie hätte sich gut in ihrer neuen Behausung eingelebt. Mike wurde von ihr mit keinem Wort erwähnt.

Die Post verlangte derart viel Porto, dass ich den braunen Gesellen auch persönlich nach Hamburg hätte tragen können, trotzdem schickte ich das völlig übertriebene Präsent auf die Reise. Im Paket steckte ein Brief, der sie wissen ließ, wie gut es mir ginge und dass ich das Leben im Griff hätte. Was man sich so zusammenflunkert, wenn man jemanden zu Heiligabend beschämen will.

In Wahrheit gab ich bis zu diesem Tag Suzannes Bildnis auf der Tafel an der Tür einen Kuss, jedes Mal, wenn ich das Haus verließ. Ich sprach auch mit der Kreidezeichnung und erzählte ihr, was ich draußen so erlebt hatte. Viel war nicht mehr von ihr zu sehen. Die letzte Ähnlichkeit verlor sich, als ich Timo wehleidig von Suzanne und mir berichtete, ihm das Bild zeigte und er Suzanne mit der Zunge wegschlabberte. Sollte ich ihm dafür dankbar sein?

Für ihn hatte ich eine Tüte Grafensteiner-Äpfel zum Fest besorgt – schließlich sollte er auch nicht leben wie ein Hund!

Für mich hatte ich ein paar Fertiggerichte eingekauft, schließlich waren die Geschäfte einige Tage lang geschlossen. Das Wintereis des Jahres (mit Zimtsterngeschmack) war vorrätig in meinem Eisschrank. Lebkuchen und allerlei Süßkram lagen verpackt in der Küche herum. Öffnete ich eine Packung, verspeiste ich den gesamten Inhalt in einem Rutsch. Das kam leider viel zu oft vor. Statt der früheren Berge an Weihnachtskarten, die Suzanne an eine Schnur quer durch den Flur hängte, waren nur vereinzelte Grüße eingetroffen. Von meiner Bank, einem Autohaus, der Leitung des Seniorenstiftes meiner Mutter und eine wirklich als warmherzig zu bezeichnende von Cleo (die sie auf einem Foto mit Weihnachtsmütze zeigte, während sie eine Kaugummiblase fabrizierte). Keine von A.I.R. Wenige Freunde meldeten sich, meist aber nur mit Internetgrußkarten. Von meiner Jugendfreundin Gunda gab es das jährlich erneuerte Weihnachtsfrau-Bild.

Der Heilige Abend kam, und nur ein dickerer Umschlag mit den ewig gleichen Fotos von Brösicke, Lehmann und Kazsmarek erreichte mich. Das erste Mal freute ich mich darüber. Wenigstens sie hatten mich nicht vergessen.

Helge hatte mir dieses Jahr eine Karte gefaxt! Wahrscheinlich hatte er sie selbst erhalten und nun das Motiv weiter benutzt. Darunter schrieb er »Wünsche frohe Jahresendzeittage!« und hatte damit meine Endzeitstimmung noch gesteigert.

Ich stand vor meinem Vorratsschrank und überlegte, ob ich Nasi oder Bami Goreng in die Mikrowelle packen sollte. Beide Packungen waren unsinnigerweise mit Aufklebern »Tannenzweig und Kerze« geschmückt. Warum macht man so etwas? Damit man Ostern auf den ersten Blick sieht, dass das Haltbarkeitsdatum abgelaufen ist?

Kein Anblick verschaffte mir Appetit, und so beschloss ich, erst nach meinem Auftritt vor Cornelias Bestien zu essen.

Cornelia erwartete mich schon sehnsüchtig. Ich zog mir in ihrem Treppenhaus das bereitgelegte Kostüm über. Das Material war schlechteste Qualität, ich musste aufpassen, den papieren-filzigen Stoff nicht schon beim Einsteigen zu zerstoßen. Gott sei Dank hatte mir Cornelia einen Handspiegel auf einen Hocker gelegt, der mir beim Anlegen des Gummibandbartes half. Schminkstifte machten meine Augenbrauen weiß und die Wangen rot. Meine Schlüssel steckte ich vorsorglich in die Hosentasche, meine Lederjacke verblieb während des Auftritts im Treppenhaus. Wer wäre schon so gemein, am Heiligen Abend zu stehlen?

Die Geschenke für die Jungen hatte Cornelia mit »K« oder »R« beschriftet, für Kevin und Ricardo, und in einen braunen Bettbezug gesteckt. Ich hatte noch zwei Hörspielkassetten vom Action-Team dazugelegt, die ich selbst mit eingesprochen hatte. So bekamen meine Belegexemplare endlich Zuhörer. Für Cornelia hatte ich einen der beiden Intarsien-Bilderrahmen eingepackt. Anstelle eines Bildes hatte ich den Aufkleber eines Gurkenglases fixiert. Da ich kein Weihnachtspapier zu Hause hatte, löste ich die Tannenzweigverzierungen der Fertiggerichte ab und klebte sie auf die Päckchen.

Vor der Wohnungstür ließ ich eine Handglocke ertönen. Sofort hörte ich rennende Schritte, die sich erst durch Cornelias Ermahnung verlangsamten. Die Wohnungstür wurde aufgerissen. Vor mir standen zwei adrett gescheitelte Jungen, in sauberen weißen Hemden, deren Wangen natürlich gerötet waren, ganz anders als die meinen. Sowie sie meiner angesichtig wurden, wichen sie Schutz suchend hinter Cornelias Beine zurück.

»Ho ho ho«, sagte ich, als sich auch die Tür hinter mir öffnete, zur gegenüberliegenden Wohnung. Heraus sah ein kleines Mädchen mit Kopftuch. Als es mich erblickte, schrie es sofort etwas in einer mir fremden Sprache, um den Satz mit »Weihnachtsmann« zu beenden. Hinter ihr erschien ein älteres Wesen, ebenfalls mit Kopftuch, das die Kleine von der Tür wegzog: »Is sisch nischts Weihnachtsmann, issisch alter Gammler!« RUMMS!, fiel die Tür ins Schloss.

Ganz anders begrüßte mich Cornelia: »Seht mal, der richtige Weihnachtsmann! Sind wir dieses Jahr mal dran? Wie schön, dass du Zeit gefunden hast, persönlich zu uns zu kommen.« Und an ihre verstummten Kinder gewandt: »Wollt ihr ihn nicht zu uns hereinbitten?«

Beide gaben ein kleinlautes »Hm!« von sich.

Cornelia und ich lächelten uns wissend an: »Lieber guter Weihnachtsmann, du musst doch ganz verfroren sein, wärm dich erst mal bei uns auf!«

Dabei standen mir sicher schon Schweißperlen auf der Stirn, denn Winterstiefel, ein Kostüm über der Normalkleidung und ein wollener Bart heizten ganz schön ein.

»Wollt ihr dem Weihnachtsmann mal den Baum zeigen?«

»Oh ja!« Schon rannten die zwei Racker ins Zimmer. Dort stand ein forminteressanter Baum.

»Die Kinder haben ihn selbst ausgesucht und geschmückt!«

Er war mit Selbstgebasteltem und bedruckter Alufolie (als Rest von bereits ausgepackten Schokoladenpäckchen) verziert. Mutig waren einige wenige Kerzen darauf angebracht, die Cornelia nun feierlich entzündete. Mir wurde noch wärmer. »Ho ho ho!«, sagte ich erneut und war froh, als ich den hinter mir hergeschleiften Bettbezug vor einem Stuhl ablegen konnte. Auf den ließ ich mich plumpsen. »Wart ihr denn auch immer artig?«

Ricardo fand zuerst die Sprache wieder: »Ich schon!«

Der Jüngere nickte nur.

»Wirklich immer?«

Ich öffnete meine große Lederklappmappe, die ich früher bei Drehs genutzt hatte, und starrte auf alte Textseiten, die noch eingeheftet waren.

Ricardo stupste seinen Bruder in die Seite: »Los! Sag schon, du auch.«

Cornelia pflichtete bei, die Kinder seien im Großen und Ganzen artig. Wenn auch manchmal etwas ungestüm.

»Kriegen wir jetzt unsere Geschenke?«, forderte vorsichtig der Kleinere.

»Erst einmal sagt ihr dem Weihnachtsmann euer Gedicht auf!«, verlangte die sichtlich stolze Mutter.

Und tatsächlich sagten die beiden fast flüssig einen Achtzeiler auf. Irgendwie rührte mich das. Dabei hatte ich mir fest vorgenommen, die »Gurke« zur Sprache zu bringen. Stattdessen applaudierte ich und griff in den braunen Bettbezug. Heraus kam ein Päckchen für R, dann noch eins für R, ein drittes ... Am Ende gab es vier Stapel. Für jedes Kind einen, zwei Dinge für Cornelia, und drei Päckchen, auf denen in krakeliger Schrift stand: »Für den Weinacktsmaan«.

Beide Kinder hatten Sterne auf Steine gemalt, und ihre Mutter hatte mir die neueste CD von Mireille Mathieu eingepackt. Ich kann gar nicht sagen, wessen Augen bei uns mehr geleuchtet haben.

»Woher wusstest du?«, fragte ich, worauf Cornelia mich rüffelnd betrachtete: »Der Umzug!«

»Ach ja.«

»Deinen Filmgeschmack wollte ich nicht unterstützen ...«

»Cornelia. Die Filme hat mir Frau Buster in einer Sendung in die Hand gedrückt. Ich hatte die nur aus Recherchegründen!«

Cornelia lachte verschmitzt, viel sagend, nichts verratend. »Ist schon okay.«

Die Kinder rissen die Pakete auf, auch wenn sie dazu angehalten wurden, das Papier zum Wiederverwenden zu schonen. Spielzeugautos, aber auch erste Lesebücher, Dinosaurier und ein Zauberkasten für beide lagen bald auf dem Teppich verstreut. Ein Auto ließ dank der schon darin befindlichen Batterie die Sirene eines amerikanischen Polizeiautos ertönen, dabei blinkte es augenschmerzend. Das Pendant dazu war ein Feuerlöschauto, das Seifenblasen spie, wenn man es bewegte. Diese zerplatzten auf allem, was ihnen in den Weg kam: Fensterscheiben, Hosenbeine, Weihnachtsteller. Die Jungen quietschten vor Vergnügen, und Cornelia flüsterte mir genervt zu: »Das haben sie von ihrem Vater bekommen. Ich weiß nicht, ob um sie zu erfreuen oder mich zur Weißglut zu bringen.«

Mein gerahmtes Gurkenetikett schien Cornelia zu erheitern.

Sie zeigte es den Jungen und fragte, ob es sie an irgendwas oder -wen erinnere?

»Nee.«

»Doch. An einen Marsmenschen. Die sind doch alle grün.«

Die kleinen Bestien waren doch ganz nett.

»So, jetzt wird aufgeräumt und wir werden essen.« Und zu mir gewandt: »Du bleibst doch noch?!«

»Ich weiß nicht, ich bin noch verabredet. Bei Carsten treffen sich ein paar Freunde.«

Sie schien erstaunt: »Ein reiner Herrenabend zu Weihnachten?«

»Ja. Nein, nicht so, wie du wahrscheinlich denkst.«

Sie wirkte enttäuscht. »Da kann man nichts machen. Du hattest ja nichts versprochen.« Und dann laut: »Dank dir, lieber guter Weihnachtsmann, für all die vielen Gaben. Nun lassen wir dich gehen, denn andere Kinder wollen auch was von dir haben.«

Ricardo und Kevin sprangen hoch und gaben mir brav die Hand und versprachen, nicht mehr so viel zu toben und immer auf ihre Mutter zu hören. Der gute Wille war in diesem Moment spürbar.

Cornelia brachte mich noch zur Tür. Auch sie gab mir die Hand. Mein Kommen wäre das schönste Geschenk für alle gewesen. Wenn ich mal was bräuchte ...

Langsam ging ein einsamer Weihnachtsmann die Treppen hinunter. Als ich die Tür zur Straße öffnete, wehte mir ein kalter Wind entgegen, der mich an meine Lederjacke erinnerte. Oben wieder angelangt, musste ich feststellen, dass Hocker und Handspiegel noch da waren, im Gegensatz zu meiner Jacke. Ich sah mich mehrfach um, nichts. Aus der Wohnung hörte ich Geschrei und klingelte. Cornelia wirkte abgehetzt. Die Jungen zogen sich in den Haaren, weil jeder derjenige sein wollte, der mit den Seifenblasen die Kerzen am Baum löschte. Ich ließ ein lautes, gar strenges »Ho Ho Ho!« vernehmen, hob das Löschfahrzeug an, und schon war nur noch das Geheul der Polizeisirene zu hören. »Ihr wolltet doch artig sein? Ich sehe alles!«

Cornelia bat darum, den enervierenden Lärm abzustellen, und

die beiden Jungen lösten sich aus ihrer Versteinerung, konnten gar nicht schnell genug die Sirene abschalten.

Ich machte auf dem Absatz kehrt und ging. Meine Lederjacke blieb verschwunden, und so fuhr ein rot gekleideter Weihnachtsmann durch den einsetzenden Schneeschauer davon.

An diesem Abend begegneten mir andere Menschen seit Langem mal wieder freundlich, hupten an den Ampeln und winkten strahlend zu mir herüber. Oh, tat das gut!

Ich beschloss, Carsten und Frederik ihre Präsente so zu bringen, wie ich gerade war. Ein kleiner Dank für wirkliche Freundschaft in der Not. Von einem kahlen Strauch schüttelte ich den ersten Schnee, rupfte mir schnell noch eine Rute zusammen.

Ich stand vor einem frisch sanierten, dreistöckigen Altbau mit aufwändig verzierten Fenstereinfassungen. Ich harrte im jungfräulich rieselnden Schnee als roter Farbfleck und bimmelte mit meiner Glocke, was sie – und mein Arm – hergaben.

In zwei Wohnungen brannte Licht. Leider ging zuerst das falsche Fenster auf. Es erschien wieder ein Mädchen, dann die dazugehörigen Eltern und zum Schluss noch eine alte Frau im Weihnachtsmannkostüm. Man musste das Kind vom Fenster wegzerren, und ich bin froh, dass ich die Diskussionen mit dem brüllenden Mädchen nicht mitbekam, schleuderte noch ein »'tschuldigung« in die Nacht. Da ging auch bei Carsten das Fenster auf. Heiner erschien: »Oh, Kinder, guckt mal, der Mann mit der Rute ist da. Wollen Sie zu uns? Wir waren sicher auch garantiert unartig dies Jahr ...«

Frederik sah nun ebenfalls auf mich runter. »Bist du's?«

Ich nickte.

Heiner blickte entgeistert. »Natürlich is' er's.«

Und zu mir: »Lass mich dein Knecht Ruprecht sein! Betonung auf Knecht!«

Frederik zog Heiner genervt vom Fenster weg.

Komisch, ein Mann im roten Gewand zaubert auch auf erwachsene Männergesichter rosige Vorfreude. In jedem wurde ein wenig seines Kinderglaubens freigelegt. Die acht Männer überboten sich beim Aufsagen von Gedichten, es wurde mehrstimmig (auch durch Unkenntnis) gesungen, und es wurden Anekdoten der Kindheit berichtet. Heiner hatte mal im Geschenkeschrank seiner Eltern gewühlt, fand dort eine Barbie-Puppe, leider als Präsent für seine Schwester, was er am rosa Papier erkannte. Kurzerhand wickelte er eines der ähnlich großen Geschenke für sich aus, einen Modellbau-Hubschrauber, und vertauschte das Papier. Das war sein schönstes Weihnachten. Auch wenn seine Eltern ungläubig guckten, trauten sie sich nicht, ihm die Barbie wieder zu entreißen.

Er plapperte ohne Punkt und Komma, immer witzig, sich selbst auf den Arm nehmend, nie um das letzte Wort verlegen. Durch ihn wurde der Abend recht ausgelassen, er riss alle mit; nur mich nicht dazu hin, einen Überraschungsstriptease für alle hinzulegen. Auch nicht später, ganz allein für ihn. Er schien enttäuscht. Nur des roten Wamses entledigte ich mich, denn es war mittlerweile nicht mehr als solches zu erkennen. Das Material löste sich zusehends auf.

Von Frederik hatte ich ein eigenes Set Eierwärmer bekommen (allein das Wort sorgte für kräftiges Gegackere), bedruckt mit den Konterfeis der gesammelten britischen Königsfamilie. Ich rächte mich dafür mit dem Nussknacker, der viel Aufsehen entfachte. Unzählige Walnüsse verloren noch am Abend ihre Schalen, nur Heiner wollte damit andere »Nüsse« knacken.

Der Rest der Truppe war ziemlich normal. Aber was heißt schon normal? Man unterhielt sich, spielte ein Scharaden-Spiel (Heiner hatte Strippoker vorgeschlagen), und alle waren gerührt, als Ralf plötzlich in der Tür stand und Carsten mit einem Ring überraschte.

Erst weit nach Mitternacht, mein Bart hatte nun schon als Perücke auf Heiners Kopf Platz gefunden, voll gefressen, heiser gesungen – »gegrölt« will ich es an so einem Abend nicht nennen – verließ ich die Truppe. Einige wollten noch um die Häuser ziehen. Mir war nicht danach, ich konnte sie aber gut verstehen: Warum sollen alleinstehende Menschen am Heiligen Abend alleinstehend bleiben?

Ich fuhr noch mal bei Cornelia vorbei, aber in ihrer Wohnung brannte kein Licht mehr.

Zu Hause angekommen, richtete ich mir einen Weihnachtsgeschenketisch ein. Die englische Königsfamilie, Queen Mom hatte eine schwarze Schleife, sah mich an, dazu zwei Kieselsteine mit Sternen und eine Mathieu-CD. Die legte ich sofort ein. Von Carsten hatte ich einen Gutschein für einen gemeinsamen Kinobesuch bekommen. Heiner hatte darauf geschrieben, er käme mit. An meiner Wohnungstür hing ein Buch von »Timo«, mit Dankeskarte und seinem Pfotenabdruck. Ich wusste nicht, ob der Titel: »Das Leben nach dem Tod« auf mich oder Timos Frauchen Bezug nahm.

Nur von Suzanne fand ich nichts vor. Weder auf dem Handy noch als E-Mail, Fax oder Nachricht auf dem Anrufbeantworter. Alle waren nett zu mir an diesem Abend, und trotzdem kreisten meine Gedanken um die eine Person, die nicht nett genug war. Sie war doch meine kleine Familie! ... Gewesen.

Und nun? Nun bekam ich ein schlechtes Gewissen meiner eigenen Familie gegenüber, sprich Mutter und Schwester. Wir schenkten uns schon seit Jahren nichts mehr, aber ich hätte wenigstens anrufen können. Gut, meine Schwester holte meine Mutter an diesen Tagen immer zu sich, und sie hätten sich ja auch melden können.

Warum nur wird man an Weihnachten so wehleidig? Aus Angst vor Silvester?

Wahrscheinlich sollte ich es nächste Woche wie Timo machen und mich unterm Tisch verstecken. Ich habe eh nichts für diese sinnlose Knallerei übrig. Einladungen hatte ich keine. Und selbst einladen? Große Feste auszurichten, war noch nie mein Ding, dafür war Suzanne zuständig gewesen. Und ein kleines Fest? Mit Carsten und Ralf, die sich um Mitternacht küssend in den Armen lägen, Frederik und Cornelia, die gediegen plaudern würden, dazu ein wimmernder Timo unter dem Couchtisch ...? Schneller, als die Idee kam, war sie wieder verflogen.

Aufmunternde Anrufe erreichten mich von den soeben Genannten. Wir versicherten uns gegenseitig, wie sehr wir den Heiligen Abend genossen hätten, und ich aß am 25. Bami Goreng und am 26. Nasi Goreng.

11

Am 27.12. war sie da: die Karte von Suzanne. Sie hoffe inständig, diese möge mich rechtzeitig erreichen, bedankte sich für den tollen Weihnachtsmann und versprach, mir ein Geschenk von ihrer Reise mitzubringen. Ihrer Reise gen Bali! (Wo war ihre Flugangst hin?) Mike wolle mit ihr dem ganzen Weihnachtsrummel entfliehen. Dafür hatte ich natürlich vollstes Verständnis; und hoffte auf einen Flugzeugabsturz. Nein, schalt ich mich, ein Fluglotsenstreik würde schon reichen.

Hätte Suzanne eine Briefmarke zur Hand gehabt, hätte ich die Karte sicher schon rechtzeitig gehabt, um mir das Fest zu versauen. Ich hätte nicht einmal Nachporto berappen müssen.

Ein Versehen? Oder wollte sie es mir nur leicht machen, von ihr loszukommen? Ich rief Cornelia an. Einer der Jungs war am Apparat.

»Kann ich bitte mal deine Mutter sprechen?«

»Wieso?«

»Das möchte ich ihr schon selber sagen.«

»Wer sind Sie denn?«

»Sagt dir der Name Sander was?«

»Nee.«

»Gut. Holst du mal deine Mutter ans Telefon?« Und schärfer: »Bitte!«

»Wir sollen nicht mit fremden Leuten sprechen.« Gesagt und aufgelegt. Ich wählte erneut. Wieder ging ein Junge ran.

»Ho Ho Ho! War da jemand frech? Ich sehe alles! Ist dort der Ricardo am Apparat?«

»Mutti, Mutti, der Weihnachtsmann ist dran. Ich will das Feuerwehrauto aber nicht zurückgeben.«

»Verlangt er das?«

»Ich weiß nicht.«

»Na dann lass mich mal mit ihm reden.« Cornelia nahm den Hörer. »Ist dort wirklich noch mal der Weihnachtsmann?«

Bejahend »ho ho ho«-te ich.

Ja, sie hatte auch so eine Karte bekommen, allerdings mit Briefmarke, daher auch schon am 24. Sie hätte das lieber nicht ansprechen wollen, um keine alten Wunden aufzureißen. (Wieso aufreißen? Da war noch nicht mal im Ansatz etwas vernarbt!) Und ich hätte ja auch nicht gefragt.

»Ich wollte auch gar nicht weiter stören. Sind die Buben artig?«

»Soweit es ihnen möglich ist. Sie haben ihrem Vater am Telefon erzählt, dass es doch einen Weihnachtsmann gibt, sie hätten ihn schließlich gesehen. Horst, mein Ex, wollte darauf wissen, welcher fremde Mann an Heiligabend bei seinen Kindern gewesen sei. Der klang richtig eifersüchtig. Vielleicht störte es ihn auch nur, dass sich die Kinder nicht bei ihm bedankten. Schließlich hat der Weihnachtsmann die Geschenke gebracht, nicht der Papa.«

Ihr schien das gut zu tun.

»Richtig so, Cornelia, zeig's ihm! Ich muss jetzt leider Schluss machen. Timo, mein Nachbarshund, wartet. Du weißt schon ...«

Und dann hab ich bestimmt 'ne Stunde Rotz und Wasser geheult. Tränensäcke konnte ich danach keine mehr gehabt haben, da war alles leer!

Die restlichen Tage des Jahres vergingen bei mir wie bei einem frischen Witwer. Wenn jemand behauptete, dass ich in Selbstmitleid zerfloss, müsste man ihn der Untertreibung bezichtigen. Ich tat mir aber auch so was von leid!

Auf den Straßen wurde sinnlos geknallt. Chinaböller zerbarsten ab dem ersten Verkaufstag. Was bringt den Leuten nur diese Freude am Lärm? Raketen erzeugen ein optisches Feuerwerk, opulente Lichter, aber Böller nutzen nur Ohrenärzten, Amputationsspezialisten und Tierpsychologen. Am Anfang jedes Jahres läuft man dann in Berlin durch ein Meer aus Scherben, aufgeweichten Papierbergen und Schreckdurchfall von Hunden.

Die Jahresendzeittage haben nicht ohne Grund ein gesteigertes Selbstmordaufkommen. Man wird allerorten zum Betrachten des vergangenen Jahres gezwungen, wie auch zu guten Vorsätzen. Diesmal fiel meine Jahresbilanz düster aus. Eigentlich konnte alles nur noch besser werden, solange nicht auch noch meine Wohnung abbrannte.

Keine Angst, sie tat es nicht. Im Gegenteil.

Ich hörte es plätschernd tropfen, als ich meine Wohnung am Silvesternachmittag nach dem Gassigang mit Timo betrat. Rostiges Wasser sprühte unablässig aus dem Überlaufventil der Küchenheizung und ließ sich auf den ehemals weißen Wänden nieder.

Dieser Notfall machte eine Sanitärfirma um ein Monatsgehalt reicher. An so einem Datum schadet ein Schaden eben doppelt! Das Holz der Einbauküche war aufgequollen. So konnte ich den ersten Vorsatz fürs neue Jahr fassen: Küche renovieren!

Wären die Wände trocken, hätte ich mich sofort in Aktionismus geworfen und ins neue Jahr hineingemalert. Um Mitternacht hätte ich dann einmal mit Farbe spritzen können.

Stattdessen klingelte es.

Vorsichtig öffnete ich die Tür. Heiner stand davor. Er hatte sich meine Adresse von Carsten geben lassen.

»Ich wollte dir nur den Weihnachtsmann-Bart zurückbringen«, sagte er forsch. »Der Trend geht leider wieder weg von der Zweitfrisur.«

Ich war mit meinen Gedanken so weit weg, dass ich gar nicht bemerkte, dass ich ihn vor der Tür stehen ließ, ihm zwar den verdreckten, zerzauselten Bart abnahm, mehr aber auch nicht.

»Oh, ich verstehe, der Herr hat Damenbesuch. Da will ich mal nicht stören.«

»Im Gegenteil«, äußerte ich fahrig.

»Im Gegenteil? Stimmt. Jetzt hast du Herrenbesuch. Und ich will stören.«

Damit schob er mich zur Seite und trat ein. »Na, wollen wir doch mal sehen, wie die Promis so leben… – Hast du Dartpfeile?«

Ich verstand nicht.

»Wieso hast du sonst diese Zielscheibe aufgehängt?«

Er hatte Suzannes Fotos im Bilderrahmen entdeckt. »Wenn du meine unmissverständliche Meinung hören willst, dann weg damit. Denn derzeit schießt sie von da ihre Pfeile auf dich!«

Wie recht er hatte! Er setzte sich hin, verlangte zu trinken, und als ich nicht sofort loslief, machte er sich selber auf den Weg zur Küche. Er beäugte den Rostwasserfleck, den die Heizung an der Wand hinterlassen hatte und den ich zu entfernen versucht hatte. »Oh, ist das 'ne neue Schwammtechnik? Das ist aber auch ganz schön Nineties.«

Er brachte mich in meiner Verzweiflung zum Lachen! Mit Blick in meinen Kühlschrank: »Was denn, kein Prickelwasser an so einem Tag? Wie kannst du das nüchtern ertragen?«

»Falls du es vergessen haben solltest, ich trinke keinen Alkohol.«

»Das erzähle ich den strammen Herren von der Polizeikontrolle auch immer … – Was ist, wollen wir es uns nicht mit einem Glas Leitungswasser gemütlich machen? Sollen wir uns neben deine Burg setzen? Was hältst du von Rollenspielen? Ich bin das entführte Burgfräulein, und du bist der Ritter, der mich befreit? Zur Belohnung darfst du mich küssen …«

Ups! Sollte sich Heiner etwa in mich verknallt haben? Da war er ja nun an der ganz falschen Adresse. Nur, wie sagt man das einem Mann?

Heiner drapierte sich ladylike neben der Burg, sein schütteres Haupthaar schüttelnd, als hinge eine volle Mähne an ihm: »Wir könnten natürlich auch das Recht der ersten Nacht durchspielen, nur dann bitte umgekehrt, denn ich wette, die Jungfrau von uns beiden bist du. Oder hast du schon mal?«, dabei setzte er sich neugierig gierig blickend auf.

»Heiner, wie soll ich dir das sagen? Aber ich stehe echt nicht auf Männer.«

»Danke, Schatz. Du bist seit Langem der Erste, der mich einen

Mann nennt – noch bevor ich ihm meine Männlichkeit gezeigt hab.«

Plötzlich verschwand alles Tuntige aus seinem Gehabe. »Was hast du denn heute noch vor? Du willst doch nicht wirklich die letzten Stunden des Jahres allein verbringen? Noch schlimmer, die ersten des neuen Jahres! Das wäre ein schlechtes Omen! Dem Trübsal einen zu blasen, hast du noch genug Zeit, wenn du alt bist. Also, wo gehen wir hin?«

»Das ist sicher sehr lieb von dir gemeint, aber ich möchte heute nirgendwo hingehen!«

»Falsch«, entgegnete Heiner. »Ich bin nicht lieb, sondern egoistisch. Schließlich will ich mir nicht den letzten Abend des Jahres mit einem Trauerkloß verderben. Lächle mal wieder!«

Dabei schob er mittels seiner Zeigefinger meine Mundwinkel hoch. »Du siehst ja schon aus wie 'ne Merkel für Arme! Oder hast du Angst vor Lachfalten? Wie alt bist du eigentlich?«

»Neununddreißig.«

»Echt, wirklich? Ich kam nie über neunundzwanzig hinaus!«

Ich fragte mich, woher so viele Schwule wohl ihren sarkastischen schnellen Witz nehmen. Ich fragte es nicht nur mich, sondern auch Heiner.

»Den baut man sich in jungen Jahren als Selbstschutz auf. Wenn du über dich selbst lachen kannst, lachen dich alle an, niemand mehr aus. Du hast das Lachen der anderen in der Hand. Es kann nie mehr verletzen.«

»Wollte man das denn?«

»Glaube mir, man hat es oft darauf angelegt. Wachs du mal als Tunte in Oberhövel auf. Wenn du dir da kein dickes Fell wachsen lässt, bist du verloren. Mit achtzehn bin ich sofort von zu Hause weg und in die Großstadt. Das war für mich damals noch Osnabrück. Oder kannst du dir mich in der Schlachterei meiner Eltern vorstellen? Warum, glaubst du, bin ich Vegetarier?«

Ich wusste gar nicht, was Heiner arbeitet, und fragte ihn danach.

»Nein, ich bin weder Friseur noch Innenarchitekt, wollte auch nie Showtänzer, Steward oder Krankenpfleger werden. In der Woche findest du mich am Kassenschalter der Sparkasse.« Damit hatte ich nun wirklich nicht gerechnet.

Plötzlich hatte ich das Bedürfnis, ihn in den Arm zu nehmen, wollte ihn aber auch nicht auf eine falsche Fährte locken. Ich setzte mich zu ihm, auf die andere Seite der Burg, die uns auf Abstand hielt. Einen Moment war es ganz ruhig, bis die Melodie von »I am what I am«, sein Klingelton, die Stille beendete. »Diese Handys mit integriertem Vibrationsalarm sind doch eine tolle Erfindung. Ich überlege immer, wie lange ich es klingeln lassen soll. Jetzt weißt du auch, warum ich das nur hinten trage ...«

Er musste aufstehen, um es aus der engen Hosentasche zu befreien. Carsten rief an. »Ja, da kann ich wohl nichts machen«, hörte ich Heiner seufzend bemerken.

Rücksichtsvoll verließ ich das Zimmer und suchte nach etwas zum Anbieten. Zwei Säfte waren im Haus. Immerhin 'ne Auswahl. Knabberzeug? Fehlanzeige. Kekse ebenso.

Dennoch wurde es ein ganz spezieller Silvesterabend. Mit Wasser, Apfel- und Rhabarbersaft sowie Nudeln in einer Schmand-Thunfischsoße.

Wir sprachen bis 3 Uhr früh miteinander, wie alte Freunde. Er berichtete von seinen missglückten Beziehungen, wir gingen noch mal mit Timo Gassi, ich erzählte all mein Unglück, wir spielten eine Runde Scrabble, gingen kurz vor Mitternacht auf den Balkon, wo er mir einen schüchternen Kuss auf die Wange hauchte, und betrachteten den leuchtenden Himmel über Berlin. Bis heute bin ich Heiner dankbar, denn er hat mir den Jahreswechsel leicht gemacht. Wir brauchten wohl beide jemanden zum Festhalten in dieser Nacht. Bevor er ging, entfernte er noch Suzannes Fotos aus dem Rahmen, der nun verwaist neben dem Fernseher prangte.

Komisch, wir haben uns nie wieder allein getroffen.

12

Das neue Jahr wollte ich auf jeden Fall ein glücklicheres werden lassen. Heiner hatte den alten Tatendrang in mir geweckt: Ich mailte Eni sowie zehn weitere Schauspielagenten an. Keine Reaktion!

Ich entwickelte Ideen für neue Sendungen, eine Talkshow namens *Erste Sahne,* in der mit Promis gebacken werden sollte, während ich ihnen Geheimnisse entlockte; oder eine mit Namen: *Stellen Sie sich vor …!,* in der Prominente spielerisch von ganz anderen Seiten gezeigt werden sollten (der Trompete spielende Schauspieler, der steppende Politiker, das Fußball spielende Top-Model). Auch eine Game-Show ersann ich, die auf heiteren Kinderspielen wie Teekesselraten und Wer bin ich? (dieses Spiel mit den Post-its auf der Stirn) basierte. *Klaro, Peter Sander* sollte eine Magazinsendung heißen, in der ich mit versteckter Kamera den kleinen Wallraff geben wollte. Als Themen schwebten mir vor: »Die Reaktionen auf den Pastor im Sexshop«, genauso wie: »Auf Wohnungssuche mit vier Kindern«. Oder »Wie behandelt man eine Tunte in Oberhövel?« – Aufklärung, mit einem Augenzwinkern dargeboten. Ich fand all meine Ideen Weltklasse!

Ich schickte meine Showkonzepte an Helge und war sicher, er würde begeistert mit Redakteuren, Programmdirektoren und Intendanten Kontakt aufnehmen. Tatsächlich fand er alles »gar nicht so schlecht«, aber mit mir als Moderator »gar nicht verkäuflich«. Noch nicht jedenfalls.

Wie lange sollte denn noch Gras über die Sache wachsen?, fragte ich mich. Bis ich unter diesem Gras läge? Oder die Maikel?

Ich brachte Cornelia die Reste des roten Wamses und versprach, zum nächsten Weihnachtsfest ein neues Kostüm zu besorgen. Ihre Jungs waren eigentümlich ruhig, was Cornelia gleich beunruhigte. Ich beschwichtigte: »Ach, die werden auch mal älter und vernünftiger.«

Dann stieg Rauch in unsere Nasen, von der angekokelten Tischdecke.

Ich betrachtete mich inzwischen als offiziell arbeitslos.

Bis dahin hatte ich mir nie wirklich Gedanken darüber gemacht, wie ein Arbeitsloser den Tag verbringt. Ich war erstaunt, wie viel ich während meiner Arbeitsphasen nebenbei erledigt hatte. Nun lasteten diese Dinge als Hauptaufgabe schwer auf mir. Nur mit To-do-Listen gelang es mir, mich einigermaßen im Griff zu halten, nicht total zu verschlampen. Es wurde mir egal, ob mein Bett gemacht war oder nicht. Ich legte mich ja sowieso mehrmals täglich wieder rein. Und wenn Besuch kommt, kann man ja die Schlafzimmertür schließen.

Überhaupt, Besuch: Einladungen auszusprechen, bedeutete ja stets, etwas bieten zu müssen. Nicht nur die Trauerstorys eines abgesetzten Fernsehfuzzis. Die Wohnung musste ordentlich sein, man musste etwas zum Verzehr anbieten, meine Laune sollte fröhlich wirken. – Ich musste mich tatsächlich dazu zwingen, ab und zu wenigstens einen Spiele-Abend zu organisieren.

Mein Konto leerte sich. Ein Vorgang, den ich bis dato nur aus anderen Zusammenhängen gekannt hatte – wenn ich überschüssiges Geld vom Girokonto transferierte, um es anzulegen. Mein Finanzberater hatte mir diverse Produkte angeboten. Ich besaß Bundesanleihen, die kaum Ertrag einbrachten. Mutig setzte ich größere Summen an der Börse ein, mein »Spielgeld«. Im ersten Monat machte ich satte Gewinne, fand Gefallen am Daytrading. Die Aktionen wurden waghalsiger. Und ich verlor. Okay, beruhigte ich mich, dann kaufst du eben Aktien billiger nach. Doch die Börse fiel weiter. Mein Anlageberater riet mir, die Aktien liegen zu lassen, bis sie wieder stiegen. Sie fielen weiter und weiter. Hundertfünfzigtausend Euro versandeten. Mein Bankmensch scherzte: »Ihr Geld ist nicht weg, das hat jetzt nur ein anderer!« Mit Geduld käme es schon zu mir zurück.

Es kam nie zurück.

Suzanne war die einzige Eingeweihte in meine Verlustwelt. Sie nahm es mit Galgenhumor. Sie meinte, es müsse den »Sander-Index« geben: Was *ich* kaufte, verlor an Wert. Einmal rief sie mich an, ob ich Siemens-Aktien gekauft hätte, die hätten an dem Tag zehn Prozent an Wert verloren. Nein, hatte ich nicht.

Mein Bankberater hatte mir mal General-Motors-Anleihen empfohlen. Dann kam die Finanzkrise und die Nachrichten von GM schockierten. Ich fragte, was mir die Bank raten würde? »Unsere Bank gibt da keine Vorgaben raus, aber ich persönlich rate Ihnen, die Papiere zu behalten. Wenn Sie die jetzt abstoßen, machen Sie hohe Verluste. Ehrlich, glauben Sie ernsthaft daran, dass die größte Firma der Welt pleite gehen kann?« Ich pflichtete meinem Bankberater bei und behielt die Anleihen. Bald darauf wurde er versetzt und meine Anleihen in Aktien mit geringem Wert umgetauscht, meine Anlage war nahezu wertlos.

Im März rief mich mein neuer Kundenberater, Dirk Schlotter, an und bat um ein Gespräch. Seit einiger Zeit war nur Geld vom Konto abgegangen, ich hatte es das erste Mal überzogen. Ob das so bleiben würde, fragte Herr Schlotter.

Ich war selbst schockiert. Wie konnte es so weit kommen?

»Nein, natürlich nicht!«, sagte ich. »Ich kümmere mich darum.«

Was sollte ich verkaufen? Telekom-Aktien, für 63,50Euro zugeteilt, damals glücklich darob gewesen, jetzt keine zehn Euro mehr wert? Bislang war der Verlust nur virtuell gewesen, nun musste ich ihn mir eingestehen. Verbranntes Geld tut besonders dann weh, wenn es ansonsten knapp wird.

Bei den steigenden Benzinpreisen und wegen meiner GM-Erfahrungen schien es mir am sinnvollsten, aus Automobilaktien auszusteigen. Ich verkaufte VW, wenn auch mit hohem Verlust, aber ich brauchte Geld auf meinem Girokonto. (In den nächsten Tagen legte VW eine Wertvervielfachung hin.)

Erstmals spürte ich eine aufkeimende Panik, was meine finanzielle Situation betraf. Ich rief sofort bei Helge an und teilte ihm mit, dass ich nun auch für geringere Gagen bereit wäre, so gut wie alles zu machen.

»Was zu machen?«

»Na, einfach alles. Wenn es sein muss, moderiere ich auch die Karnickel-Ausstellung in Wismar, solange mich da keiner sieht.«

»Hältst du das für realistisch?«

»Dass mich da keiner sieht?«

»Dass die dich haben wollen?«

Pause. Mir verschlug es die Sprache.

»Was glaubst du eigentlich, was ich den ganzen Tag über mache? Däumchen drehen? Natürlich schlage ich dich vor. Und sollte ich irgendwann hören, dass die Wismarer Rammler einen Moderator suchen, werde ich nur dich vorschlagen. Sowie was anliegt, melde ich mich!«

Sein Ton war unangenehm bestimmt, als hätte ich ihn auf dem falschen Fuß erwischt.

»Helge, ich wollte dir doch nur sagen, dass ich mir für nichts zu schade bin. Arbeit schändet nicht. Du sollst ja etwas dran verdienen. Ich gehe auch als Gast in jede noch so bescheuerte Gameshow. Gibt es da nicht so etwas wie Das große Promi-Putzen?«

»Hast du Interesse am Dschungelcamp? Da könnte ich es mal versuchen«, sinnierte Helge. »Willst du das? Vierzehn Tage Reis und Bohnen essen? Du wolltest doch abnehmen. In Kakerlaken baden, dich von Straußen beißen lassen, Spinnen essen, Schlangen bändigen, und wenn du Pech hast, musst du ein Glas Känguru-Sperma austrinken.«

Selten war ich zweimal in einem Gespräch so sprachlos gewesen. War mein Marktwert schon so weit gesunken? Die Nachwelt flicht dem Fernseh-Mimen keine Kränze, höchstens einen Strick!

Am Zeitungsstand wurde mit übel, als ich auf einem Cover Lena Tischler mit Stefan Geissel im Arm erblickte, dem neuen Moderator der *On-Air-Show*. Unterschrift: »Zwei Quotengaranten für A.I.R.«. Bis dahin hatte Lena die Sendung allein moderieren dürfen, was wohl nicht erfolgreich genug war, deshalb wurde ihr nun die Allzweckwaffe des Senders an die Seite gestellt. Das Bild war stark retuschiert. Was hatte dieses verlogene Grinsen im Gesicht meiner stark rauchenden Ex-Kollegin für ein frisches Weiß erhalten! Ihre Dekolletee präsentierte sich üppig und völlig faltenfrei. Verlogene Medien-Welt!

Im Briefkasten fand sich eine aufwändige Einladung zur Verleihung der Goldenen Marlene. Da wollte ich hin! Adressiert an »Suzanne Henke und Peter Sander«. Ich öffnete den metallicblauen Umschlag. Das Anschreiben war nur an Suzanne gerichtet. Mit der Bitte um die Bestätigung ihres Kommens, auch die Begleitung sollte sie namentlich festlegen. Von mir kein weiteres Wort. Sollte ich das Schreiben vernichten? Einfach meinen Namen einsetzen? Suzanne informieren? Oder im Namen Suzannes antworten und sagen, dass man nie wieder von dieser lächerlichen Veranstaltung hören wolle. Damit würde ich ihr am meisten schaden! Oder mit ihr hingehen?

Erst mal landete der Brief in einer blauen Schale, mit orangen Fischchen verziert, ein verspätetes Weihnachtsgeschenk aus Bali, in die ich Post warf, die noch bearbeitet werden musste.

War ich nicht viel zu blass für einen roten Teppich? Suzanne war sicher noch braun gebrannt von ihrem Jahresurlaub. Wie unbefangen würde ich neben ihr herlaufen können? Würden wir der Presse nicht unnötig Futter geben, jetzt, wo es endlich ruhiger um uns geworden war?

Was interessiert es mich denn noch, auf welchen Partys sich Suzanne rumtrieb? Die waren eh nur dazu da, ganz zufällig vor der Nase bedeutender Leute herumzulaufen. Dazu muss die Frau irgendein irrsinniges Dekolletee, auf jeden Fall viel Haut zeigen. Das konnte auch mal der nackte Rücken sein, um in den Top Five der ungewöhnlichsten Kleiderkreationen aufzutauchen. Sex sells.

Jedes Bild ist Werbung. Wir sind unsere eigene Ware, die müssen wir auch zu Markte tragen. Mir war dieser Markt der Eitelkeiten immer zuwider. Gott sei Dank hatte ich mit der *On-Air-Show* bisher zu den Leuten gehört, vor denen andere auf und ab liefen. Das würde wohl nun anders sein.

Noch am selben Nachmittag ging ich in ein Sonnenstudio und legte mich das erste Mal in meinem Leben auf einen der Grills. Am Tresen wurde ich von der Besitzerin eingewiesen, einer strohig stumpf blondierten Frau, mit gezupften Augenbrauen auf kastanienfarbiger Lederhaut. Sie riet mir, beim ersten Mal eine Liege mit geringer Leistung zu nehmen. Aber Peter Sander ist doch kein Weichei, der hält was aus!

Stark gerötet verließ ich den ungastlichen Ort wieder. Wirklich alles war rot, bis auf den Abdruck meiner Hand, die ich auf den Bauch gelegt hatte.

Ich bat Frederik telefonisch, mir aus der Apotheke etwas gegen Sonnenbrand mitzubringen.

»Hey, Klasse, willst du verreisen?«

»Nicht mehr nötig! Und bitte, bring eine Packung Eis mit!«

Er erzählt heute noch, bei seiner Ankunft hätte ich, nur mit Unterhose bekleidet, im dunklen Flur rot geleuchtet. Das Eis nahm ich zum Kühlen. Von innen.

Frederik sah die Marlene-Einladung und redete mir ins Gewissen. Wenn es mir unangenehm sei, mit Suzanne zu reden, könne ich ihr den Brief ja zugeklebt nachsenden.

Noch am selben Abend rief ich sie an. Besser gesagt, ich ließ Frederik anrufen, damit ich nicht in die Gefahr kam, mit Mike sprechen zu müssen. Als sich Suzanne meldete, übergab er schnellstens der Hörer.

Meine Stimme klang eigentümlich belegt: »Hallo, ich bin's, Peter. Du, für dich, also uns, ist hier 'ne Einladung angekommen. An uns beide adressiert, sonst wäre es ja gleich zu dir weiter geleitet worden. Jedenfalls lädt man uns zur Marlene-Verleihung ein. Am 10. April. In Berlin. Äh, hast du da schon was vor?

Im Konzerthaus am Gendarmenmarkt. Wenn du willst, können wir da beide, also, mir macht das nichts aus, ehrlich, aber wenn du lieber mit Mike, oder jemand sonst, ich weiß ja nicht …«

»10. April?«

»Genau.«

»War das nicht letztes Jahr so öde?«

»Na ja …«

»Hast du selbst gesagt, Flaatsch. Sag mal für mich ab. Das hat nichts mit uns zu tun. Wirklich. Ich möchte dich gerne mal wiedersehen. Außerdem, mein lieber Gott, was weiß ich, wie dann mein Drehplan aussieht!« Sie lachte etwas affektiert.

»Ja, ja, wie du meinst. Ich wollte es dir bloß nicht vorenthalten. Ich leg da keinen großen Wert drauf.«

»Wenn es dir wichtig ist … du kannst ja Cornelia fragen, die schwärmt ja sehr von dir.«

»Tut sie das?«

»Ja.«

Dann wussten wir beide nichts zu sagen.

»Du, der Frederik wollte auch noch mit dir sprechen, ich geb dich mal weiter, tschüss!«, sagte ich hilflos und drückte dem perplexen Frederik den Hörer in die Hand.

Er war überrumpelt. »Na ja. Hallo. Ich wollte nur mal fragen, ob du dich gut eingelebt hast?… Ach, sag bloß … Und die Arbeit? … Oh, ein gemeinsames großes Projekt … verstehe, über ungelegte Eier spricht man nicht … na, wenn der Vertrag schon verhandelt wird … Kugler persönlich? Gratuliere! … Nee, bei dem ist es momentan ruhiger … ja, das kommt wieder, ja, sag ich ihm auch immer: Unkraut vergeht nicht.« Und ohne auch nur auf die Uhr zu schauen: »Ups, ich muss los, bin noch mit Carsten verabredet … Ja, grüß du ihn auch unbekannterweise. Meld dich, wenn du mal in Berlin bist.«

Endlich legte er auf, mich mit seinem Blick abstrafend: »Mach das nicht noch mal mit mir!«

»Sie hat gut zu tun?«

»Scheint so.«

»Mit Mike!?«

»Auch.«

Wie leicht man alten Wunden neue hinzufügen kann! Ich hätte mich eigentlich für Suzanne freuen sollen. Sie hatte eben Glück in der Liebe *und* im Beruf! Und ich hatte eben Pech, allenthalben. Der Sonnenbrand kam genau im richtigen Moment, denn momentan hätte ich weder arbeiten noch mich von jemandem berühren lassen können. Selbst das Brille-Aufsetzen verursachte mir Schmerzen.

»Was nun?«, erkundigte sich Frederik. »Gehst du hin, auch ohne ...?« (Den Namen wollte er wohl nicht mehr vor mir aussprechen.)

»Ich weiß nicht. Heute geh ich nirgendwohin. Kann man eigentlich im Stehen schlafen?« Die Frage stellte sich mir ernsthaft, denn ich hatte das Gefühl, um meine Haut stand es minütlich schlimmer.

»Sollte es gar nicht mehr auszuhalten sein, ruf mich an, und wir fahren ins Krankenhaus.«

Irgendwie hatte er es sehr eilig. Er hatte gerade einen attraktiven und schön behaarten Organisten kennengelernt, den er am Abend wiedertreffen wollte. Ich musste ihn lächelnd ziehen lassen.

Die Einladung zum Internet-Medienpreis Goldene Marlene verblieb in der Schale, unübersehbar.

Zur Ablenkung schaltete ich n-tv an.

Stehend betrachtete ich die Nachrichten und Aktienkurse. An diesem Tag waren meine restlichen Aktien im Schnitt erneut um etwa drei Prozent gefallen. Bis zum Ende der Woche wurde es noch schlimmer. Woher wussten andere, wann sie mit Gewinn verkaufen können? Und warum war ich immun dagegen?

Langsam, sehr langsam beruhigte sich meine Haut wieder. Der arme Timo verstand einfach nicht, warum er fürs Erste nicht mehr an mir hochspringen durfte. Leider ging es seinem Frauchen immer besser, sodass ich nicht mehr so oft mit ihm die Runde machen musste. Ich spielte mit dem Gedanken, meine Nachbarin die Treppe hinunterzustoßen, als sie mir eröffnete, sie wolle mit dem

Hund zu ihrer Tochter ziehen. Von der hatte ich bisher weder etwas gesehen noch etwas gehört. Als die betagte Dame tags drauf über Timos Leine stolperte und ein Stockwerk hinuntersegelte, plagten mich Gewissensbisse. Verstand der Dackel etwa meine Gedanken? Ich bin mir nicht sicher, ob er ein Grinsen im Gesicht hatte oder ob ich mir das einbildete. Da ich dem Rettungsdienst versichern konnte, ein guter Freund des Tieres zu sein und Timo bei meinem Anblick mit dem Schwanz wedelte, gaben sie ihn mir vorübergehend in Obhut.

Sein Frauchen verstarb, nicht am Sturz, in der Klinik ereilte sie ein Herzinfarkt. Ihre Tochter ließ sich beim Ausräumen der Wohnung sehen und fragte an, ob sie mal die Hundeleine betrachten dürfe. (Schließlich hätte die ja aus Gold sein können.) Ob ich den Hund zu kaufen gedenke? Diese Frage fand ich unverschämt. Ich überreichte ihr Timo, nachdem ich ihm ins Ohr geflüstert hatte, er möge sie bitte kräftig beißen. Mir tat es in der Seele weh zu hören, wie Timo heulte. Er weinte noch immer, als die ganze Bagage abgezogen war. Den Hund hatten sie mit Paketschnur an meiner Wohnungstür festgebunden, die Leine mitgenommen. Gott sei Dank war ich zu Hause. Als ich meine Tür öffnete, hätte ich ihn fast stranguliert.

So kam ich endgültig auf den Hund. Er suchte sich seinen Platz in meiner Wohnung aus. Getreu dem Sprichwort »My home is my castle« legte er sich in den Innenhof meiner alten Spielzeugburg. Ich darf es nicht wagen, diese jemals wieder zu verrücken.

Nach ein paar Tagen hatte ich mich dazu entschlossen, Suzannes Marlene-Einladung mit meinem Namen als Begleitperson zu versehen und notfalls allein dort aufzutauchen. Bange schickte ich den Brief mit Absender *Suzanne Henke, c/o Peter Sander* ab.

Ich hätte im Boden versinken mögen, als Suzanne eine Woche später einen Brief c/o Sander erhielt, den ich öffnete. Darin war zu lesen, dass man sich sehr auf ihr Erscheinen freute, aber aus Rücksicht auf die Ehrenpreisträgerin, Frau Gertrud Maikel, auf mein Erscheinen ausdrücklich verzichten wolle. Gedemütigt zerknüllte ich das Schreiben.

Zwei Eintrittskarten lagen nun mahnend in der Bali-Schale. Frederik und seine nächste Affäre, ein Schiffssteward auf Heimaturlaub, rieten mir, ich solle die Karten dem Müll übergeben. Oder ich sollte jemand hinschicken, der den Veranstaltern noch peinlicher wäre als ich. Wir lachten bei der Vorstellung, wer da alles sitzen könnte. Damit war mir ein Stachel eingepflanzt worden, der piksen wollte.

Am Tag der Verleihung, mittlerweile war ich ein halbes Jahr ohne Arbeit, begab ich mich, Mütze tief ins Gesicht gezogen, den Hund an der Leine, eine Sonnenbrille trotz trüben Wetters tragend, in Richtung Bahnhof Zoo. Wenn auch die Bahnkunden am Hauptbahnhof gelandet waren, die Gestrandeten, nicht wirklich gut Riechenden, dem Alkohol Verfallenen, waren dem alten Citybahnhof treu geblieben und lungerten, umgeben von diversen Schäferhunden, davor herum. Als sich unsere Vierbeiner beschnupperten, tat ich so, als würde ich die zwei Karten auf der Straße finden und fragte in die ungewaschene Runde, ob das ihre Tickets zu diesem freien Abendessen in bester Gesellschaft seien? Während ein punkiges, viel zu junges Mädchen mit zu wenig Kleidung am Körper kopfschüttelnd verneinte, schwang sich ihr Begleiter, wahrscheinlich nur wenig älter, aber sicher schon länger auf Trebe, hoch und riss mir die Karten förmlich aus der Hand. »Nu, klar sind dit meene. Mach die ja nisch dreckisch!« Erst zu sich: »Wo ist denn dit?«. Er kratzte sich hinterm Ohr: »Ui, heute noch?!«, um dann das Mädchen mit dem Ellenbogen zu traktieren: »Ey, Scarlet! Wie machen wir'n am besten zun Jandarmenmarkt rüber?«

Ich trollte mich und freute mich auf einen schönen Fernsehabend, denn auf VOX wurde die Verleihung live übertragen.

Ich sah sie bei Frederik, der an diesem Abend seine allerneuste Eroberung, Hans, einen sächselnden Deutschlehrer, neben sich auf dem Sofa sitzen hatte. Tatsächlich gab es einige Kameraschwenks an und über einen Promitisch mit zwei auffällig unpassenden Gestalten. Der Punk hatte sich die Haare gekämmt, sie sich die Augen doppelt schwarz umrandet. Beim ersten Schnitt saßen noch alle in einer Runde um ihren Tisch, beim zweiten sah man mehrere Biergläser vor den beiden, die anderen Gäste saßen etwas abgerückt, beim letzten Schnitt waren nur noch die Punks an diesem Tisch zu sehen. Wir amüsierten uns königlich, besonders, als bei Standing Ovations für Gertrud Maikel grölende Rufe aus dem Parkett zu hören waren.

»Das sind deijne Fans, alde Schabragge, du!«, sächselte es glucksend neben Frederik. Es kann sein, dass dieser Ausruf auch diese kurze Liaison meines besten Freundes zerstörte. Er meinte später, der Kerl wäre eine Granate im Bett gewesen, ansonsten liebevoll anschmiegsam, gebildet und hilfsbereit, und es wäre alles toll gewesen, solange er nicht den Mund aufmachte. Dann war jede Erotik dahin. Hans' Schlachtruf: »Das sind deijne Fans, alde Schabragge, du!« nutzen wir noch heute, wenn es irgendwie passt (oder auch nicht).

Suzanne meldete sich wenig später auf meinem Anrufbeantworter, sie hätte von der Marlene-Leitung einen Brief erhalten, der sie nach der Verteilung ihrer Eintrittskarten fragte, ob ich da was wüsste. Man muss sich auch mal tot stellen können.

13

Meine Situation wurde nicht besser. Mein Steuerberater berichtete mir vergnügt, für das letzte Jahr müsse ich gar nichts nachzahlen. Na, das gönnte ich dem Staat aber mal so richtig! Heißa. Dass das auch bedeutete, dass mir die Einnahmen wegbrachen, verschwieg er galant. Fast freute ich mich, für das laufende Jahr vermutlich niemanden seines Faches zu benötigen ...

Das Deprimierendste war, dass Carsten fragte, ob ich Interesse an einer Stelle in seinem Auktionshaus hätte. Ich wusste, er meinte es mehr als gut, aber die Frage nahm mir jede Hoffnung auf eine Wiederkehr auf den Bildschirm. Andererseits gab sie mir einen neuen Schub, mich um Arbeit zu bemühen.

Ich verabredete mich mit Cornelia zu einem Spaziergang an einem sonnigen, frühen Maitag. Eigentlich die schönste Zeit des Jahres. Alles steht in sattem Grün, es fängt überall zu blühen an. Ricardo und Kevin hatte sie mitgenommen, was mich kurz erschreckte, aber da die Racker mit Timo toben konnten, waren unsere drei Schützlinge beschäftigt.

Cornelia war erstaunt, als ich sie nach Möglichkeiten im Synchrongeschäft fragte. Ihr Gesicht verriet mir, dass sie es kaum für möglich hielt, dass ich mich in ein abgedunkeltes Studio stellte, um meine Stimme ausländischen Darstellern zu leihen.

»Nein, ich fand Synchron schon immer spannend«, log ich. »Ich hatte noch nie Gelegenheit dazu und würde das gerne mal versuchen.«

Cornelia durchschaute mich sofort, sagte aber zu, mir ein paar Ansprechpartner und Aufnahmeleiter bei den verschiedenen Synchronfirmen zu geben.

»Wahrscheinlich bekommst du sofort zu tun. Dich kennen ja alle.«

»Wäre es denn möglich, dass ich mal mitkomme und mir das Ganze ansehe? Ich möchte den Ablauf erleben, bevor ich auch damit noch baden gehe …«

Cornelia zierte sich etwas, sie sei ja selber nur ein kleines Licht, versprach dann aber, mich mal mitzunehmen, wenn sie ihre Rolle einer Nonne in einer italienischen Serie sprach, vorausgesetzt, die Regisseurin hätte nichts dagegen.

Unser Spaziergang wurde jäh unterbrochen, als wir Schreie aus dem See vor uns hörten, Ricardo war ins Wasser geeilt, um Timo zu retten, der einer Ente gefolgt war und mittlerweile wieder am Ufer stand und sich schüttelte. Er kam ohne Hilfe ans Ufer, Ricardo nicht. Endlich war ich mal ein Retter in der Not. Das sah keine Zeitung, leider. Schlotternd fuhren wir in getrennten Autos nach Hause.

Schon am nächsten Tag konnte ich mit ins Studio kommen. Selbstverständlich holte ich Cornelia ab. Obwohl es gar nicht um mich ging, war ich ziemlich nervös. Wie würde man mir begegnen? Ich zog einen Anzug an und war damit mehr als overdressed. Alle anderen waren recht schlampig gekleidet. Waren die alle so arm, oder sparten sie sich die gute Kleidung fürs Tageslicht auf? In den Studios gab es weder Fenster noch großartige Beleuchtung. Nur der Bildschirm flimmerte, und eine Funzel brannte über den Textbüchern. Ich sah in die Dunkelkammern der Eindeutschung.

Cornelia stellte mich allen namentlich vor, ich drückte mehrere Hände, konnte mir die Namen eh nicht merken und setzte mich auf einen Stuhl und hoffte, nicht weiter aufzufallen. Als es mal eine Aufnahmepause gab, übte Cornelia, die ihre Aufgabe routiniert meisterte, mit mir, wobei ich ihren Text sprach. Es war gar nicht so schwierig, den Text zu sprechen, aber es war wahnsinnig schwierig, dabei die Mundbewegungen der Originalschauspieler zu treffen. Damit ich üben konnte, war der Tonmeister so nett, eine kurze Filmsequenz immer wieder abzuspielen. Erst beim fünften Versuch gelang es mir halbwegs, »Wenn Mutter Oberin es befehlen, dann gehe ich sofort auf meine Kammer« passgerecht aufzusagen.

Aus dem Regieraum lachte es, und man ließ mich wissen, dass im Nebenstudio möglicherweise ein Take für mich einzusprechen wäre, wenn ich denn interessiert sei.

Früher hatte ich insgeheim immer gehofft, ich würde mal als prominente Stimme für irgendeinen Disney-Blockbuster engagiert. Nun freute ich mich über einen einzigen Satz.

»Da bist du ja«, wurde ich gleich geduzt. »Ab ans Mikro!«

»Take 5/498«, raunte mir die Cutterin zu. Ich schlug in Buch 5 den zu sprechenden Take auf. Da stand: »Ihr Thunfischsandwich, Sergeant Smith!«

Der Take lief schon auf dem Fernseher, die Cutterin machte den Originalton an, und ich hörte: »Your tunasandwich Sergeant Smith!« Vier Worte. Leicht zu merken. Der Take kam erneut und ich sprach sofort zum Bild. Irgendwie war ich noch lang nicht fertig, als der Take schon zu Ende war.

»Und Aufnahme!«

»Ihr Thun-fisch-sand-wich Sergeant Schmiss!«

»Noch mal, mit Schmackes!«, ertönte es aus dem Regieraum.

»Ihr Thunfischsandwich Schmitz, 'schuldigung!«

Schamesröte stieg mir ins Gesicht. Die Cutterin flüsterte »kürzer«, als hätte ich mein Versagen nicht selbst bemerkt.

»Ihr Thun-frisch-sand-wie ...«

»Jetzt aber!«, hörte ich den Regisseur bemüht aufmunternd.

»Ihr Thunfischsandwish Sergeant Smith!« Hatte ich »wish« gesagt?

»Gleich auf Umschnitt und kürzer«, belehrte mich die Cutterin.

»Ihr Thunfischsandwich Lieutenant Smith.« Ich war stolz auf mich.

»Herr Sander!«, plötzlich wurde der Regisseur förmlich: »Herr Sander, es handelt sich um einen Sergeant, nicht Lieutenant. Bitte sprechen Sie doch, was da steht!«

»Ich schaff das schon. Ihr Thunfischsandwich Sergeant Smith.«

»Jetzt weniger besoffen und denken Sie an das Ti-Äitsch am Schluss!«

Keine fünf Minuten später war der Satz aufgenommen. Die Cutterin gab ein: »Kann man bearbeiten« von sich, und ich war entlassen.

Cornelia wartete schon bang vor dem Studio. »Und wie war's?«

»Ein Sprecher, vier Worte, acht Silben, zwanzig Aufnahmen. Muss ich mehr sagen?«

Unbeirrt führte mich Cornelia zum Büro der Gagenbuchhaltung. Ich hätte gearbeitet – ich fand, ich hatte nur das Studio aufgehalten – und müsse dafür auch entlohnt werden. Sie klopfte an und schob mich durch die Tür. Innen erwartete mich eine abgeklärt blickende Frau, die nur fragte, ob ich schon mal da war?

»Nein.«

»Welches Studio?«

»Da hinten, also rechts lang, die zweite Tür.«

Sie sah mich durchdringend und mitleidig an. »Also Studio vier. Da haben Sie gesprochen?«

»Ja, nicht der Rede wert, nur einen Take ...«

Wortlos verschwand sie aus dem Zimmer, um nach zwei Minuten wieder zurückzukehren.

»Richtig, ein Take!« Sie füllte meinen Gagenzettel aus. Dazu noch vier Seiten Rechteabtretungs-Vereinbarungen in dreifacher Ausfertigung.

Ich war froh, als ich mit dem Durchschlag des Gagenscheines wieder draußen war. Erst jetzt guckte ich darauf: Mein erstes selbstverdientes Geld seit Oktober! 28,16 Euro!

»Wie kommt denn die Zahl zustande?«

»Grundgage 25,60 Euro. Pro Take 2,56 Euro. Waren mal fünf Mark. Tja, die Gagen sind seit 1954 dieselben«, achselzuckte Cornelia. »Hau nicht alles auf einmal auf den Kopf!«

Außerdem müsse man hier mindestens drei Monate auf die Gage warten. Trotzdem: Ein Anfang war gemacht. Cornelia beruhigte mich. Die Grundgage wäre nur bei Anfängern so schlecht, bei Fortgeschrittenen reiche es auch mal fürs Benzingeld.

Sie hielt mir zu Hause die Hand, als ich verschiedene Synchronfirmen anrief. Einige Aufnahmeleiter kannten meinen Namen, andere gingen ganz unvoreingenommen nicht auf mich ein. Es gibt eh zu viele arbeitslose Schauspieler. Wenn man im Synchron zu etwas kommen will, fängt man spätestens als Jugendlicher an, später wird das schwer. Cornelia wusste ein Lied davon zu singen. Unbeirrt rief ich auch noch beim Radio an, vielleicht bräuchte man dort mal neue Sprecher. »Schicken Sie mal 'ne Sprachprobe, versprechen können wir nichts«, sagte man mir.

Es gefiel mir, die Hand von Cornelia zu halten. Erst war es ganz unschuldig, doch als wir uns dessen bewusst wurden, war es das nicht mehr. Wir drückten gemeinsam ein Mal nach und ließen los. Nie hatte ich Cornelia zuvor als weibliches Wesen wahrgenommen, jedenfalls nicht als »Gefahr« für meinen Gefühlshaushalt. Ich hatte sie wahrgenommen wie eine Kassiererin im Supermarkt. (Obwohl ich die neuerdings schon als Gefahr ansah, zumindest für meinen Geldbeutel ...)

Nie zuvor betrachtete ich sie derart intensiv. Bis auf die Sorgenfalte, die heute auch ziemlich glatt war, hatte sie noch etwas Naives im Ausdruck. Sommersprossen rund um die Nase, wie hingetupft, ihre Farbe korrespondierte mit der ihrer Haare. Sie sah plötzlich so verletzlich aus. Und verletzen wollte ich sie ganz und gar nicht. Blöd, wie nur Männer sein können, tat ich wahrscheinlich genau das, als ich sie gerade jetzt unbeholfen fragte, ob sie viel von Suzanne höre.

»Ja. Ich überlege sogar, mal ein Wochenende mit den Kindern zu ihr zu fahren. Sie schwärmt so von Hamburg, der Alster, dem Meer und dem Hafen. Außerdem kann man da viel besser shoppen gehen.« Etwas resigniert fügte sie hinzu: »Wenn man das nötige Kleingeld hat. Und? Besuchst du die beiden mal?«

»Erst wenn sie heiraten!«, probierte ich lässig witzig zu sein.

»Ach, schon so bald?«

Das war wohl Cornelias Rache für den entzauberten Moment. Als sie meinen verstörten Gesichtsausdruck sah, lachte sie schallend. Nein, von einer Heirat wisse sie auch nichts.

»Erst kommt das Kind!«

»Welches Kind?«, fragte ich bestürzt.

»Das Imaginäre«, beruhigte sie mich. »Suzanne sagte immer zu mir, geheiratet wird erst, wenn ein Kind kommt. Und mir ist weder was von einer Hochzeit noch von einer Schwangerschaft bekannt.«

»Wir erfahren das sicher als Erste«, bemühte ich mich um Souveränität. »Vorausgesetzt, wird sind ganz früh am Zeitungskiosk.«

Timo hatte seinen Stammplatz in der Burg verlassen, um sich zu uns zu gesellen. Er lockerte die Atmosphäre dadurch auf, dass er mit Cornelias Bein zu kopulieren versuchte. Sie konnte ihm fünfmal sagen, sie sei keine Hündin, das machte ihm nichts aus, und ich musste das erste Mal mit ihm schimpfen.

»Das hat er bei mir noch nie gemacht.«

»Er ist halt ein richtiges Männchen.« Cornelia nahm es gelassen: »Er ist wie alle Männer. Weißt du, woran man erkennt, dass ein Mann an Sex denkt?«

»Nein?!«

»Er atmet.« Sie wartete die Wirkung ab. »Ist nicht von mir, aber gut.«

»Ich bin auch ein Mann!«

Damit verunsicherte ich sie ein wenig: »Ja, schon. Also so war das nicht gemeint.«

Jetzt konnte ich charmant sein. »Du hast einen Mann vor dir. Einen richtigen. Aber keine Sorge, dir passiert nichts, denn wenn ich dich ansehe, verschlägt es mir den Atem!«

Bevor sie sich fragen konnte, ob das wirklich als Kompliment zu verstehen war (JA!), mussten wir Timo erneut von ihrem Bein entfernen. Ängstlich zog er den Schwanz ein. Auch den am Körperende. Für eine Weile half nichts anderes, als ihn auf den Balkon zu sperren.

Die Kinder waren der Grund, oder der vorgeschobene, für ihren baldigen Aufbruch. Ganz förmlich gaben wir uns zum Abschied die Hand, hielten die aber ein wenig zu lang. Ein schönes Gefühl.

Ich rief Helge an. Unwirsch fragte er, was ich schon wieder wolle, ihm falle derzeit auch nichts mehr zu mir ein. Wenn ich irgendwie ins Gespräch kommen wollte, müsste ich z.B. die Kanzlerin ohrfeigen. Im Hintergrund hörte ich eine Frauenstimme kichern. Ich wollte ihm gerade zu dem weiblichen Besuch gratulieren, als er mich in Kenntnis setzte, er würde sich schon melden, wenn es etwas Neues gäbe. Und schon hatte er aufgelegt. Ich, gar nicht gut aufgelegt, wurde Gott sei Dank vom bellenden Timo abgelenkt, der wieder in die Wohnung wollte. Beleidigt trottete er, mich keines Blickes würdigend, in seine Burg.

Bevor ich mich zu sehr dem Selbstmitleid hingeben konnte, rief ich Frederik an. Ich berichtete ihm von Helges Vorschlag, die Kanzlerin zu ohrfeigen. Das wäre ganz in seinem Sinne, sagte Frederik. Und er wisse auch schon, was ich dazu sagen sollte.

»Was denn?«

Er prustete sächselnd los: »Das sind deijne Fans, alde Schabragge, du!«

Leider könnte er sich an diesem Abend nicht mit mir treffen, da er ein Date übers Internet ausgemacht hatte.

»Wird das nicht in letzter Zeit ein bisschen viel? Wie wäre es, wenn du dich mehr auf einen konzentrierst?«

»Gerne. Wenn der Richtige mal auftaucht. Aber das wird täglich schwieriger. Je älter wir werden, desto weniger bieten wir, aber desto mehr verlangen wir vom Gegenüber. Es kommen auch wieder ruhigere Phasen. So wie bei dir.«

Ich erzählte ihm lieber nichts von meinem verwegenen Händchenhalten mit Cornelia.

14

Am nächsten Morgen weckte mich das Telefon. Ich hatte das SuperMaga am Handy, eine Zeitung speziell für den östlichen Teil Deutschlands, ganz dem Klagebedürfnis seiner aussterbenden Leserschaft gewidmet. In ihrer Rubrik: »Was macht eigentlich?« wollten sie gern über mich berichten. Eigentlich müsste die Rubrik eher »Lebt eigentlich noch?« heißen. Ja, mir gehe es blendend. Gerade gestern hätte ich noch im Synchronstudio gestanden. Nein, ich könne den Filmtitel nicht verraten, denn ich wüsste seinen deutschen Namen nicht. Nein, ich leihe meine Stimme nicht Brad Pitt … Ja, ich fände es gut, mal eine Weile im Hintergrund zu arbeiten, fügte aber sicherheitshalber hinzu, dass ich auch weiterhin für interessante Projekte zur Verfügung stünde. – Ideen würden bei meinem Agenten gesammelt.

Die unvermeidliche Frage nach Maikel bildete den Abschluss des Kurzinterviews. Ich faselte etwas von der »großen alten Dame des deutschen Fernsehens«, der auch ich viele schöne Stunden zu verdanken hätte und die ich immer wieder gerne auf dem Bildschirm sähe. Fotos von mir hätte man im Archiv genügend, danke.

Zehn Minuten später rief die Bild auf meinem Festnetzapparat an. Man wolle hören, wie es mir so gehe … ich wurde stutzig. Monatelang kein Anruf dieser Art, dann zwei so kurz hintereinander. Da signalisierte mein Handy eine SMS, von Helge: »Maikel tot. Halt dich bedeckt. Die Hyänen blockieren schon mein Telefon.«

Nun klingelte es auch noch an der Wohnungstür. Ich ging öffnen, noch ziemlich zerzaust von der letzten Nacht, da blitzte es mir schon ins Gesicht. Noch geblendet hörte ich: »Gertrud Maikel hatte letzte Nacht einen Herzinfarkt. Fühlen Sie sich für ihren Tod mitverantwortlich?« Ich schlug die Tür wieder zu. Die Bild hatte ich noch am Telefon. »Kein Kommentar«, sagte ich und schlug die Tür zu.

Am nächsten Morgen war ich mal wieder auf den Titelseiten, wenn auch nur im unteren Drittel. Zerzaust starrte ich erschreckt in die Kamera. Darunter stand:

»Von Peter Sander gab es nicht mal einen Kommentar zum Tod der großen TV-Legende Gertrud Maikel. Was soll man auch von einem Mann erwarten, der der alten Dame so schwer zusetzte, dass nun auch noch ihr Herz aussetzte. Er wurde nicht umsonst von A.I.R. gefeuert.«

Was für eine bodenlose Unverschämtheit!

Natürlich waren die Zeitungen voll von Lobeshymnen auf die viel zu früh verstorbene Charakterdarstellerin mit dem sprühenden Charme. (Wenn was bei ihr sprühte, war es ihr Speichel!) Sondersendungen zu ihrem Tod zeigten ihre schauspielerischen Höhepunkte. Ich verweigerte mich tagelang dem Fernsehprogramm.

Erschreckend, wie leicht man sich mit dem Internet ablenken kann. Ist man erst mal im Netz, fallen einem alle möglichen Begriffe ein, die man googeln kann. Ab und zu suchte ich mich selbst im Netz und war erstaunt, dass es tatsächlich fremde Menschen gab, die bei Wikipedia einen sehr differenzierten Lebenslauf von mir einstellten. Ich hatte Lehmann, Brösicke und Kazsmarek in Verdacht.

Ich stellte fest, wie leicht es war, sich mit diversen Gratis-Porno-Angeboten berieseln zu lassen. Anfangs konnte ich noch eine gewisse Erregung feststellen, mit der Zeit ließen mich die Bilder zunehmend kalt. Nennt man das Reizüberflutung? Oder wurde ich impotent? Wenn, dann hätte ich ein Problem weniger, versuchte ich mich zu beruhigen. Um mich vom Gegenteil zu überzeugen, griff ich die nächsten Tage so oft in meine Hose, dass ich schon wund wurde.

Doch das schlechte Gewissen plagte mich, wenn ich mir zu

viele optische Anreize im Netz holte. Auch die Angst, dass man von außen zurückverfolgen könnte, auf welchen Seiten ich surfte. War es ein Zufall, dass immer mehr Spam mit dem Versprechen von Penisverlängerungen und viagröser Standfestigkeit in meinem E-Mail-Ordner landeten?

Einmal suchte ich nach Kinderfilmen, weil ich Cornelias Jungs etwas zum Geburtstag schenken wollte, und landete, statt bei Märchenfilmen, bei Sexfilm-Angeboten mit Kindern. Widerlich! Ich riss augenblicklich den Stecker aus der Steckdose und traute mich tagelang nicht, ihn wieder einzustöpseln. Das wäre noch die Höhe: Erst Seniorinnen-Mörder, dann auch noch Kinderschänder!

Cornelia wurde mir zu einer Freundin. Mehr erlaubte ich mir nicht. Suzanne stand zwischen uns, was wir beide spürten. Cornelia sollte nicht in Gefahr kommen, für einen von uns mehr Partei ergreifen zu müssen. Ihre Kinder hatten sich an mich gewöhnt, was durch den Hund vereinfacht wurde. Ich spielte gerne mit ihnen und entlastete damit ihre Mutter.

Mein Steuerberater hatte mir vor zehn Jahren zu einem Steuersparmodell geraten. Eine »todsichere Investition«. Er war einer von sieben Personen, die ein Mietshaus in der Stadt Brandenburg kauften, es renovieren ließen und es anschließend vermieteten. Ich wurde Nummer acht. Es hörte sich alles so gut an. Man würde jährlich mehr Steuern sparen, als man zu investieren hatte, die fälligen Kreditzinsen würden durch die Miete aufgebracht, und nach zehn Jahren würde zwar die Steuerersparnis wegfallen, dafür dann das Haus gewinnbringend veräußert. Die Stadt Brandenburg sollte damals den Zuschlag für eine Außenstelle der Rentenversicherung bekommen. Die steht heute in Stralsund. Trotzdem machte ich mir keine Sorgen. Doch zuletzt wurde uns vom Verwalter unterbreitet, dass zwei Anteilseigner insolvent wären. Meine Schuldenlast sei zwar dadurch gestiegen, aber es bestehe kein Grund zur Sorge, ich würde ja nun auch mehr am Verkauf partizipieren. Theoretisch war das auch so. Leider stellte sich gleichzeitig heraus, dass das Haus derzeit nicht zu verkaufen war. Jeder von uns musste innerhalb eines Monats 45.000 Euro auf den Tisch legen, nur damit wir die erforderliche Kreditsumme für das Objekt herabsetzen konnten. Und das alles für die vage Hoffnung, diese Bude in zehn Jahren vielleicht mal veräußern zu können. Es gelte die Zähne zusammenbeißen, sagte der Verwalter, und jedes Jahr rund 5.000 Euro pro Nase an weiteren Investitionen zu leisten.

Die anderen Miteigentümer scherzten ob der zu berappenden Summen, deren jährliche Einkommen waren ja weiterhin üppig. Ich scherzte mit, auch wenn mir übel wurde. Nonchalant warf ich in die Runde, dass bei Interesse auch jemand meinen Anteil abkaufen könne. Man belehrte mich, ich könnte natürlich meinen gesamten Schuldenanteil von rund 200.000 Euro an die Gemeinschaft zahlen und so aus dem Projekt aussteigen. Ich lachte mit den anderen einvernehmlich mit und hasste mich dafür, blauäugig in diese Sache mit eingestiegen zu sein. Kam ich da je wieder raus? Sollte ich mir schon mal einen Termin bei Peter Zwegat geben lassen? War das etwa meine Chance auf Rückkehr ins Fernsehen?

Meine restlichen Aktien verkaufte ich sämtlich mit Verlust, es folgte das böse Erwachen: Mein Kapital hatte sich verflüssigt. Auch eine Art von Kapitalflucht!

Da Cornelia selbst nichts hatte, verlor ich die Scheu, mit ihr darüber zu sprechen. Um meine Geldbörse etwas aufzubessern, verkaufte ich bei Ebay alles, was mir überflüssig erschien. Ich gewann Freude daran, unbrauchbare Premierengeschenke, ausgelesene Bücher, aussortierte CDs zu verhökern. Drei, zwei, eins – deins!

Bloß weg damit. Eine Zeitlang saß ich süchtig beim Versteigern vor dem PC, die letzten Sekunden genießend, wenn sich die Kunden gegenseitig überboten. Cornelia lehrte mich sogar das Schummeln; wenn ein Artikel besonders viele Beobachter hatte, bot sie mit, um die anderen zu höheren Geboten zu verleiten. Eine wunderbare Spielerei, die mir unterm Strich erstaunlich viel einbrachte, dafür, dass ich all den Plunder nie vermissen würde.

Unverschämt fand ich, dass bei Ebay Autogrammkarten von mir angeboten wurden. Nein, eigentlich ärgerte mich nur, dass Autogramme von Lena Tischler und Suzanne mehr einbrachten. Gut, bis zu drei Euro bekam man auch für meine Karten mit dem bunten A.I.R.-Logo. Ich überließ Cornelia einen Stapel unterschriebener Karten, die sie nach und nach einstellte. Einen ganzen Karton voll hatte ich davon noch. Was war das für ein schöner Abend, als sie von diesen Einnahmen zum Essen lud. (Leider fiel der Preis zusehends, hatten wir für ein Überangebot gesorgt?)

Berufliche Angebote blieben weiter aus.

Auch Cornelia hätte sich meinen Einstieg im Synchrongewerbe leichter vorgestellt. Hatten sich meine Probleme mit dem Thunfisch-Sandwich herumgesprochen? Sie wollte mich beruhigen, als sie meinte, dafür wäre ich doch viel zu unwichtig. Ich sei vermutlich bloß vergessen worden, müsse immer mal wieder dort vorbeischauen, damit man sich meiner erinnerte. Das war ein Zustand, den ich seit Beginn meiner Laufbahn so nicht erlebt hatte. Ich bewunderte Cornelias Zähigkeit. Ich an ihrer Stelle hätte schon längst aufgegeben, sagte ich ihr.

»Die Hoffnung stirbt zuletzt! Wenn es immer irgendwie weitergeht, verliert man den Blick für den richtigen Zeitpunkt zum Absprung!«

»Denkst du, ich werde nie mehr Fuß fassen?«

»Ach Peter. Du weißt doch gar nicht, wovon ich spreche. Weißt du, wie deprimierend es ist, zu jedem Werbecasting zu gehen, aufgestylt und dem gefragten Typ nach geschminkt? Stundenlang warten, um dann ein paar sinnleere Sätze zu 'nem Waschmittel vor einer lieblos geführten Video-Kamera abzulassen? Du musst den Werbecastern die erste Option für den Drehtermin geben. Hundert andere verzweifelte Kolleginnen machen das für denselben Drehtermin auch, und nur eine bekommt 'ne Zusage und alle anderen nicht mal 'ne Absage. Und all das hat nichts mit deinem Können, sondern allein damit zu tun, ob der Kunde deine Nase mag. Und trotzdem gehst du immer wieder hin; man muss ja im Gespräch bleiben.

Weißt du, Peter, die meisten Casting-Agenturen und Regisseure fahren ihr Geld mit Werbung ein, aber die Werbeschauspieler behandeln sie wie Dreck.« Cornelia redete sich in Rage. »Iris Berben darf ihr bearbeitetes Gesicht für irgendeine Creme hinhalten und behaupten, das wäre alles, was sie für ihre Schönheit benötigt. Das ist was anderes. Aber bei Unbekannten rümpfen sie alle die Nase. Nur: Wer zahlt die Miete? Also tut man sich das immer und immer wieder an.

Es gibt so viele Gründe, eine Rolle nicht zu bekommen! Dein Gesicht ist durch Serien abgenutzt, nicht senderkompatibel, nicht prominent genug, zu alt, zu dick, nicht schön genug, durch Theaterverpflichtungen bist du zu kompliziert. Spielst du meist kleine Rollen, wird man dir keine großen geben; spielst du oft große Rollen, traut man sich nicht, dir Nebenrollen anzubieten.

Und trotzdem: Das Schlimmste wäre, gar nichts zu machen, also bin ich immer auf Trab, falls es doch mal klappen sollte. Ich denke immer, irgendwann habe ich genug Castings mitgemacht, genügend Punkte gesammelt. Irgendwann bin auch ich mal dran!

Ihr habt doch keine Ahnung, wie das Leben für einen Schauspieler in der Regel aussieht. Suzanne war immer die Schöne, der gefragte temperamentvolle Kumpeltyp mit Sexappeal. Und ich? Bei mir meckert die Maske, sie wüsste nicht, wie sie meine Sommersprossen abdecken kann. Schließlich bräuchte man nur selten eine Pippi Langstrumpf!«

So wütend hatte ich Cornelia noch nie erlebt.

»Ihr beide habt doch wie im Märchen gelebt! Weit entrückt der harten Schauspieler-Realität.«

»Wahrscheinlich hast du recht«, pflichtete ich bei.

»Nicht ›wahrscheinlich‹, ich habe recht, Peter!«

Sie sah mir fest in die Augen: »Peter, du wirst wieder zu tun bekommen, das ist so sicher wie das Amen in der Kirche. Aber auch du hast jetzt mal ein Loch. Das ist in diesem Beruf so. Nutze die Zeit für anderes.«

Ratlos starrte ich sie an: »Nur wofür?«

»Finde deine Mitte ohne den Applaus.«

»Ich fühle mich nicht gebraucht, so wertlos!«

»Du bist nicht wertlos. So ein Blödsinn. Du musst nur lernen, deinen Wert aus anderen Dingen zu ziehen. Mir helfen die Kinder. So schwer es mit ihnen ist, sie geben meinem Leben immer wieder einen Sinn. Und wenn sie mich umarmen ...« Sie hatte ein entrücktes Lächeln auf ihrem Gesicht.

»Mich umarmt derzeit keiner.«

Darauf tat sie es, ganz fest. Da stand dieses kleine zarte Wesen vor mir langem Ungetüm und umarmte mich. Meine Arme eingeklemmt, stand ich reglos da und genoss diesen Augenblick.

In diesem Moment stürmten die Jungen ins Zimmer. Wir müssen ziemlich blöd ausgesehen haben. Ich fing gerade an, etwas von einem Spiel zu stottern, »von wegen Gefangennahme, Räuber und Gendarm ...«, aber Cornelia hielt mich unbeirrt fest und forderte ihre Knaben auf, mich ebenfalls zu umarmen »und ganz doll zu drücken!«

Das ließen sich die beiden nicht zweimal sagen, und die Situation löste sich in lachendem Wohlgefallen auf. Erstaunlich, wie schnell eine gedrückte Stimmung durch wohlmeinende menschliche Berührungen verschwinden kann. Das war ein Moment mit erhöhtem Suchtpotenzial für mich. Als wären wir eine kleine Familie. Timo sprang eifersüchtig kläffend um uns herum.

Die Jungen wurden zurück ins Bett geschickt, es war längst Schlafenszeit. Ja, es gab den Moment, an dem ich mir gewünscht hätte, Cornelia würde auch mich zu Bett schicken.

Diese Nacht schlief ich relativ beschwingt nicht ein.

Ich träumte mit offenen Augen davon, wie Cornelia und ich miteinander verschmelzen. Ich wollte mich nicht auf diesen Gedanken versteifen, aber er tat es. Es regte sich was. War ich zurück im Leben? Wahrscheinlich bewertete ich diese Regung über ...

Euphorisch begann ich den nächsten Tag. Früher als gewohnt erledigte ich meine Einkäufe bei Feinkost-Aldi, mehr brauchte ich nicht mehr zum täglichen Bedarf. Anfangs war es mir komisch, aus aufgerissenen Pappkartons meine Lebensmittel zu fischen, aber was soll's? Das gab mir mittlerweile fast ein neu erstarktes Selbstvertrauen. Warum sollte ich mich für ein normales Leben schämen? An der Kasse wurde ich auch nicht mehr schräg angeguckt, wenn ich angeschlagenes Obst für den Hund erbat. Man hatte sich schon daran gewöhnt, glaubte mir, da ich Timo mehrfach extra sichtbar vor dem Laden gefüttert hatte. Mittlerweile legte mir die Kassiererin von sich aus schon etwas zur Seite.

Wieder zu Hause, setzte ich mich an den Computer und mailte alle mir bekannten Regisseure an, mit denen ich Theater- oder TV-Produktionen gemacht hatte. Offensiv wollte ich meinem Unglück begegnen und schrieb sehr deutlich, dass ich Arbeit benötigte. Es gab mehr Reaktionen, als ich zu hoffen wagte, wenn auch keine Rollenangebote.

»Gut zu wissen«, schrieb einer. »Wenn ich selber mal wieder was habe«, der Nächste. Von »Als Regisseur habe ich doch gar keine Macht mehr, das entscheiden alles die Redakteure« bis »die Zeiten sind für uns alle schwer!« reichten die Reaktionen. Ich war auf dem richtigen Weg, machte mir nichts mehr vor, das war ein Fortschritt. Als ich Helge darüber informierte, schlug er die Hände über dem Kopf zusammen. »Wie soll ich dich glaubhaft als Star anpreisen, wenn du anderswo selbst um jedes Röllchen bettelst?« (Wenn ich was von 'nem Star hatte, dann höchstens noch was vom grauen Star.) »Willst du was machen, musst du was hermachen oder, zur Not, auch vormachen!«, beschied mir mein Agent. »Und wenn jemand fragt, sagst du, du sondierst die Angebote. Ich bau nicht mühsam deinen Ruf auf, damit du mir vernichtend dazwischenfunkst!«

Mir war sein Ton zu aggressiv. Frostig wurde das Telefonat beendet.

Ich hätte mich so sehr über eine Rolle gefreut, auch über eine kleine. Man hätte mich ja als »Gast« im Vorspann hervorheben können, um meiner wie auch immer gearteten Prominenz gerecht zu werden. Aber es wäre wenigstens etwas zu sehen. Ich wäre »gebraucht«. So fühlte ich mich nur verbraucht.

Frederik war erbost, als er von Helges Reaktion hörte. Der sollte meine Aktivität doch begrüßen und unterstützen! Auch Cornelia fand die Reaktion meines Agenten unangemessen, nahm ihn aber auch in Schutz, schließlich hätte er immer gut was für mich aufgerissen. Seine Verbindungen seien nicht zu unterschätzen, schon daher sollte ich auf ihn hören. »Oder willst du als Taxifahrer enden?«

Nichts gegen Taxifahrer. Ich sehe nicht mit Nichtachtung auf sie herab. Aber mich konnte ich mir wahrlich nicht als Taxifahrer vorstellen. Obwohl: Das wäre vielleicht das Geschäft? »Ein Promi kutschiert dich nach Hause!« Wäre das eine neue Sendeidee? *Kutschiert vom Star? Die Promidroschke?* So etwas wie das Promi-Dinner. Das Prominenteste dabei sind ja die Zutaten! (Wie oft wird bei den Kochenden der Name eingeblendet, nebst Beruf, weil die wirklich niemand kennt.)

Wie oft in meinem Leben hatte ich die Nase gerümpft, wenn sich Kollegen in allen möglichen, und besonders in unmöglichen, TV-Sendungen zum Affen machten, nur um überhaupt auf dem Bildschirm zu sein. Langsam verstand ich sie.

Nachts quälten mich Albträume. Ich sah mich auf OP-Tischen liegen, während mir Tischler und Knetke mit langen Nadel-Kanülen das Fett aus dem Bauch saugten, hell beleuchtet unter Kameraaugen. Dazu vernahm ich die Stimme von Frauke Ehrenfeld, die lächelnd daneben stand und dokumentierte, wie unendlich viel noch zu tun wäre.

15

Carsten fragte erneut an, ob ich nicht mal aushelfen wollte. Ich solle ihn nicht falsch verstehen, aber er bräuchte dringend kurzfristig einen Möbelträger zur Auslieferung, und da ich doch relativ viel ungenutzte Freizeit hätte ... er würde mich auch nicht bevorzugt behandeln, versprochen, sondern wie jeden anderen auch.

Sollte ich ihm sagen, dass ich es gewohnt war und liebte, bevorzugt behandelt zu werden? Andererseits, wenn er wirklich meine Hilfe benötigte, könnte ich die einem Freund verweigern?

Ich sagte ihm zu, in der kommenden Woche drei Tage bei der Auslieferung zu helfen. Aber er müsse Verständnis haben, dass ich Jobs innerhalb meines Berufes den Vorzug geben müsste. Er hatte Verständnis und ich keine anderweitigen Jobs.

Cornelia borgte mir eine Schirmmütze, die ich tief ins Gesicht zog, damit mich niemand erkannte. Pünktlich um acht fand ich mich beim Auktionshaus ein, um zusammen mit zwei ausländischen Studenten einen Lieferwagen mit zum Teil barocken Möbeln zu beladen. Vorsichtig, in Decken eingeschlagen, fand nach und nach alles seinen Platz. Dass ich körperliche Arbeit wirklich nicht gewohnt war, wollte ich mir partout nicht anmerken lassen. Wir drei stellten uns untereinander nur mit Vornamen vor, duzten uns, und ich glaube, die beiden hatten keine Ahnung, was ich ansonsten beruflich mache. Nein: machte.

Gleich am ersten Tage belieferten wir die Gegend, in der auch Helge sein Haus hat. Schon manches Portal ließ einen vor Ehrfurcht erschaudern. Riesige schmiedeeiserne Tore, auf den Klingeln oft nur Initialen. Tatsächlich gibt es auch in Berlin ab und zu

Hauspersonal, wie ich es sonst nur aus Münchener ZDF-Krimis kannte. Die Treppenaufgänge waren meist imposant breit, sodass der Transport nicht allzu schwierig war.

Eine Kundin musterte mich durchdringend, schüttelte den Kopf, und konnte den Blick doch nicht von mir lassen. Als sie mir an der Tür einen vorbereiteten Umschlag mit Trinkgeld in die Hand drücken wollte, musste sie es loswerden: »Sie sehen ein bisschen aus wie der Maikel-Mörder. Das hat man Ihnen sicher schon öfter gesagt, nicht? Wie hieß der noch mal?«

Meine Antwort kam prompt, nur in tiefstem Schwäbisch gefärbt: »Hanoiderle, wer isch denn der Maikel?«

Verwirrt sah mich die ältere Dame an: »Ach nichts, ich muss mich geirrt haben. Da ist wirklich nur eine entfernte Ähnlichkeit. Die Augen, wissen Sie? Die haben mich an den erinnert. Aber Sie haben, Gott sei Dank, nicht dessen eiskalten Blick. Es ist wohl mehr die Körperform ... Entschuldigen Sie vielmals.«

Den Umschlag mit dem Trinkgeld immer noch in ihrer Hand haltend, schloss sie die Tür vor meiner Nase. Meine beiden Mitstreiter zogen enttäuscht 'ne Fluppe.

Ab sofort sprach ich alle möglichen Dialekte, die Stimme tiefer gesetzt, um weiteren Schmähungen aus dem Weg zu gehen. Ich weiß nicht, ob die anderen Träger mich nun für verrückt hielten oder nur ein wenig durchgeknallt.

Am Abend kroch ich fast nach Hause. Mir tat alles weh. So viele Knochen – und wirklich alle schmerzten – kann man doch gar nicht in nur einem Körper haben!

Ich legte mich in eine Badewanne mit ganz viel Schaum. Mir gelang es nur mühsam, ins Wasser zu steigen, um mich nicht zu verbrühen. Endlich drin, lauschte ich dem gurgelnden Nass, dass durch das Überlaufloch entfleuchte. Ich stieg erst wieder aus der Wanne, als meine Haut mehr Falten als üblich warf und der Schaum sich bis auf das letzte Bläschen verflüchtigt hatte.

Aber es gab ja noch andere Bläschen. Und Schwielen. An den Händen. Sollte ich die wirklich weiter so traktieren? Ich war schon immer diszipliniert und hielt durch, obwohl mir in Sekundenschnelle Ausreden durch den Kopf schossen.

Körperlich am Ende rief ich Cornelia an, bat sie, den Hund auch über Nacht bei sich zu behalten. Allein die Vorstellung, nach getaner Arbeit noch Gassigehen zu müssen, raubte mir fast den Verstand.

Nach dem dritten Tag drückten mir die beiden Studenten die geschwollenen Hände und lobten mich. Sie hätten echt nicht erwartet, dass man in meinem Alter und mit diesem verweichlichten Körper noch so zupacken könne.

Nicht jedes Lob kommt beim Adressaten als solches an.

Immerhin hatte ich es mir selbst wieder einmal bewiesen: Ich konnte arbeiten. Auch schwer. Nur, sollte das meine Perspektive bis zur Rente sein? Wenn ich Dekaden bis zu deren Eintritt Möbel schleppen würde, würde ich sie kaum noch antreten können.

In Amerika ist es üblich, dass Schauspieler ihre Arbeitslosigkeit mit Jobs wie Kellnern überbrücken. Aber hierzulande muss, wer einmal prominent war, an der Häme seiner Mitmenschen zerbrechen. Ich erinnere mich zu gut, wie ich in einem Lokal von einem Kellner bedient wurde, der sich kaum traute, den Gästen in die Augen zu sehen. Vom Nachbartisch kam die Erklärung: »Tja, mal gibt es gute Zeiten, mal schlechte. Jetzt sind wohl Ihre schlechten!«, und dann feixten sie sich eins. Der Kellner hatte jahrelang in *Gute Zeiten, schlechte Zeiten* mitgewirkt, sein Fall aus dem Fernseholymp wurde nun schadenfroh kommentiert. Ich gab ein immenses Trinkgeld. Seine Entscheidung, zu seiner Durststrecke zu stehen und sich damit in die Öffentlichkeit zu trauen, nötigte mir größten Respekt ab. Auf dem Bildschirm sah ich ihn nie wieder.

Kellnern dürfte ich nur in einem eigenen Café, Restaurant oder Hotel, das wird in Deutschland gerade noch toleriert.

Aber wer würde vom Maikel-Mörder etwas Essbares annehmen, ohne gleich eine Vergiftung zu fürchten? Der Gedanke, ein leeres Café führen zu müssen oder auf Bergen von Gulasch sitzen zu bleiben, verursachte mir Unbehagen. Ich hatte vielleicht den Mut, vor

Tausende von Leuten zu treten und eine Show zu machen, nicht aber den, vor fünf Gäste zu treten, die mich ablehnen könnten. Dafür war ich zu schüchtern. Vor tausend Leute zu treten oder gar vor eine anonyme Masse von Millionen, war nicht schwer. Besonders wenn man durch einen Bildschirm von ihnen getrennt war. Aber vor wenige Menschen zu treten und deren Ablehnung zu spüren, würde mich endgültig dem Erdboden gleich machen.

Aber irgendwas musste ich doch machen! Meine Freunde um Frederik sahen ein, dass Möbelpacker nicht wirklich mein Ding war. Sie machten diverse Vorschläge, vom Würstchenbuden-Besitzer (Gastronomie hatte ich unvorsichtigerweise erwähnt) bis zur eigenen Event-Agentur, schließlich hätte ich da genügend erlebt und wüsste es sicher besser zu machen. Und wenn alles nichts würde, schlug mir Heiner eine Stelle im Callcenter vor, schließlich sei ich reden gewohnt und würde dabei nicht gesehen, also erkannt werden können. Dazu könnte ich mir ja einen Künstlernamen geben, so was wie Sepp Schepp, oder Cornelius Chorelus. Heiners Favoriten waren Peter Silie, Frank Reich oder Kraft Protz. Wenigstens hatte er mich zum Schmunzeln gebracht.

Callcenter kam mir immer so verwerflich vor wie Callboy. Aber wenn ich es mir recht überlegte!? Vielleicht war das ja die Rettung. Kann man das nicht auch vom heimischen Apparat aus erledigen, mittels Rufumleitung?

Gleich am nächsten Morgen suchte ich mir im Internet Stellenangebote raus. Ganz so einfach wollten es mir die potenziellen Arbeitgeber nicht machen. Zudem erschreckten mich mehrere Online-Artikel, die auf die schlechten finanziellen Bedingungen hinwiesen. Ein Monatslohn konnte bis auf tausend Euro steigen, meist wurden aber nur studentische Hilfskräfte auf Vierhundert-Euro-Basis gesucht. Vierhundert Euro? Dafür konnte man doch nicht allzu viel verlangen?

Vielleicht sollte ich mich beim Meinungsforschungsinstitut TORSA bewerben. Die müssen doch seriös sein, schließlich haben sie einen Ruf zu verlieren.

Ich rief sofort an und erkundigte mich. Nein, ich müsse – wenn schon denn schon – bei ihnen am Schreibtisch die Telefonate führen, bekäme dafür aber auch gratis Wasser und Kaffee aus dem Automaten. Na dann?!

Tatsächlich nahm ich einen Termin zu einem Vorstellungsgespräch an und wusste nicht recht, ob ich ihn auch wahrnehmen sollte. Bei der Angabe meines Namens hatte ich P. Sander genannt.

»P wie ...?«

»P wie Paul«, war meine nicht ganz korrekte Antwort. Allerdings hatte ich meine richtige Telefonnummer hinterlassen, was mich entlarven konnte.

Cornelia war erstaunt, als ich ihr erzählte, ich würde »da mal vorbeischauen«.

Wenn man komisch auf mich reagierte, könnte ich immer noch behaupten, ich würde inkognito für irgendwas recherchieren. Keiner würde doch ernsthaft glauben, dass sich ein Peter Sander als Callcenterboy bewerben wolle ...

(In Gedanken sah ich mich tatsächlich schon eine Enthüllungsreportage über die Ausbeuterei in der »Ruf-mich-nicht-an-ich-tu-es-trotzdem-Branche« drehen. Das würde mir einen seriösen Anstrich geben, Achtung verschaffen.)

Cornelia ließ mich wissen, wie sehr sie mich dafür bewundere, dass ich mich nicht länger hängen lasse. Ich merkte die ungeheure Skepsis in ihrer Stimme. Etwas besorgt erkundigte sie sich auch nach dem Verbleib von Timo. Ihre Kinder liebten den Dackel, sie möge ihn auch, aber sie wollte sich nicht mit dem Gedanken anfreunden, den Hund nun immer und ewig beaufsichtigen zu müssen. So weit hatte ich gar nicht gedacht.

»Timo muss dann halt auch mal allein zu Hause Zeit verbringen.« Wenn ich im Studio stünde, wäre das ja auch nicht abzuwenden. Und ich würde bei vierhundert Euro Verdienst die Zeit hoffentlich flexibel einteilen können. Immer nur vier Stunden, das müsste auch Timo überleben.

Eines wusste ich ganz genau: Ich wollte nie Hartz IV-Empfänger werden. Das war etwas für wirkliche Notlagen. Ich wollte nicht andere für meinen Lebensunterhalt aufkommen lassen. Ich war gesund und arbeitsfähig.

Also fand ich mich an einem Freitag, dem dreizehnten, um 13 Uhr (sicher ein gutes Omen!) im Callcenter von TORSA Berlin ein. Man bat mich, auf vor langer Zeit mal gepolstert gewesenen Stühlen Platz zu nehmen. Wenn ich was trinken wolle, da stehe der Automat, ich könne mich jederzeit bedienen.

Mit ausgetrocknetem Mund verspürte ich kein Verlangen danach. Um selbstbewusster zu erscheinen, als ich mich zurzeit fühlte, hatte ich mich in einen guten Anzug gesteckt, Hemd mit Manschetten nebst Knöpfen, und einer edlen einfarbigen Seiden-Krawatte.

Die dargebotenen Zeitungen waren zerknautscht und zerlesen. Ich fasste lieber nichts an. Auf eine Sonnenbrille, gar Perücke – an die ich durchaus gedacht hatte – hatte ich verzichtet. Ich wollte meinem Schicksal ins Auge sehen, wollte zu mir stehen. Die Blicke der Vorbeieilenden waren mir etwas peinlich. »Arbeit ist keine Schande«, flüsterte ich mir beständig ein.

Dann war es so weit: Eine adrette junge Frau, forsch, in Jeans und Bluse, bat mich zu sich. Im kargen Büro, mit einer Glasscheibe zu einem Großraumbüro, durfte ich auf der anderen Seite ihres Schreibtisches Platz nehmen.

»Herr Paul Sander, nehme ich an?«

»Ja, Sander«, sagte ich.

Sie musterte mich. »Ich bin für diese Abteilung zuständig«, dabei reichte sie mir die Hand. »Pressber-Klose« stand auf ihrem Namensschild. Aus dem Großraumbüro quoll ein ewig dumpfes Schnattern zu uns herein.

»Warum möchten Sie das zu Ihrem Arbeitsplatz machen?« Ihr Kopf nickte in Richtung der Geräuschkulisse.

»Ich bin neugierig, kann gut mit Menschen und dem Wort umgehen und brauche das Geld.«

Sie lächelte süffisant. »Ob wir Ihre Neugierde befriedigen können, sei dahingestellt. Sie müssten mehrfach am Tag wildfremden

Personen immer dieselben Fragen stellen, die wir Ihnen genau in der Formulierung vorgeben. Bis sich der Auftraggeber ändert und damit auch das, was wir erfragen wollen. Das kann ziemlich öde werden. Das hier ist Fließbandarbeit!«

»Dessen bin ich mir bewusst.«

»Sie können gut mit Menschen umgehen?« Ich nickte. »Gut, das werden Sie hier brauchen. Sie müssen die vom Computer angewählten Personen erst einmal zur Umfrage überreden. Und Sie müssen den ganzen Tag viele Mitstreiter um sich herum ertragen können. Sie hören es ja, da ist ein ewiges Stimmengewirr.«

»Dessen bin ich mir bewusst.«

»Sind Sie sich auch bewusst, dass die Bezahlung für einen ungelernten Job zwar gerecht ist, aber nicht überbordend hoch?«

Nun lächelte ich süffisant. »Dessen bin ich mir leider bewusst.«

»Warum bewerben Sie sich dann hier?«

»Weil ich mir meiner derzeitigen Lage bewusst bin und ich mich bewusst herausfordern will. Über seine Situation jammern kann jeder, aber ich muss was ändern!«

Sie betrachtete mich eine Weile ganz ruhig, dann ging eine Augenbraue merklich nach oben und sie sagte: »Okay, das gefällt mir. Kommen Sie am Montag um 10 Uhr her, dann gebe ich Sie einem unserer erfahrenen Mitarbeiter an die Hand. Der soll Sie ausprobieren.«

Ich war für einen Moment sprachlos. »Wollen Sie denn nichts weiter von mir wissen?«

»Doch«, antwortete sie. »Haben Sie auch normale Kleidung? Sie sind hier nicht beim Fernsehen und damit ...«, sie blickte auf meinen Anzug »... vollkommen overdressed. Herr Sander. P. Sander, wie Paul oder Peter Sander. Ich bin gespannt, ob Sie kommen. Wenn nicht, dann erbitte ich mir eine kurze Mail.«

Damit reichte sie mir eine ihrer Visitenkarten.

»Helene Pressber-Klose, Team-Leiterin TORSA.«

Wie hätte ich es jetzt noch wagen können, nicht am Montag hinzugehen? Der forschen Helene wollte ich es beweisen.

Ich hatte weder nach Gehalt, Stunden, Tagen, Urlaub und so

weiter gefragt. Normalerweise erledigte das mein Agent für mich. Helge konnte ich in diesem Fall kaum anstacheln, im Gegenteil, er durfte nicht mal etwas von meinen Plänen ahnen. 10 Uhr war eine anständige Zeit für Schauspieler. Da waren einige schon von selber wach. (Hätte der liebe Gott gewollt, dass alle Schauspieler den Sonnenaufgang sehen, hätte er diesen auf 14 Uhr gelegt.)

Timo wartete im Auto auf mich und schnappte fast über vor Freude, mich endlich, nach fünfundzwanzig Minuten Abwesenheit, lebend wiederzusehen. Ich fuhr sofort zu Cornelia. Die Skepsis in ihrem Blick war unübersehbar.

»Sie weiß, wer du bist?«

»Wer bin ich denn?«

»Peter Sander, bekannt aus Film und Fernsehen.«

»Nein, Peter Sander, der Mann ohne Arbeit und Aufgabe.«

»Das wird doch nicht ewig so bleiben ...«

»Eben, damit das nicht ewig so bleibt, mach ich das jetzt. Verbessern kann ich mich immer.«

»Was willst du denn wirklich machen? Gibt es denn sonst gar nichts, was dir Spaß machen würde?«

»Doch«, erwiderte ich, »aber das lässt man mich nicht mehr machen. Man will neue Gesichter ...«

»Das muss doch nicht so bleiben ...«

»Doch, denn mein Gesicht wird nicht neuer. Vergleich mal. Ich seh nur auf alten Fotos jünger aus!«

»Irgendwann feierst du ein grandioses Comeback, und dann, dann ...«

Es war still.

»Und wenn nicht?«

»Das passiert. Ganz bestimmt!«

»Ich sag ja nicht, dass ich dafür nicht bereit wäre, aber wenn es nicht so kommt, dann will ich mich auch darauf vorbereitet haben.«

»Willst du den Rest deines Lebens den Leuten auf den Geist gehen und sie befragen, welche Partei sie am nächsten Wochenende wählen würden und welche Haushaltsreiniger sie benutzen?«

Ich erklärte Cornelia, dass ich doch nie »richtig« gearbeitet, also so etwas wie einen Knochenjob durchgestanden hätte. Nun sei ich aus der Bussi-Bussi-Welt auf die Erde gefallen und würde mir beweisen, mich auch dort zurechtzufinden.

Sie betrachtete die Visitenkarte. »Helene ...«

»Eigentlich ein schöner Name für eine Pressber-Klose.«

»Welcher Name passt besser zu ihr? Helene oder ...?« War da eine Spur von Eifersucht zu hören?

Ich träumte davon, als Team-Leiter, nein, als Team-Leiter-Leiter (mit riesiger Gehaltsabrechnung) den Tag zu genießen. Helene würde mir Tee reichen, wenn von mir verlangt, natürlich unaufgefordert mit Gebäck. Ihre Bluse wäre gut einsehbar ...

Das Wochenende verbrachte ich gut gelaunt mit langen Hundespaziergängen (leider entdeckte Timo Kaninchen), einem geplanten Besuch in der Gemäldegalerie, zu dem ich mich lange Zeit nie aufraffen konnte, und mit dem sonntäglichen Hüten von Kevin und Ricardo. Was macht man mit zwei bewegungssüchtigen Jungs, wenn man selbst keine Kinder hat? Cornelia sollte mal ihrer Wege gehen können, ohne Beeinträchtigungen. Nach einem ausgedehnten Zoobesuch nahm ich die beiden mit zu mir. Eine Zeitlang waren sie mit dem Zerlegen meiner Burg beschäftigt, versprachen aber, alles wiederherzustellen. (Nicht jedes Versprechen wird gehalten.)

Dann wollte ich uns etwas zu essen machen. Was essen Kinder außer Spaghetti Bolognese? Karotten hatte ich da, im billigen Großpack für mich und den Hund. Als Suppe würden die beiden die sicher essen. Dafür wollte ich sie in Orangensaft kochen. Natürlich wollten beide helfen. Ich hatte Angst, sie würden sich beim Zerkleinern der Karotten schneiden und ich müsste sie ihrer Mutter zerstückelt wieder übergeben, aber sie waren vorsichtig und mit Eifer dabei. Leider ließ ich sie dann auch an den Pürierstab. Danach waren die Wände leuchtend orange-rot gesprenkelt, bis in die hinterste Ecke. Ich war schon froh, dass nichts von der Decke tropfte. (Gott sei Dank hatte ich keine Rote-Bete-Suppe kochen wollen.) Viel blieb nicht für die Teller übrig. Die beiden hatten trotzdem ihren Spaß und ich Gott sei Dank noch Eis in der Truhe.

Als Cornelia kam, um die Kinder einzusammeln, war mir deren Anblick peinlich, aber die Jungs zogen ihre Mutter in die Küche, um ihr begeistert zu erklären, was sie dort gemacht hätten. Cornelia erbleichte. Ich auch, denn ich hatte Angst, sie würde mir die beiden grausamen Racker nie wieder anvertrauen. Ihre Stimme schien zu ersterben: »Wann muss ich zum Renovieren kommen?«

»Ach, das? ... Das war doch bloß eine Farbprobe. Was meinst du, soll ich die Küche in Orange streichen?«

Sie wollte widersprechen: »Peter ...«

Ich fiel ihr ins Wort: »Okay, ich bin schuldig, ich werde die Hemden deiner Kinder reinigen lassen. Zu dumm von mir zu denken, Kinderarbeit fällt nicht auf ...!«

Ihre Stirnfalte schien tiefer zu werden, amüsiert grollend. Ach, diese Falte gehört einfach zu ihr, die darf sie niemals weg-botoxen!

Ich gab den Jungen T-Shirts von mir, die sie als Kleider tragen konnten, und packte ihre Hemden zum Einweichen ins Waschbecken. Als die junge Familie später ging, zwischenzeitlich wurden noch zwei Pizzen aufgetaut, nahm Cornelia die Hemden, triefend in einer Plastiktüte, mit. Sie hatte darauf bestanden. Mir gefiel das Familiäre ausnehmend gut.

16

Am Montag war ich pünktlich um zehn bei TORSA. Nein, falsch. Ich war schon zwanzig Minuten vorher da, lief noch einmal um den Block, um nicht unangenehm aufzufallen. Leider bekam ich Helene nur durchs Fenster zu Gesicht, wurde schon am Empfang an den anämischen Herrn Simotscheck übergeben. Oliver, mit Vornamen, führte mich an einen Telefonplatz und setzte mir das Headset auf. Er war mein Sitznachbar. Auf dem Computer leuchtete ein Fragenkatalog von acht Seiten. Wie sollte man denn jemanden am Telefon dazu bekommen, mir die alle zu beantworten? Wer opfert schon so viel Zeit? Oliver belehrte mich: »Der Telefonpartner darf nie wissen, wie lange das Gespräch dauern wird, sonst legt der gleich auf.«

Ich scrollte durch den Fragenkatalog. Welche Zahnpasta fällt Ihnen bei Nachhaltigkeit ein? Welche Werbefigur nervt Sie? Was »blobt«? Welche Tageszeitung lesen Sie? Lesen Sie? Wie viele Fernseher kommen in Ihrem Haushalt auf jede Person? Gibt es Sender, die Sie nie gucken? Interessieren Sie sich für Politik? Sollten Ausländer nach fünf Jahren Arbeit in Deutschland das Wahlrecht erhalten? Und so weiter. Dazu die üblichen Wahlanalysefragen und Erhebungen persönlicher Daten (Wie viele Personen leben in Ihrem Haushalt? Alter, Einkommen, Geschlecht, Familienstand?).

Von Oliver erfuhr ich, dass manche Fragen grundsätzlich gestellt werden. Das Wahlbarometer bringt den Ruf von TORSA, die Fragen zum Konsum das Geld.

Um einen repräsentativen Querschnitt der Meinungen zu bekommen, mussten wir wechselnde Kombinationen von Telefonanfangs-Nummern eintippen, nach der vorgegebenen Vorwahl noch die ersten vier Ziffern, den Rest machte ein Computer.

So wurden auch Geheimnummern angewählt, alle möglichen Kombinationen, ohne zu wissen, wer hinter der Nummer steckt.

Ich beobachtete Oliver, wie er ein Gespräch begann. Er begrüßte den fremden Gesprächspartner freundlich, gab sich als TORSA-ianer zu erkennen und fragte, ob er einige Fragen stellen dürfte, natürlich alles anonym. Ja, und dann spulte er den Fragenkatalog, von Anfang bis Ende, herunter.

Ich tat es ihm gleich und wählte mich ein.

Besetzt. Erneuter Versuch. Es tutete. Und tutete. Und tutete. Erneut. Ein Anrufbeantworter, also nutzlos. Dann endlich klappte es, und ich bekam eine Dame mit ältlicher Stimme ans Telefon: »Gisela, bist du es?«

»Nein, leider nicht, ich rufe von der TORSA-Meinungsforschung an ...«

»Was ist denn mit Gisela?«

»Das kann ich Ihnen leider nicht beantworten, aber vielleicht können Sie mir ja ein paar Fragen beantworten ...«

»Erst sagen Sie mir, was Sie mit Gisela gemacht haben!«

»Nichts. Ich rufe im Auftrag des Meinungsforschungsinstitutes TORSA an und würde Ihnen gerne ein paar Fragen stellen ...«

»Zu Gisela?«

»Nein, ich glaube, die kommt nicht in unserem Fragenkatalog vor, aber ...«

»Ich hab Gisela schon gesagt, sie muss sich gar nicht mehr melden. Erst kommt sie eine halbe Stunde zu spät – eine halbe Stunde! –, und dann schmeckt ihr der Kuchen nicht. Dabei war der wie immer ...«

»Ja, so ist sie, die Gisela. Deshalb rufe ich ja auch nicht bei ihr an, sondern bei Ihnen. Darf ich Ihnen ein paar Fragen stellen? Das geht ganz fix ...«

»Sie wollen mich aushorchen?«

»Nein. Nein!«

»Über Gisela? Ich sag dazu nichts mehr. Erst soll sie sich entschuldigen.«

Da griff von der Seite Oliver ins Geschehen ein und bog mein

Mikrofon in seine Richtung: »Oh, ich sehe, ich hab mich leider verwählt« und beendete mit einem Tastendruck das Gespräch. Er sah mich mahnend an: »Wie lange willst du denn mit so jemandem noch deine Zeit verschwenden?«

Natürlich musste ich ihm recht geben, aber mir tat Giselas ehemalige Freundin leid. Vielleicht hätte ich ihre Freundschaft kitten können ...

Beim nächsten Versuch musste ich erst lang und breit erklären, wie wir an die Nummer kamen. Und dass wir den Anruf auch nicht zurückverfolgen könnten. Es sei vollkommen anonym, und ich würde persönlich auch gar kein Interesse haben zu wissen, mit wem ich sprach. Nun heulte der Angerufene los, das sei doch wieder typisch. Man sei nur eine anonyme Nummer, nichts Menschliches wäre mehr im Umgang untereinander. Er heiße Andreas Koller, dafür würde er sich nicht schämen. Nur weil er die Alimente nicht mehr zahlen könne, sei er auch kein schlechterer Mensch. Er trage dafür ganz viel Liebe in sich. Ich solle mal überlegen, was das wirklich Wichtige auf der Welt sei, dann könne ich gerne erneut anrufen. Bevor mir Oliver wieder die Leitung abwürgte, machte Herr Koller das selbst.

Oliver hatte währenddessen den Fragenkatalog schon dreimal absolviert.

»Anfängerpech!«, lächelte ich ihn an.

Doch dann klappten zwei Anrufe hintereinander. Ein Mann, mein Alter, entpuppte sich als Neonazi. Als ich ihn fragen musste, was die größten Probleme in seiner Stadt seien, sagte er: »Die Scheiß-Ausländer, die Schwulen, und dass man sich in Deutschland nicht legal bewaffnen darf. Haben Sie das?« Es fiel mir äußerst schwer, mich zu beherrschen und keine Diskussion anzufangen. Wie blöd war unser System eigentlich, dass TORSA nicht zurückverfolgen konnte, wer da angerufen wurde? Die Schlussfrage lautete immer: »Dürfen wir Sie wieder anrufen?«

Je nach Antwort drückten wir eine 1 oder 2 auf der Tastatur vor uns. Was das System damit macht, kann ich nicht sagen. Typisch, der wollte gerne wieder seinen braunen Senf absondern dürfen.

Dann hatte ich auch noch eine junge Frau und Mutter, alleinerziehend, am Telefon. Nach ungefähr der Hälfte der Fragen hörte ich im Hintergrund ihr Baby schreien. Sie bat mich, einen Moment zu warten, und kümmerte sich schnell um ihr Kind. Nach fünfzehn Minunten, in denen ich zuhören konnte, wie sie »Dutschi-Dutschi-Dutschi« oder »Was ist denn, mein kleiner Mäusebär?« von sich gab, drückte Oliver auch dieses Gespräch weg.

Er klärte mich auf, dass Zeit Geld sei, ich wahrlich noch nicht viele Informationen zusammengetragen hätte und mich jetzt etwas mehr ins Zeug legen müsse. Dabei tippte er schon die nächste Zahlenkombination ein. Es ratterte und »Silvana-Brautmoden, Putwedwew, was kann ich für Sie tun?« meldete sich.

Sie fand mein Anliegen eine Frechheit, ich wolle sie wohl vom Arbeiten abhalten?

Ich entschuldigte mich und wollte gerade auflegen, als sie gnädig sagte, ich solle schon anfangen, damit sie es hinter sich hätte. Gerade sei eh kein Kunde da. Nach Seite sechs kam ein Kunde, und sie legte auf.

Meine Ausbeute war spärlich, aber ich fühlte mich vollkommen unschuldig. Oliver guckte mich abschätzig an, ich sah, wie er zu Helene ins Büro ging und wie die beiden offensichtlich über mich sprachen. Ich hellte mein Gesicht übertrieben auf und tat so, als würde einer der nächsten Anrufversuche funktionieren. Endlich, gerade als Oliver zurückkehrte, kam ich wieder mal durch. Leider dürfen wir Kinder nicht befragen. Die Bitte, einen Elternteil zu rufen, wurde nicht erhört.

Bis zur Mittagspause hatte ich ungefähr ein Sechstel der Fragebögen geschafft, die Oliver in derselben Zeit abgehakt hatte. Als er auf dem Klo war, füllte ich schnell einen aus, wie ich antworten würde. (Nur konnte ich das nicht täglich machen.) Mittlerweile hatte ich eine unschlüssige Frau, die sich nie für eine Antwort entscheiden konnte, zwei dummschwätzende Twens, die anscheinend noch nie das Wort Politik gehört hatten, einen Mann, der dringend die Telefonseelsorge anrufen sollte (ich suchte ihm die Nummer, auch gegen Olivers Protest, heraus), und eine strenge

Dame, könnte eine Apothekerin gewesen sein, die mir erklären wollte, dass mein Anruf nicht anonym sein könnte, schließlich habe sie sich mit dem vollen (für mich unverständlichen) Namen gemeldet. Sie verlangte auch meinen Namen zu hören. Als ich Sander sagte, antwortete sie ungefragt: »Wie Peter Sander? Na, das kann ja heiter werden. Ich hoffe, Sie sind nicht mit ihm verwandt.«

Dann durfte ich die Fragen abspulen. Sie gab knappe präzise Antworten, mit ihr war ich am schnellsten durch.

Die Stunde Mittagspause nutzte ich, um Timo einmal Gassi zu führen. Er wedelte glücklich mit dem Schwanz, wollte sich aber partout nicht für einen Baum entscheiden. Da half kein Zureden. Ich massierte sein Hinterteil. Endlich ließ er ein Zipfelchen fallen, mit einem sehr gnädigen Gesichtsausdruck. Keine Minute später hätte ich auf meinem Platz retour sein dürfen.

Nach ein paar Stunden nervte mich das durchgängige Geschnatter um mich herum. Stumpfsinnig saßen die TORSA-Telefonisten an ihren Plätzen und gaben Antworten ein. Wenn es Blickkontakte untereinander gab, dann höchstens ein Augenrollen, das einem anzeigen sollte, wie blöd der Erreichte gerade war.

Oliver legte um 15 Uhr seine Sachen weg und eilte davon. Er musste seinen Sohn von der Schule holen, eben alleinerziehender Vater.

Ich wollte niemandem eine Elanschwäche eingestehen und telefonierte mir weiter die Stimmbänder wund. Es erstaunte mich, wie leicht man Leuten, wenn sie erst mal die Befragung zuließen, alles entlocken konnte. Zwischen die Fragen zum Fernsehprogramm schlichen sich bei mir auch Fragen zu Lena Tischler ein, oder ob sie Peter Sander vermissen würden, auch wenn die Antworten nicht wirklich dem entsprachen, was ich zu hören gehofft hatte.

Helene kam vor meinem Feierabend um 19 Uhr an meinen Arbeitsplatz, meine geschulte Stimme war etwas angeraut, und fragte, wie mir die Arbeit gefiele?

Bevor ich eine diplomatische Antwort geben konnte, stellte sie »Anstrengend!« fest.

Ich nickte matt.

»Bis morgen um zehn!«

Zu Hause angekommen, klingelte mein Telefon. Nein, es war niemand, der eine Umfrage tätigen wollte, sondern Cornelia, die mich fragte, wie der Tag gelaufen war.

»Gut«, sagte ich einsilbig. »Gut.« Sie müsse verstehen, wenn mir jetzt partout nicht nach Telefonieren zumute sei. Ich würde mich melden, wenn sich meine Ohren regeneriert hätten. Sie wünschte mir Glück und Zuversicht und legte etwas verstimmt auf.

Mir tat Timo leid, als er am nächsten Vormittag wieder für Stunden zu Hause weggesperrt wurde. Punkt 10 Uhr (dieses Mal war ich keine zwanzig Minuten zu früh da) saß ich an meinem Arbeitsplatz. Ich blieb allein, denn Olivers Sohn hatte Kopfläuse aus der Schule mitgebracht. Vorsorglich blieb er einen Tag zu Hause. Trotzdem begannen alle im Großraumbüro, sich zu kratzen. Mich hatte es bisher nicht wirklich gejuckt, aber auch ich erwischte mich vor dem Toilettenspiegel die Haarwurzeln abscannend.

Ohne direkten Aufpasser an meiner Seite lief es heute gleich flotter. Ich sprach am Telefon mit Leuten, die ich normalerweise nie angesprochen hätte. Auf die Frage, wer der größte deutsche Musiker in ihren Augen sei, erhielt ich zum Beispiel den Namen »Bach«. Routiniert stocherte ich nach: »Johann-Sebastian oder einer seiner Söhne?« – »Nee, Kristina!«

Wer war/ist der bedeutendste SPD-Politiker? – »Erich Honecker.«

Wer war/ist der bedeutendste Präsident der USA? – »John Wayne.« Ich bekam noch weitaus abstrusere Antworten.

Wieder wählte ich eine Vorwahl nebst vier Ziffern. Nach kurzem Klingeln ging ein Gunter Brösicke ans andere Ende der Leitung. Er sagte seinen Namen, und ich musste spontan lachen. Sollte ich etwa bei dem Brösicke von Lehmann, Kazsmarek und Brösicke gelandet sein?

»Hallo, wer ist denn da?«

»TORSA, Ihr Meinungsforschungsinstitut.« Ich musste mich sehr zusammennehmen.

Sonorer, noch ein Taschentuch vor das weit weggebogene Mikrofon haltend, brachte ich ihn wirklich dazu, mir die Fragen zu beantworten. Als ich frech meine eigene Person in den Fragenkatalog mit aufnahm und er sich darüber ausließ, dass man mir unrecht getan hätte, war ich mir sicher, den Richtigen getroffen zu haben.

Leider lobte er in einem Nebensatz auch Lena und meinen Nachfolger. Trotzdem: Danke.

Dieses zufällige Telefonat brachte mich auf eine Idee. Ich könnte ja auch mal ganz gezielt jemanden anrufen, und da Brösicke meine Stimme nicht erkannt hatte ... wenn ich sie weiter verstellen würde ... sie war ja eh schon etwas tiefer, neigte seit dem gestrigen Tag zur Heiserkeit ... und dann wählte ich automatisch eine Telefonnummer in Hamburg. Ich weiß auch nicht, was mich ritt.

Nach viermal Klingeln, gerade als ich mich eines Besseren besinnen wollte, hob jemand ab. Schon am Einatmen erkannte ich sie. Mein Wirblie. »Ja, bitte?«

Nur die Geräuschkulisse um mich herum verriet, dass ich noch in der Leitung war.

»Hallo?« Wie sehr hatte ich diese Stimme vermisst, wenn sie momentan auch ungeduldig klang.

»Guten Tag, hier spricht TORSA, Ihr Meinungsforschungsinstitut. Dürfte ich Ihnen ein paar Fragen stellen?«

Sie wolle nicht unhöflich scheinen, aber mein Anruf käme ungelegen: »Muss das jetzt sein, ich hab gerade Besuch. Wenn Sie ein andermal ...?!«

»Wann wäre es Ihnen denn recht?«

Da hörte ich einen tiefen Seufzer. »Also gut. Bringen wir es hinter uns. Sie machen ja auch nur Ihren Job. Was wollen Sie wissen?«

Mit aller Kraft versuchte ich das aufkommende Beben aus meiner Stimme zu tilgen und durchforstete den Fragenkatalog. Warum hatte ich Suzanne nur angerufen? War ich immer noch nicht über sie hinweg? Sie durfte auf keinen Fall merken, wen sie da am Apparat hatte! Ich schämte mich, fühlte mich in diesem Moment wie ein Betrüger. Tat es mir gut, ihre Stimme zu hören? Machte ich es mir dadurch nicht unnötig schwer? Ich hätte die meisten ihrer Antworten ohne nachzufragen für sie richtig eintragen können. Irgendwann kam die Frage nach den größten lebenden deutschen Künstlern. Ich hätte sie durch den Hörer gewürgt, hätte sie Mike Baumann gesagt. Glücklicherweise nannte sie die Maler Rauch und Bisky.

Als ich zum Schluss ihre persönlichen Daten abfragte, die Antworten schon wissend, bekam ich einen Schlag. Familienstand: »Ledig. *Noch.*« Das saß. Aber es wurde noch schlimmer. Mit wie vielen Personen leben Sie derzeit in einem Haushalt zusammen?«

»Noch zu zweit, aber nicht mehr lange.«

Mir wurde schwarz vor Augen. »Darf man gratulieren?«

»Ja, dürfen Sie. Gibt es dafür überhaupt eine Spalte, wo Sie das eintragen können?«

»Leider nein. Wenn der Nachwuchs noch nicht heute bei Ihnen einzieht ...?«

Das war ein letzter blöder Versuch, von der Gewissheit abzuweichen, dass sie schwanger war. Rein theoretisch hätten ja auch Mikes andere Bälger ...

»Nein, das dauert schon noch ein paar Monate. Sie werden davon lesen«, platzte es fröhlich aus ihr heraus.

Meine Stimme war nicht mehr zu kontrollieren. Als mein Unterkiefer sichtbar zitterte, war mir bewusst, dass ich einen großen Fehler begangen hatte. Vor mir stand Helene.

»Dürfen wir Sie wieder anrufen?«

»In den nächsten Monaten erst mal nicht.« Um sich gleich darauf zu verbessern: »Also in den nächsten Jahren erst mal nicht. Ich werde genug anderes zu tun haben. Ich muss Ihnen noch schnell ein Kompliment machen. Sie waren sehr einfühlsam, haben eine angenehme Stimme. Solche Leute wie Sie werden beim Radio gesucht. Probieren Sie es doch mal.«

Ich bedankte mich und legte auf.

Zum Durchatmen kam ich nicht: Durch die von Helene eingenommene Haltung wurde sie zu Frau Pressber-Klose.

»Wer war das?«

Ich tat scheinheilig: »Eine Frau.«

»Kannten Sie sie?«

»Flüchtig. Von früher. Rein zufällig.«

»Sie haben die Nummer also rein zufällig gewählt?«

Woher wusste sie das? »So ungefähr.«

»Privatgespräche sind hier nicht erlaubt!«

Nun hoffte ich auf erneutes Oberwasser: »Das war auch kein Privatgespräch. Ich fragte nichts, was nicht vorgegeben war.«

»Von Schwangerschaften steht nichts im Fragenkatalog«, erwiderte sie barsch. Woher wusste sie …? Konnte sie sich unbemerkt in die Telefonate zuschalten?

»Auch wenn das erst Ihr zweiter Tag ist, muss ich Sie bitten, in mein Büro zu kommen. Bitte nehmen Sie alles Private mit!«

An diesem Tag musste Timo zwar etwas länger auf sein Herrchen warten, hatte mich dann aber für den Rest der Woche wieder für sich.

Er schien meine Zerknirschtheit zu spüren. Heute rief Cornelia nicht an, natürlich nicht. Ich fuhr mit Timo vor ihr Haus und lief dort hin und her, in der Hoffnung, zumindest die Kinder würden mich dort entdecken. Klingeln wollte ich nicht, nachdem ich sie tags zuvor so abgebügelt hatte.

Nach zwei Stunden, zwischenzeitlich hatte ich es mir auf einer Beeteinfriedung unbequem gemacht, fuhr ich zu Frederik. Durch die Gegensprechanlage meldete ich mich mit: »Hier ist deijn Fan, du alde Schabragge, du!«

Er ließ mich ein, obwohl sich ein wohlbekannter Soap-Darsteller auf seinem Sofa räkelte, der nicht durch zu viel Kleidung auffiel. Sein enganliegender Slip ließ Mächtiges erahnen.

Wir stellten uns höflich per Handschlag mit Namen vor, worauf ein jeder mit »Ich weiß« antwortete. Frederik beruhigte uns beide, dass garantiert nichts aus seiner Wohnung in die Öffentlichkeit gelangen werde. Er sah mir an, dass ich aufgewühlt war. »Was ist passiert?«

»Sie ist schwanger!«

Bevor der Soap-Kollege gratulieren konnte, fiel ihm Frederik ins Wort. »Cornelia?«

Ich sah ihn verwirrt ungläubig an. »Wie kommst du denn da drauf? Suzanne!«

Frederik sah mir tief in die Augen. »Hat sie dir das gesagt?«

»Ja!«

»Rief sie deswegen an?«

»Nein. Ich rief sie an.«

Er guckte ungläubig. »Einfach so?«

»Natürlich nicht. Beruflich ...«

»Okay, das muss ich jetzt nicht verstehen. Möchtest du noch genauer werden, oder soll ich raten?«

Der Soap-Darsteller verzog sich, sein Hemd suchend. Ich hätte bis dato schwören können, dass er der Macho-Held der Damenwelt sei. Hatte ich ihn nicht erst letzte Woche bei der »Wahl zur Miss Bikini« in der Jury sitzen sehen?

Ich erzählte nun von meinem Abenteuer bei TORSA, der gestrengen Helene und meinem Anruf bei Suzanne.

»Und sie hat dich wirklich nicht erkannt?«

»Wenn ich es dir doch sage!«

Auch angezogen sah Frederiks neue Errungenschaft verdammt gut aus. Der wird sein Leben lang die Liebhaber spielen dürfen. Er wollte gehen, aber ich zog es vor, selbst die Biege zu machen. Ich musste irgendjemandem davon erzählen, damit wurde es leichter. Das hatte ich nun getan. Timo wich mir nicht von der Seite, er erkannte, dass sein Herrchen Nähe brauchte. Frederik ließ mich nur ungern ziehen, erlaubte das aber, um sich seiner neuesten Eroberung wieder »zwischenmenschlich« zu nähern.

Ich fuhr erneut zu Cornelia. Sie öffnete erstaunt. Ich überfiel sie mit der Aussage: »Deine Freundin ist schwanger!«

Cornelia guckte ungläubig. »Das hat sie dir gesagt? Donnerwetter ...!«

»Ja! Deine Freundin erwartet ein Baby!«

»Nein.«

»Was ›Nein‹?« Daran gab es doch nichts zu rütteln!

»Nicht eins, sondern zwei!«

Ich muss so etwas von behämmert ausgesehen haben.

»Zwei?«

Sie nickte.

»Zwillinge?«

»So nennt man das.«

»Beide von Baumann?«

»Das ist wohl anzunehmen.«

Ich ließ mich am Türrahmen runtergleiten, während ich mich fragen hörte: »Darf ich mich einen Moment setzen?«

Ihre Jungen kamen, um mich stürmisch zu begrüßen, zogen sich aber erstaunlich feinfühlig mit Timo ins Zimmer zurück, während ich in der Wohnungstür festklebte. Cornelia hörte sich alles an, musste über meinen Rauswurf lachen, schüttelte den Kopf über das Telefonat. Sie war schon vor drei Wochen über das zu erwartende Babyglück informiert worden, musste aber das Versprechen geben, niemanden einzuweihen. Das war wohl meinetwegen verlangt worden. Ich konnte Cornelia keinen Vorwurf machen, denn sie hatte sich wie eine gute Freundin an ein Redeverbot gehalten. In Kürze würde Suzanne wie eine Tonne aussehen, da ließe sich eh nichts mehr verheimlichen. Wie viele Kinder wollte ihr feiner Herr Regisseur eigentlich noch in die Welt setzen?

Natürlich machte es mir etwas aus, aber irgendwie tat es nicht wirklich weh; es war mehr verletzte Eitelkeit. Mit mir hätte sie die schönsten Kinder der Welt haben können, aber nein, nun bekam sie Doppelbälger vom Sitcom-Regisseur. Ob deren Leben danach noch komisch wäre? Ob sie sich je Gedanken darüber gemacht hat, wie er all die Alimente für seine übermäßige Vermehrung aufbringen will? Vor allem, wenn es mal nicht so gut läuft? Sie selbst würde ja für eine Weile aus der Rolle der Ernährerin herausfallen.

Einen kurzen Moment spielte ich mit dem Gedanken, die Presse zu informieren. Für solche Informationen gibt es gut Geld, und das konnte ich wahrlich gebrauchen. Aber schon der Sekundenblitz-Gedanke verursachte bei mir ein schlechtes Gewissen.

»Habt ihr schon was gegessen?«

Cornelia hatte Paprika eingekauft, wollte gerade kochen. Ich konnte sie, unterstützt von den Kindern, dazu überreden, mit mir essen zu gehen. Schließlich wollte ich meinen zu erwartenden Lohn von TORSA auf den Kopf hauen (auch wenn es dann nur zu einer Pizza auf die Hand gereicht hätte).

Essen im vertrauten Kreis ist doch was Schönes! Die Kinder entschieden sich für ein Steakhouse, um dann dort Nudeln zu bestellen. Und wir Erwachsenen aßen beide einen großen Salat.

Beim Essen spielten wir weitere Optionen von ungelernten Berufen durch, in denen ich zwischenzeitlich Geld verdienen und die ich relativ gut unerkannt ausüben könnte. Tankstellenwärter des Nachts. Mit Schirmmütze oder Bart würde mich schon keiner durch die Scheibe erkennen. Tellerwäscher? (Vom Quotenmillionär zum Tellerwäscher in einem Rutsch.) Karussell-Ausrufer: »Eine neue Runde, ein neues Glück«, Erschrecker im Gruselmuseum oder in der Geisterbahn. Natürlich könnte ich auch als Ganzkörper-Karotte oder Maiskolben für Konserven Werbung laufen oder mich im Berliner-Bären-Kostüm vorm Brandenburger Tor fotografieren lassen und dafür von Touristen Geld einsammeln.

Cornelia kam auf die Idee, ich solle mich als Stadtführer bewerben. Reden könne ich ja weiß Gott, und ob ich nun eine Show im Fernsehen oder für Touristen abziehen würde, käme doch auf dasselbe hinaus. Entweder könnte man mich teuer als Promi anmieten, oder ich spezialisierte mich auf ausländische Gruppen.

Nichts überzeugte mich wirklich. Oder sollte ich mich als Wedding-Planner verdingen? Mit Frederiks Hilfe könnte man da bestimmt was zaubern. Ich würde das Bühnenprogramm zusammenstellen, Frederik die Deko, Blumenbouquets und Servietten, und Cornelia könnte man die restliche Organisation machen lassen. Heiner würde die Preise kalkulieren und die Braut bei der Kleider-Wahl unterstützen. Dumm nur, dass ein Großteil meiner »Crew« feste Arbeitsstellen hatte.

»Versuch's doch mal bei der ZAV«, schlug Cornelia vor.

»Arbeitsamt?«

»Arbeitsamt«, bestätigte Cornelia.

17

Die *Zentrale Auslands- und Fachvermittlung* der Arbeitsagentur vermittelt unter anderem Künstler und Filmschaffende (womit auch Beleuchter gemeint sind). Wenn ich Arbeitslosengeld haben wollte, müsste ich mich natürlich ganz normal in die Warteschleifen der Jobcenter (ohne Jobs) einreihen. (Wer weiß, welche Umschulung man da anbieten würde? Altenpfleger würde man mir mit meinem Ruf kaum zutrauen, aber Entschuldungsberater, Fitness-Trainer oder Bewährungshelfer wären durchaus denkbar.)

Gleich am nächsten Morgen machte ich telefonisch einen Termin in drei Wochen aus (bei Promis geht es eben manchmal etwas schneller).

Da ich bis dahin nicht untätig sein wollte, besorgte ich mir Englisch-Lernprogramme, um meine Chancen für ausländische Produktionen zu verbessern. Schließlich wurden vor den Toren Berlins in Potsdam auch US-Blockbuster gedreht! (Und wenn es mit den Blockbustern nicht klappte, fiele es mir leichter, mein Gästezimmer an ausländische Touristen zu vermieten. Wer weiß, worauf ich mich noch alles einlassen müsste.)

Die ZAV-Berlin findet man in der Friedrichstraße. Natürlich suchte ich sie am falschen, belebten Ende. Abgehetzt kam ich am unbelebten, richtigen Ende an und musste zwischen zwei anderen, mir unbekannten, Künstlern im Wartezimmer Platz nehmen. Die eine nestelte andauernd an ihrer Handtasche herum und warf sich alle zehn Sekunden ein Tic-Tac ein. Der andere hatte einen Käfig mit zwei Hamstern auf dem Schoß und lächelte debil. War das wirklich die richtige Vermittlungsstelle für mich?

Nach einer Dreiviertelstunde hatten sich noch ein junges aufgedrehtes Mädchen mit riesigen Kreolen zu uns gesellt, ein junger Mann, der es sich leider nicht nehmen ließ, am offenen Fenster zu rauchen, und ein ältlicher Kleinkünstler im Hauptmann-von-Köpenick-Outfit, der krampfhaft Notenblätter knautschte.

Der Hamstermann wurde zuerst abgeholt. Sofort entbrannte ein Gespräch darüber, wer da der Künstler sei. Der Halter oder die Hamster? »Vielleicht gehören die ja zu einer Zaubernummer?«

»Ach, Sie meinen, Tauben fliegen dem immer weg?«

Als die pfefferminzsüchtige Tic-Tac-Einwerferin ihre Packung geleert hatte, schmiss sie diese in den überquellenden Papierkorb und ging nervös auf und ab. Mit »Ich muss mir nur schnell was besorgen, ich bin gleich wieder da« war sie entschwunden. Mein Glück, denn schon eine Minute später wollte man sie hereinbitten, nahm dann aber mit mir vorlieb.

»Was haben Sie denn für mich Schönes?«, wollte eine Frau mit abgeknabberten Fingernägeln hinter ihrem grauen Schreibtisch wissen.

Ich begann zu erzählen, wer ich bin, was ich bisher gemacht habe, da unterbrach sie mich schon: »Ja ja, gut und schön, nur ... was *können* Sie?«

»Bitte?«, konstatierte ich.

»Sie sind hier in der Abteilung für Kleinkünstler, was können Sie anbieten? Der Herr vor Ihnen war zum Beispiel Hamsterhochwürger. Er schluckt die Tiere und holt sie wieder hoch.«

»Und das ist verkäuflich?«

»Das werden wir sehen. Bisher ist mir so etwas noch nicht untergekommen. Hamster! Gut, mit Mäusen kenn ich das, aber doch nicht mit Hamstern. Auf Betriebsfeiern wird das sicher gern mal genommen.«

»Ich muss Sie enttäuschen, ich könnte nie einen Hamster schlucken, geschweige denn hochwürgen!«

Mit dem rechten Ringfinger im Munde nachknabbernd beruhigte sie mich. »Ich denke, wir haben hier auch nur Platz für einen Hamsterwürger. Aber was können *Sie*?«

»Ich war mal Peter Sander, Moderator der *On-Air-Show.* Habe auch viele Galas moderiert.«

»Und wer oder was sind Sie jetzt?«

Erst jetzt wurde mir bewusst, was ich gesagt hatte.

»Jetzt bin ich Peter Sander ohne Job.«

»Sie moderieren also? Auch Messen, Betriebs- oder Laubenpieperfeste?«

»Spricht da etwas dagegen?«

»Wie schön, dass Sie so realistisch sind, dann wird sich auch mal was finden. Viele Hoffnungen kann ich Ihnen aber nicht machen. Meist will man von uns Schlagersänger, Disc-Jockeys, Travestie-Nummern, eben Showacts mit Musik. Da haben Sie nichts auf Lager?«

»Nein, eher nicht.«

Da kam mir eine Idee: »Aber ich könnte Lesungen geben …«

»Entschuldigen Sie bitte, ich notiere das gern, aber die Leute können doch selber lesen.« Und leise hinterher: »Noch. Wahrscheinlich nicht mehr lange.«

Sie machte mir nicht wirklich Mut, nahm aber meine Daten und Fotos entgegen und legte mich neben den Tausenden anderen in der Kartei ab. Eine erfolgreiche Vermittlung würde mir wenigstens keine Kosten verursachen. Anders als bei Helge. Mit dem hatte ich zwar einen Exklusiv-Vertrag, aber ich wollte ab sofort jede Chance nutzen. Er musste ja nichts davon erfahren.

Freundlich wurde ich ans Nebenzimmer weitergereicht. Die Dame dort hatte Fingernägel mit aufgeklebten Strasssteinchen. Sie war für die Abteilung Fotomodels tätig. Ich sah mich nun wirklich nicht als Model, aber sie sagte, auch mit meinem Gesicht könnte ich Jobs bekommen, man müsse dazu nicht zwingend gut aussehen.

»Wenn Sie gut laufen können, könnten Sie mal bei Modeschauen Kleidung für die etwas fülligere Kundschaft präsentieren.«

Ich erbat mir Bedenkzeit.

Die Abteilung für Schauspieler war geteilt in Film & Fernsehen sowie Theater & Musical. Vier Stunden später (der arme Timo!)

wurde ich aufgerufen. Hier traf ich auf einen Mann, der die pergamentene Gräulichkeit eines Kettenrauchers aufwies. Drei Fingerkuppen waren ockerfarben. Auf dem Schreibtisch lag eine angebrochene Stange Zigaretten mit polnischem Aufdruck. Er wusste, wer ich bin, und zerstörte schon mit den ersten Sätzen meine Hoffnungen. Natürlich könnte ich bei ihm geführt werden, würde auch sichtbar auf der Internetseite erscheinen, sollte mir aber keine großen Hoffnungen machen. Sie hätten zwei bis drei Stars, die ohnehin von allein angefragt würden, der Rest eher selten. Wenn mal mein Typ für eine Werbung oder einen Industriefilm gesucht werde, würde man mich selbstverständlich ins Gespräch bringen.

Abschließend drückte er mir eine Liste mit Casting-Agenturen in die Hand. »Das sieht mehr aus, als es ist. Heutzutage läuft das meiste eh übers Internet. Setzen Sie Ihr Showreal auf diese Portale (noch eine Liste), bauen Sie sich 'ne gute Website, das genügt schon.«

Wie ich lernte, gibt es mittlerweile über dreißig Internetportale, auf denen man seine Daten hinterlassen kann, für jedermann einsehbar, also auch für Lehmann, Brösicke und Kazsmarek. Jedes Portal verlangte an die hundert Euro im Jahr (das waren ja nicht mehr als 3.200 Euro!) »Keine Sorge«, beruhigte mich der Kettenraucher, »mit den Jahren werden sich die Wichtigen schon herauskristallisieren.« So würde es jährlich billiger.

Einige Filmproduktionen errichteten schon ihre eigenen, für Schauspieler kostenpflichtigen Casting-Portale und verdienten damit gut Geld. Bei zwanzigtausend Schauspielern in Deutschland kam die Gage für die wenigen zu vergebenden Rollen schnell wieder rein. Geschickt!

Als Letztes, die Mitarbeiterin wollte schon das Haus verlassen, durfte ich bei der Dame von der Theaterabteilung reinhuschen. Da ich ihr bekannt sei, nehme sie mich gerne in ihre »Pocket-Client-Kartei« auf, würde also erst mal inoffiziell geführt, bis zu meinem offiziellen Vorsprechen. Da würde dann entschieden, ob ich es wert sei, von ihnen gelistet zu werden. Man würde mir den Termin zum Vorsprechen von vier Theaterrollen schriftlich mitteilen, wahrscheinlich käme ich baldmöglichst dran, etwa am Ende des nächsten Jahres ...

Und damit war ich auch schon wieder aus der Tür.

Dieser Tag des Wartens und Lächelns hatte mich fix und fertig gemacht. Erreicht hatte ich nichts. So also sieht der Alltag eines darstellenden Künstlers auf Arbeitssuche aus. Daran denkt niemand, wenn er zur Schauspielschule geht. Man sollte viel vehementer davon abraten!

Wäre das ein Job für mich? Im Auftrag besorgter Eltern könnte ich ihren Kindern vom Showgeschäft abraten! Wie viele verkrachte Existenzen könnte man damit verhindern? Obwohl: Ich glaube, der junge Mensch ist schmerzunempfindlich. Er kann sich nicht vorstellen, dass gerade er nicht den Durchbruch schaffen sollte. Würden ansonsten so viele bei Casting-Shows vor der Öffentlichkeit anstehen, um hernach in einer ungewollten Wohngemeinschaft aufs Raus-gevotet-Werden zu warten?

Ich weiß nicht, wie Timo es geschafft hatte, aber er hatte meine Wohnung unversehrt gelassen. Aber ich hatte das Gefühl, dass er bei meinem Eintreffen selbst das Schwanzwedeln unterdrückte. Endlich vor dem Haus angekommen, entleerte er sich noch gegen die Außenmauer, gleich neben dem Eingang. Einer empörten Nachbarin, die genau in diesem Moment vorbeikam, versprach ich, mit einer Gießkanne Wasser nachzugießen. Beiläufig ließ sie fallen, dass sie mich erst gestern Abend wieder im Fernsehen gesehen habe. Ich erwiderte, da müsse sie sich täuschen, doch sie beharrte darauf, mich in einer Hitliste »Die zehn schlimmsten Moderatoren-Abstürze« auf Platz zwei gesehen zu haben. Platz eins hatte ein vermeintlicher Vergewaltiger inne.

Leider dachte Timo nicht daran, noch ein Häufchen vor die Wohnungstür meiner Nachbarin zu setzen.

18

Am folgenden Sonntag standen wir – Cornelia, die Kinder, Timo und ich – gemeinsam auf dem Flohmarkt. Wir verkauften all das, was sich nicht bei Ebay einzustellen lohnte. Die Kinder machten mit ihrem ausgemusterten Spielzeug am meisten Umsatz.

Am Ende hatten wir, nach Abzug der Standmiete, 212,50 Euro eingenommen. Das Ticket fürs Parken im eingeschränkten Halteverbot abgezogen, blieben auch mir noch 47 Euro.

Wie sehr ich bei Einkäufen inzwischen jeden gesparten Cent zu schätzen lernte. Fleisch kaufte ich nur noch, wenn es wegen des bald ablaufenden Haltbarkeitsdatums reduziert war. Dann gleich mehrere Packungen, die in den Tiefkühlschrank wanderten. Die Blicke der anderen Kunden an der Kasse prallten an mir ab. Ich füllte meine Vorräte auf, denn mein vierzigster Geburtstag stand ins Haus. Schrecklich, dass um diese runden Zahlen so viel Geschrei gemacht wird! Was ist schon besonders daran, die vierzig zu erreichen? Wahrscheinlich wird einem ab da nur noch »Gesundheit« gewünscht, und an Geschenken kann man nur noch Buerlecithin und Doppelherz erwarten. Dazu stellt sich die Midlife-Crisis ein. Ich sollte langsam mal ein Testament aufsetzen. Komische Gedanken beschlichen mich.

Mir war nicht nach Feiern, und so lud ich schlussendlich doch niemanden ein.

Als der Tag kam, passierte nichts. Nichts Außergewöhnliches. Meine Mutter rief an, weniger um mir zu gratulieren, als sich zu beklagen, dass ich mich nie melden würde. Ihre Fragen, wann ich denn nun endlich wieder auf dem Bildschirm zu sehen sein und eine neue Frau meine Seite zieren würde, ließen das Gespräch kurz werden. Meine Schwester sandte eine E-Mail-Postkarte, wie seit Jahren, immer mit demselben Text und Motiv. Von Helge gab es eine SMS: »Happy Birthday, Helge.«

Auch die Post konnte mich nicht erheitern. Bis auf eine Karte von Cleo, auf die ein Kaugummistreifen geklebt war: »Damit dir auch mal Gutes durch den Kopf geht!« Sie überraschte mich immer wieder. Die Einzige aus dem Sender, die noch auf meiner Seite stand. Vielleicht könnte ich ihr eines Tages auch mal Gutes tun, ich würde sie nicht vergessen. Ich schämte mich, dass ich nicht mal ihre Adresse, geschweige ihren Geburtstag, kannte. Timo bekam einen wunderschönen Apfel und eine Birne zum Festtag.

Ja, ich hasse jegliches Gewese um Geburtstage, das Gratulieren zu einer nicht erbrachten Leistung. Das Einzige, was noch schlimmer ist als Gratulanten, ist, wenn keiner gratuliert. Oder so gut wie keiner.

Früher stand mein Geburtstag in den Zeitungen, aber heute? Suzanne hatte sicher zu viel zu tun, und so eine Schwangerschaft, die füllt ja auch sehr aus ... – Frederik war noch auf der Arbeit. Cornelia uninformiert. Hätte Timo nicht wenigstens »Happy Birthday« bellen können?

Was konnte ich mit vierzig noch alles werden? Für einen Fahrradkurier war ich wahrscheinlich schon zu alt (und auch zu behäbig). Im Esoterik-Bereich würde sich sicher was finden lassen (Schicksals-Auspendler für Hauskatzen? Oder sollte ich Kurse im gemeinsamen Atmen zum Gesang der Wale geben?). Mit Timo an meiner Seite könnte ich mich vielleicht als professioneller Hundesitter verdingen. Ja, mit vierzig, da steht einem die Welt noch offen!

Um 18 Uhr rief Frederik an. Nichts. Kein Wort zu meinem Wiegenfeste. Ob ich vorbeikommen wolle, er hätte mal wieder Lasagne gemacht und sein Soap-Star hätte ihn versetzt. Sollte ich rumzicken? Oder mir mit ihm Ablenkung verschaffen? Ich entschied mich für Letzteres: »Soll ich Eis mitbringen?«

»Nein, ich hab alles da. Lass mich heute Abend nur nicht allein!« Mit meinem Besuch würde ich an meinem Vierzigsten also ein gutes Werk tun. Wenn das kein guter Start für die nächste Dekade war?

Eine Frau kam aus Frederiks Haus, so schlüpfte ich hinein. Oben, hinter seiner Wohnungstür, hörte ich Gelächter. War sein Abenteuer doch noch gekommen? Sollte ich kehrt machen? Da bellte Timo, und es wurde ruhig. Ich klingelte. Hörte ich da vermehrt Schritte trappeln? Frederik öffnete und drehte sich im selben Moment schon weg, ging in Richtung seiner Küche. Sprach er lauter als sonst? »Schön, dass du da bist, komm rein, ich muss an den Ofen. Du kommst auf die Minute!«

In dem Moment kam Kevin vom Klo. Als er mich erblickte, rannte er quietschend in die Küche. Sollte Frederik etwa ...?

Alle waren da! Alle, die mich in den letzten Monaten begleitet hatten! Cornelia und die Kids, Heiner, Carsten und Ralf, auch Gunda war mit ihrem Mann gekommen. Frederik und sie kannten sich ja auch noch aus Kindertagen. Als alle für mich sangen, jaulte auch Timo mit. (Ich wusste doch, das der Dackel musikalisch ist.)

Es wurde ein ganz reizender Abend mit einem wirklich opulenten Mahl, das nicht nur aus Lasagne bestand. Es war schön zu sehen, wie Carsten und Ralf mit den Kindern spielten, ich konnte sie mir sehr gut als Eltern vorstellen. Sie hatten ja auch schon mal erwähnt, dass sie mit dem Gedanken an Adoption spielten, aber noch darauf warten wollten, bis beide gemeinsam adoptieren dürften. Selbst bei einer eingetragenen Partnerschaft ist das noch nicht möglich.

Ich hatte ein wenig Angst, Gunda und ihr Mann könnten sich etwas ausgeschlossen fühlen, aber sie ließen sich nichts anmerken. Wahrscheinlich gefiel es ihnen sogar, besonders ihm, denn wann wurde er in seinem Leben schon so mit Komplimenten überhäuft: Heiner hatte ein Auge auf ihn geworfen. Auch der Soap-Star kam nach seinem Drehtag noch spät vorbei. Er war der Einzige, der sich vor Mitternacht zurückzog, denn er musste noch Text für den nächsten Morgen lernen. Wie ich ihn beneidete!

Natürlich kreisten die Gespräche auch um meine festgefahrene Karriere. (Was heißt »festgefahren«? Totalschaden!) Wieder wurden Berufsmöglichkeiten für mich sondiert. Vom Zeitungsausträger bis zum bestellten Trauerredner auf dem Friedhof war alles dabei. Gundas Mann fragte, warum ich nicht mein eigenes Programm schreiben und damit tingeln würde? Was sollte ich denn schreiben? Ich sah mich nicht als zotenreißenden Comedian, der die Massen anzieht.

»Von mir würde man das auch gar nicht erwarten!«

»Aber was erwartet man denn von dir?«, wollte er wissen.

»Zurzeit nichts mehr!«

Der Ernst des Abends verflog mit den Geschenken. Nach dem Auspacken musste ich raten, von wem das jeweilige Präsent stammte. Die Anti-Falten-Creme konnte nur von Heiner sein, bei den Stützstrümpfen lag ich daneben (vom Party-Organisator), die gemalten Bilder waren natürlich von den Kindern, aber ich rätselte zu ihrer Freude, wer mich wohl so reich beschenken könne? Dazu Bücher, irgendeine uralte Aufnahme von Mireille Mathieu auf Spanisch und ein Gutschein für ein Essen zu zweit in einem sündhaft teuren Restaurant. Fragend blickte ich mich um. Frederik gab mir den Tipp, weiterzulesen. Auf der Rückseite stand, dass mit dem Gutschein auch ein Babysitting für Kevin und Ricardo inbegriffen sei, damit ich mit Cornelia ausginge, unterzeichnet: Frederik. Cornelia wurde rot. Sie war nicht vorher informiert worden. Aber als alle klatschten, musste sie einwilligen. »Ihr Zwei habt in letzter Zeit so viel Mist durchgestanden, nun sollt ihr es euch mal richtig gut gehen lassen!«

Cornelia hatte ein schlechtes Gewissen, der Kinder wegen, die am nächsten Morgen früh aufstehen mussten, trotzdem blieben sie. Als ich sie nach Hause fuhr, schliefen beide auf dem Rücksitz ein. Daneben, ebenso verschlafen eingerollt, Timo. Als ich vor ihrem Haus hielt, sagten wir beide nichts. Wir schauten uns nur lange an. Dann schnallten wir uns ab, dann die Kinder, die wir bis zu ihren Betten trugen. Nichts konnte sie wecken. Wir zogen sie bis auf die Unterwäsche aus und deckten sie ordentlich zu.

»Ich geh dann mal.«

»Hm.«

»Timo wartet.«

»Hm.«

»Ich freu mich aufs Essen!«

»Ich auch. Obwohl, es ist doch dein Geschenk ...«

»Eben. Frederik war so frech, dich zu meinem Glück mit zu verpflichten. Und ich bin ihm, nein *euch*, dankbar dafür.«

»Wenn du es wirklich so siehst?«, fragte sie schüchtern.

Mir fiel nur ein ersterbendes »Ja« ein.

»Ich wollte dir noch etwas zum Abschied geben.«

Nun fiel mir nur ein fragendes »Ja?« ein.

Cornelia stand auf Zehenspitzen vor mir und gab mir zwei Bussis, auf jede Wange eins. Wieder standen wir wie zwei Teenager voreinander. Ich fand meine Stimme, oder wenigstens einen Hauch von ihr, zuerst wieder. » Aller guten Dinge sind drei!«

Dabei hielt ich ihr meine Wange erneut hin, obwohl wir beide wussten, dass ich im richtigen Moment den Mund zu dem ihren drehen würde. Sie ließ sich auf das Spiel ein, und wir hielten unsere geschlossenen Lippen unnatürlich lang saugend aufeinandergepresst. Keiner traute sich, die Unschuld des Kusses durch das leichte Öffnen der Lippen zu zerstören.

Beseelt versprach ich: »Ich ruf dich wegen des Essens an.«

Im Auto sagte ich zu Timo, er müsse nun ganz stark sein, denn es könnte sein, dass wir nicht mehr lange alleine wohnten. Dann müsste er seinen Burgplatz räumen!

Obwohl ich, wie immer, keinen Alkohol getrunken hatte, wachte ich mit Kopfschmerzen auf. Mein Blick in den Spiegel entsetzte mich. Ging es nach vierzig wirklich so schnell bergab? Waren das Derricks Augenringe? Ich schluckte drei Aspirin und trank Tee.

Timo guckte verständnisvoll. Ob Hunde auch Kopfschmerzen kennen? Sollte ich ihm vorsorglich auch eine Aspirin ins Trocken-Futter mischen?

Natürlich quälte mich das schlechte Gewissen. Hatte ich mich Cornelia zu sehr genähert? Waren ihre Küsse nur harmlos gedacht?

Oder rührten die Kopfschmerzen von der beruflichen Situation? Gundas Mann, der im Bundestag arbeitet, meinte, er könne sich mich sehr gut als Redenschreiber vorstellen. Die Politiker bräuchten Menschen wie mich: eloquent, rhetorisch geschult, um Pointen wissend. Nur, ich konnte ja schlecht zur Kanzlerin gehen und sie bitten, ab sofort ihre drögen Reden aufzupeppen.

Würde ich das denn wollen? Welche Partei würde mir wirklich liegen? Mir würde es extrem widerstreben, politische Phrasen gegen meine Überzeugung zu formulieren.

Aber als Moderator hatte ich es ja im Grunde nicht anders gemacht ... Ich sagte begeistert Volksmusikanten an, deren Kunst in keiner Weise meinem Kunstverständnis entsprach. Sportler wurden von mir hofiert, obwohl mich ihre Wettkämpfe und Spiele nicht die Bohne interessierten. Auch hatte ich schnell gelernt, dass ein Foto neben einem Fußballer von Rang mein Ansehen hob. Aus demselben Grund sah man die Kanzlerin bei Fußball-WM und -EM jubeln. Wahlkampfstrategen wissen genau, wo sie ihren Kandidaten platzieren, welche Bilder die Wahlentscheidungen unbewusst beeinflussen. Meine kleinen Moderationslügen blieben ohne Schaden für die Gesellschaft, aber wenn Politiker lügen ...

Gundas Mann war ein Widerspruch in sich: Kurze Haare, gescheitelt, Goldrandbrille, maßgefertigte Schuhe, von Adel, optisch der typische FDPler, stand er den Grünen nahe. Er fuhr einen sinnlos großen Geländewagen, machte sich aber für die erneuerbaren Energien stark. Er meinte, so wie er mich die Jahre über kennengelernt habe, würde ich mich gut als Partei- oder Regierungssprecher machen. Als Fernsehmoderator sei ich es schließlich gewohnt, auch den größten Mist noch positiv zu vermarkten. Wäre nur mein eigenes Image besser ...

Ich googelte mich durch diverse Seiten im Internet. Unter »Redenschreiber« gab es die skurrilsten Angebote. Ein Bewerber für Trauerreden hatte als Überschrift: »Will jemand erben, muss jemand sterben«. Andere gingen mit schlechten Reimen auf Kundenfang. »Wird Mutti achtzig, der Opa schon hundert, sind alle entzückt, wenn man mit unseren Texten anrückt.« Jeder kann sich seine Fest-Reden und peinlichen Jubiläen-Gedichte im Internet bestellen! Ob Firmenfeste, Feiern zur Verrentung, Goldene Hochzeiten, für jeden gab es Unpassendes im Überfluss. Selbst Testamente könnte man vorformulieren. Ein weites Betätigungsfeld tat sich mir auf.

Um es kurz zu machen: Ich versuchte es. Meine Internetseite brachte mir sechs Aufträge innerhalb von acht Monaten ein. Ein Kunde meldete sich zweimal, um sein Testament bösartig umschreiben zu lassen, um seine ungeliebten Verwandten bei der Testamentseröffnung zu demütigen. Meine zweite Rechnung erreichte ihn leider erst nach seinem Ableben.

Ich rief mehrere Zeitschriftenverlage an und erkundigte mich auch nach Möglichkeiten, als Austräger zu arbeiten. Das passiert zwischen 4 und 6 Uhr früh, da sieht einen ja keiner. Außerdem könnte mich Timo begleiten, der muss eh früh mal raus. Leider hatten alle gerade genügend Verteiler. Aber für den Handverkauf in den Kneipen und Restaurants am Vorabend würden immer noch redegewandte Verkäufer benötigt. Ich bedauerte, dass das bei mir nicht ginge, ich nicht gesehen werden dürfte, was auf der anderen Seite der Leitung Unbehagen auslöste. Man wolle nichts mit Leuten zu tun haben, die etwas zu verbergen hätten. Ich unterließ es, meinen besonderen Fall zu erklären.

Mein Bankberater war auch schon mal freundlicher. Missmutig erklärte er sich bereit, meine restlichen Papiere zu veräußern, auch wenn ich damit ein fettes Minus machen würde. (Die vierzehn Prozent Überziehungszinsen bei meinem Dispo wären auf Dauer noch tragischer.)

Allein der Gedanke an die Kosten des geschenkten Restaurantbesuches hemmte mich. Davon könnte ich sicher einen Monat lang essen. Ich spielte sogar mit dem Gedanken, mir den Gutschein auszahlen zu lassen, aber die Möglichkeit war zum Glück nicht vorgesehen.

Cornelia und ich verabredeten uns für den nächsten Freitag. Seit meinem Geburtstag hatten wir nur zweimal telefoniert, uns nicht mehr gesehen. Beim Abholen schien sie auch etwas nervös zu sein. Uns beiden war bewusst, dass wir die Einladung nicht unbedacht erhielten, man von uns auch Resultate erwartete. Frederik meinte es nur gut, aber wir schmeckten die Kuppelei dahinter.

Wir karrten Ricardo und Kevin zu Frederik, wo sich auch Carsten mit Mann zu einem Spielabend einfanden. Mein Kofferraum war voll mit Spielzeug, denn Ricardo und Kevin konnten sich partout nicht entscheiden, was sie spielen wollten. Amüsiert sah ich den Fußball und stellte mir vor, wie in der gestylten Wohnung Frederiks gebolzt würde. Ich werde sein Gesicht bei der Anlieferung von Menschen und Utensilien nicht vergessen. Es sah ein wenig nach Umzug aus.

Cornelia sah chic aus. Auf ihrem leichten Kleid prangten Blüten, in einem ähnlichen Farbton wie ihre Haare. Natürlich machte ich ihr ernst gemeinte Komplimente. Aber im Auto kam kein rechtes Gespräch auf. Wir waren beide befangen.

Im *Chez Richard* löste unser Gutschein nicht wirklich Begeisterung aus. Und als ich zu keinem Aperitif zu bewegen war, auch zum Essen keinen Wein bestellte, flaute das Interesse an uns weiter deutlich ab. Ich überließ es Cornelia, Getränke für sich selbst zu ordern, aber auch sie war mit einem Glas Prosecco zufrieden. Beim Essen gönnten wir uns was, ohne auf den Preis zu achten. Cornelia erhielt eh eine Speisekarte ohne Preise. Suppe, Salat, Hauptgang und Dessert. Ich wusste ja um die Unüppigkeit der Gerichte auf den Tellern. Das Ganze war sicher nicht preiswert, aber seinen Preis wert, wenn man gestärkte Servietten mochte, einen Kamin genießen konnte, auch wenn für diesen an einem warmen Tag die Klimaanlage auf Hochtouren lief.

Unser Gespräch blieb eigenartig belanglos. Klar, tauschten wir uns über den Geschmack der Speisen aus, kosteten beim anderen, ich hörte mir die neuesten Streiche der Kinder an, erfuhr, dass Masern in der Schule umgingen, dass Cornelia nach einem Werbecasting auf eine Zusage hoffte, und ich berichtete, dass ich kein Zeitungsausträger würde.

Erst bei der Crème Brulée ließ Cornelia die Katze aus dem Sack. Sie würde mit dem Vater ihrer Kinder die kommende Woche Zelten fahren. Für die Jungs sei es extrem wichtig, die ganze Familie um sich zu haben, und als das Angebot von seiner Seite kam, hätte sie sofort zugesagt. Ich verschluckte mich fast.

»Wie schön!«, log ich. Doch mein Gesichtsausdruck vertrieb automatisch jeden Kellner. Was sollte das? Da futterte Cornelia genüsslich mein Geburtstagsgeschenk auf, um sich hernach mit ihrem Ex zu vergnügen! Und das natürlich nur zum Wohle der Kinder. Hätte ich nicht erwarten können, dass sie mich rechtzeitig über diese abwegigen Absichten informiert? Ich erinnerte mich sofort an ein beliebtes Thema in der *On-Air-Show*: »Sex mit dem Ex!«

Um meine Laune endgültig in den Keller zu schicken, berichtete sie mir von einem Telefonat mit Hamburg. Suzanne hatte sie gefragt, wie sie mir die Zwillinge beichten solle, darauf hatte sie geantwortet, das sei nicht mehr nötig. Daraufhin kam es zu Spannungen zwischen den beiden. Suzanne hatte Cornelia in Verdacht, geplaudert zu haben. Cornelia wollte mich und TORSA nicht verraten, aber auch nicht vor ihrer Freundin als unzuverlässig geschwätzig dastehen. Ich könne ja Kollegen aus Hamburg vorschieben, von denen ich es erfahren hätte.

»Immer, wenn ich eine Frau mag, dann hat sie zwei Kinder von 'nem anderen ... Daran muss ich mich wohl gewöhnen.« Selten wurde eine Art Liebeserklärung so missmutig vorgetragen.

»Ja, die Kinder«, antwortete sie wenig konkret.

Der Abend hätte so schön werden sollen.

Die den Gutscheinbetrag übersteigende, mir verbleibende Rechnung – Cornelia wollte die Hälfte zahlen, was ich natürlich zu verhindern wusste – war exorbitant. Musste ich alle unbesetzten Plätze mitfinanzieren? Ja, ich sparte am Trinkgeld.

Als ich Cornelia und die Kinder (die erstaunlich artig gewesen sein sollten) zu Hause absetzte, blieb kein Raum für körperliche Nähe. Ricardo sprudelte nur so von Erzählfreude, wie er das Gänsespiel gewonnen hatte. Gegen alle Erwachsenen! Und Kevin zeigte seine Vorfreude aufs Zelten, die ich ihm nicht nehmen wollte.

Zu Hause angekommen, klingelte schon das Telefon, ich hoffte, Cornelia würde sich noch mal melden, aber es war Frederik, der wissen wollte, wie es gelaufen war. Ich fasste es sarkastisch zusammen: »Wir haben sie noch mal fürs Zelten mit dem Ex aufgepäppelt, wahrscheinlich schlafen sie dann zum Wohle der Kinder miteinander.«

Nach einer Pause wurde Frederik konkret: »Liebst du sie?«

Es dauerte eine Weile, in der er mich nur atmen hörte.

»Jein.«

»Jein?«

»Jein! Ich mag sie, sie ist mir vertraut, wir haben beruflichen Gesprächsstoff, und die beiden Jungs sind mir erstaunlicherweise ans Herz gewachsen.«

»Wieso erstaunlich? Carsten und Ralf würden die beiden sofort adoptieren. Sind doch zwei aufgeweckte nette Burschen!«

»Erstaunlich für eine Gurke, die ihretwegen Karottenpüree von der Wand kratzen musste ...«

Zum ersten Mal musste ich meine Gefühlswelt zu Cornelia wirklich durchdenken, in Worte fassen.

»Weißt du, sie tut mir gut. Vielleicht auch, weil sie ein Beispiel dafür ist, dass es in meinem Beruf nicht nur die Glücklichen gibt, sondern auch die hart um jeden Job Kämpfenden, die wirklich mehr Anerkennung verdient hätten. Ich muss mich vor ihr nicht verstellen. Sie ist aufmerksam, ich mag ihr Lächeln, ihre Sommersprossen und mittlerweile auch ihre Sorgenfalte. Wir haben uns noch nicht mal richtig geküsst ... Vielleicht ist das ja auch der Reiz. Man benimmt sich schüchtern wie beim ersten Mal, springt nicht gleich in die Kiste. Dafür kennen wir uns auch schon zu lange. Früher wäre ich nicht mal auf die Idee gekommen, sie sexuell zu taxieren, heute komme ich mir dabei etwas schäbig vor. Kann es das geben? Liebe auf den zweitausendsten Blick?«

Frederik sang: »Tausendmal berührt, tausendmal ist nichts passiert ...«

»Ich frage mich, ob ich sie nicht nur als Verbindung zu Suzanne ausnutze. Ist das meine Rache? Ätsch, sieh her, ich kann jede haben, die ich will, selbst deine ach so gute Freundin!«

Frederik hakte erneut nach: »Liebst du sie?«

»Wie kann ich das wissen? Es stört mich, dass sie mit ihrem Horst in den Schlafsack steigt, aber warum tut es das?«

»Wobei ja noch nicht mal gesagt ist, dass sie in denselben Schlafsack steigen!«

»Ja, vielleicht treiben sie es auch *auf* demselben! Ich schäme mich, aber ich kann ihr nicht aus vollem Herzen eine gute Reise wünschen. Aber ich habe auch gar nicht das Recht, ihr Vorhaltungen zu machen. Hallo? Wir sind gute Freunde, deren geschlossene Lippen sich mal etwas länger berührten. Da war ich mit dir schon intimer!«

»Oh, dann ist bei euch wirklich noch nichts gelaufen? Ich dachte ... na ja ... für uns sah es so aus ...«

»Für euch?«

»Alle auf deinem Geburtstag dachten ... ach, ist ja auch egal.«

Anschließend lenkte er das Gespräch blitzschnell in die falsche Richtung: »Was macht der Job?«

Man muss auch nicht jeden Abend beglückt einschlafen!

19

Meine Stimmungslage befand sich in der Entscheidungsphase: Was sprach eigentlich gegen Selbstmord?

Ein Anruf rettete mich aus diesen trübsinnigen Gedanken. Gunda wollte mit beglückter Stimme wissen, ob sie meine Kontaktdaten an einen ehemaligen Mitschüler von uns geben dürfe, der sie über Facebook ausfindig gemacht hatte und wissen wollte, ob sie vielleicht Kontakt zu mir hätte. Ich müsste mich doch an den dicken Jens-Dieter erinnern: »Den Pullunderjungen!«

Tatsächlich stellte sich ein Bild eines feisten, immer mampfenden, weißhäutigen Jungen mit Hochwasserhosen ein. Und genau dieser Jens-Dieter benötigte einen Moderator für ein Vereinsjubiläum.

»Ein Sportverein wird das schon nicht sein«, gluckste Gunda.

»Briefmarkensammler?«

»Skatbrüder?«

Wir lästerten, und trotzdem gab ich mein Okay. Immerhin wollte er mir etwas anbieten, das musste ich mir zumindest anhören.

Jens-Dieter meldete sich schon nächsten Nachmittag. Seine Stimme klang erstaunlich tief, nur das Schnaufen – er eilte beim Gespräch gerade zu einem Kunden – passte zu meinem Erinnerungsbild. Er duzte mich, als wäre es das Selbstverständlichste von der Welt, dabei hatte ich nie mehr als zehn Worte mit ihm gewechselt. Wir wohnten halt als Kinder im selben Häuserblock. Nur einmal spielten wir miteinander Verstecken. Jens-Dieter kam dabei auf die blöde Idee, in eine Mülltonne zu steigen. Zuerst war er stolz auf sein tolles Versteck, aber nach zwei Stunden muss er unruhig geworden sein. Wir hatten die Suche nach ihm längst aufgegeben, waren bei Anbruch der Dunkelheit nach Hause gegangen. Als ein mit Unrat beklebter, stinkender Jens-Dieter verspätet sein Elternhaus erreichte, bekam er von seinen besorgten Erziehungsberechtigten erst mal eine gescheuert. Am selben Abend wurden sie bei den Eltern von uns anderen Kindern vorstellig und verbaten jeden weiteren Kontakt.

Und genau dieser Jens-Dieter suchte nun den Kontakt zu mir und wollte mich als Moderator. Sein Imker-Verein feierte fünfundzwanzigjähriges Bestehen. Er, als Vereinsvorsitzender, und seine Gattin seien für das Abendprogramm zuständig. Man wolle den Mitgliedern etwas bieten. Ihm schwebte ein Bühnenprogramm der Extraklasse vor. Den Agenten von Karel Gott hatte er auch schon angeschrieben, schließlich singe der ja die inoffizielle Imkerhymne »Biene Maja«. Aber natürlich würde sich auch der Schützenverein der Stadt, er wohnte mittlerweile in Heppenheim an der Bergstraße, beteiligen. Und der schulische Tanzchor seiner Tochter. Und weitere Höhepunkte wollte er erst verraten, wenn er die Verträge vorliegen hätte. Mir sei ja wohl bekannt, dass der Rennfahrer Sebastian Vettel aus seinem Ort stamme, bemerkte er vielsagend. Es würde auf jeden Fall ein äußerst unterhaltsamer Abend werden, der von einem Profi angemessen präsentiert werden sollte.

Ich tat bescheiden geschmeichelt und erkundigte mich nach Datum und monetären Möglichkeiten. Jens-Dieter war erst vor einer Woche, nach Streitigkeiten, zum neuen Vorsitzenden gewählt worden und wollte nun alle Skeptiker von sich überzeugen. Daher würde er auch eigenes Kapital in die Hand nehmen, wenn ich als alter Bekannter, sozusagen Freund aus Kindertagen, mit fünfhundert Euro einverstanden wäre, könnte er ohne Bedenken sofort einschlagen. Natürlich sei für meine Unterkunft gesorgt, man würde mich auch vom Bahnhof abholen. Essen und Trinken wären natürlich gratis. Der Termin sei aber schon in drei Wochen.

Was soll man dazu sagen? – Nein, bloß nicht! Nicht für den

Pullunderjungen! In mir klingelten alle Warnglocken. Aber in meiner Lage? Vielleicht doch ein bescheidenes, leises »ja«?

Ich erbat mir Bedenkzeit, müsse erst sehen, wie sich der Termin mit meinen anderen Verpflichtungen vertrüge. Ich versprach einen baldigen Rückruf und legte entgeistert den Hörer auf.

Wieder stand mir ein durchgrübeltes Wochenende bevor. Viermal hob ich den Hörer, viermal ließ ich ihn wieder sinken. Dann, am Sonntag, rief ich doch bei Suzanne an. Baumann ging ran: »Peter Sander, guten Tag, ist es möglich, Suzanne zu sprechen?«

Er ließ mir meine Förmlichkeit und holte meine Ex ans Telefon.

Lag es an seinem Beisein, an den Zwillingen, die sie mir verheimlicht hatte, oder bildete ich mir es nur ein, dass auch sie angespannt wirkte, als sie sagte: »Peter! Dass du dich mal wieder meldest, wie schön!«

Warum lange drumrum reden?

»Ich weiß von den Zwillingen. Ja, Cornelia hat es mir bestätigt, aber auch nur, weil ich sie darauf ansprach, ob du wirklich schwanger bist. Frauen können das ja nur sehr selten verbergen, außer sie haben von Haus aus die Figur von Hella von Sinnen ... Und da du in Hamburg ja auch mal auf die Straße gehst ... Zufälle gibt's ... na ja. Also, Cornelia trifft keine Schuld, wollte ich nur sagen.«

...

»Hallo? Bist du noch da?«

Sie sprach sehr leise. »Ja. Wir bekommen Zwillinge. Ein Geschenk des Himmels. Eigentlich hättest du es vor allen anderen erfahren sollen.«

»Solange die Kinder nicht von mir sind, hattest du gar keinen Grund dazu. Mach dir deshalb keinen Kopf!«

Sie atmete tief ein: »Und, Flaatsch? Unternehmt ihr viel? Du und Connie?«

»Es geht so. Nächste Woche ist sie erst mal mit ...«, ich hörte mich etwas angeekelt an »... ihrem Horst unterwegs.«

»Haben die beiden sich wieder vertragen? Ach, das wäre so schön.«

Ungläubig hörte ich dieselben Worte aus meinem Munde kommen: »Ja, das wäre so schön!«

»Wie gut, dass du angerufen hast. Ende nächsten Monat ist doch das Sommerfest beim Bundespräsidenten im Schlossgarten Bellevue. Sehen wir uns da?«

»Tut mir leid, ich hab keine Einladung bekommen.«

Mike und ich haben jeder eine. Möchtest du nicht mit Connie dabei sein? Dann trägt jeder einen als Begleiter ein, und wir vier könnten ganz unbeschwert mal einen Abend verbringen.«

Unbeschwert? Wie gefühlskalt war das denn? Unbeschwert? Erst Connie und ihr Horst, dazu noch Mikes Zwillinge im Bauch meiner großen Liebe, der Fremdzehenlutscherin! Wenn ich diesen Abend unbeschwert überstehen wollte, wäre das meine schauspielerische Bestleistung. Unter den Augen der Weltöffentlichkeit! (Okay, nur unter den Augen der deutschen Hyänenpresse.)

»Wann ist das genau?«

»Am 28.«

»Was ist das für ein Tag?«

»Freitag, wie jedes Jahr ... Sag ›ja‹. Mike würde sich auch darauf freuen, meine besten Freunde besser kennenzulernen!«

Was für eine Begründung! Nichts konnte mich mehr locken!

»Freitag, sagtest du, am 28.?«

»Also ›ja‹! Das wird unser Abend! Ich werde das erste Mal in der Öffentlichkeit meinen Bauch präsentieren. Du hast ja keine Ahnung, wie schnell der wächst. Apropros Bauch, hast du eigentlich abgenommen? Das wolltest du doch?«

»Ich ... ich«, stotterte ich, »ich hatte in letzter Zeit so viel anderes zu tun.«

»Also abgemacht! Am 28. in Berlin!«

Ich hoffte inständig, der Präsident würde bis dahin mal wieder zurücktreten. Wie sollte ich mich Mike vorteilhaft präsentieren, ohne beruflich irgendetwas vorweisen zu können? Jetzt bloß kein Aktionismus!

Am Montag telefonierte ich alle Synchronstudios ab, meldete mich bei der gerade erst besuchten staatlichen Kleinkünstlervermittlung.

Die Dame mit den abgeknabberten Fingernägeln erschien mir etwas genervt: »Das Einzige, was wir auf dem Tisch haben, ist die Eröffnung eines Outlet-Centers in Brieselang«, kaute sie. »Da suchen die noch Feuerschlucker, einen Disc-Jockey mit eigener Anlage, jemanden mit 'ner Hüpfburg, einen Clown, der Ballontiere formt, und Jongleure. Oder eine Tiernummer. Trifft davon etwas auf Sie zu?« Ich hörte, wie sie ein Stück Ihres Fingernagels ausspuckte. »Wenn es so dringend ist, dann kann ich Ihnen ja mal die Adresse geben. Vielleicht brauchen die noch jemanden für die Zuckerwattemaschine ...«

Ich verzichtete.

Am Schreibtisch kamen mir partout keine neuen Ideen mehr für Fernsehformate. Vielleicht sollte ich mir keine Show, sondern eine Traumrolle auf den fülligen Leib schreiben.

Seit einem Tag aß ich weniger. Selbst Eis verweigerte ich meinem lechzenden Körper. Die blöde Waage brachte noch keine Erfolgserlebnisse. Hatte sie gestöhnt, als ich sie gleich nach dem Telefonat mit Suzanne bestieg?

Nachts träumte ich davon, wie sie mich anschrie: »Bitte nur einzeln draufstellen!«

Sollte ich mir die Rolle kreieren, um eine Ausrede für meine Fülligkeit zu haben? Oder die Rolle eines übergewichtigen Damenmörders? Es wird ja gerne nach Image besetzt ... Oder sollte ich einen pummeligen Sympathieträger aus mir machen, den alle wieder lieben mussten?

Es ist gar nicht so leicht, leeres Papier zu füllen.

Um mich abzulenken, ging ich zum Briefkasten. Ein Brief von Helge! Zitternd öffnete ich ihn noch im Fahrstuhl. Er erklärte mir in knappen Sätzen, dass er leider nichts mehr für mich tun könne und unseren Vertrag kündige. Anfragen würde er selbstverständlich an mich weiterleiten, auch gerne die Verhandlungen für mich übernehmen, aber derzeit sehe er keine Möglichkeit mehr, mich Erfolg versprechend anzubieten. Für meine Zukunft wünsche er mir alles erdenklich Gute.

Paralysiert ging ich zurück zum Schreibtisch und erfand die Spielshow: »Dick gegen Dünn!« Die Kandidaten müssten sich verschiedenen Aufgaben stellen, wobei die Dicken sicher besser im Gewichtheben sein würden, die Dünnen besser im Durch-Röhren-Kriechen. Prominente sollten darauf setzen, wer die nächste Spielrunde gewänne. Ich fand mich genial. Auch als Moderator geeignet. Als Mittelding zwischen dünn und ganz dick! Sofort mailte ich Helge die Idee, ohne auf sein Schreiben einzugehen. Ich musste ja noch nicht am Briefkasten gewesen sein.

Er mailte schnell retour: »Finde ich persönlich nicht so prickelnd. Biete du es selbst den Sendern an. Mehr als absagen können sie nicht. Du hast Post von mir.«

Dieser Feigling! Hätte er nicht wenigstens mit mir sprechen können? – Nein, ich wurde per Post aussortiert. Sollte ich ihm mailen, bei mir sei noch keine Post da, ich käme mal vorbei? Würde er mich verlogen abwimmeln? Besprechungen vorschieben?

Ich könnte auch mit einer Flasche edelsten Whiskeys bei ihm aufschlagen und ihm für die gute gemeinsame Zeit danken. Wie beschämend müsste das für ihn sein!

Wie betäubt saß ich vor den Scherben meiner Karriere. Wenn nicht einmal der Agent noch an dich glaubt! Das Stechen in meiner Brust war nur noch mit Eis zu betäuben! Dabei hatte ich schon fast einen ganzen Tag durchgehalten. Timo legte sich mir zu Füßen. Er spürte die misslichen Schwingungen im Raum.

Mit wem sollte ich reden? Cornelia und Suzanne fielen weg. Ich rief meine Mutter an. Daran merkt man, wie verzweifelt ich war. Sie beklagte als Erstes, dass mein Anruf zur Essenszeit einging, was denn so dringend sei, dass ich nicht zu einer zivilisierten Zeit anrufen konnte? Ich log ihr etwas von einer Vision vor, dass sie sich beim Essen eine Lebensmittelvergiftung zuzöge, und entließ sie an ihren Mittagstisch. Ob sie nun überhaupt einen Bissen herunterbringen würde?

Dann fuhr ich doch zu Helge, mit der teuersten Flasche Whiskey, die ich auftreiben konnte. Als er die Tür öffnete, drückte ich sie ihm in die Hand: »Mit bestem Dank für alles!« und machte sofort kehrt. Im Rückspiegel sah ich ihn, mir verwundert nachsehen. Wenn ich schon untergehe, dann erhobenen Hauptes. Anders kann sich die Kapelle auf der Titanic auch nicht gefühlt haben.

Ich sagte mir ganz laut: »Ein Peter Sander gibt nicht auf!« und betrachtete mein Spiegelbild in einem Löffel. Dann tauchte ich ihn in eine Eispackung und nahm mir vor: Dies würden meine letzten vier Packungen Bourbon-Vanille sein.

20

»Jensch-Dieda, dei Jugendfreund isch dra!«, rief Jens-Dieters Frau in breitestem Hessisch, nachdem ich mich am Telefon gemeldet hatte. Sie reichte den Hörer weiter, dann vernahm ich seine flehentliche Stimme: »Peter, gut, dass du anrufst. Lass du mich nicht auch noch im Stich!«

»Aber nein ...«, stammelte ich. Dabei hatte ich genau das vorgehabt.

»Karel Gott hat abgesagt, die Schützen spielen an dem Abend schon in Bensheim auf, und meine Tochter hat den Tanzchor verlassen!«, ertönte es weinerlich. Im Hintergrund fragte seine Frau immer wieder enervierend: »Und ...?«

Vor meinen Augen sah ich einen dicken Jungen in der Hausmülltonne stecken, der sich nicht einmal traute, den Deckel auch nur ein Stück zu lupfen.

Ich sagte mein Kommen zu.

Augenblicklich wurde seine schnaufende Stimme fester, er hätte immer gewusst, auf mich könne er zählen. Wir würden es seinen Vereinskameraden schon zeigen!

Keine drei Wochen später stieg ich in Heppenheim aus dem Zug. Ich war der einzige Fahrgast, der hier seine Reise beendete. Auf dem Bahnhof stand ein dicklicher, schnaufender Mann in einem gelb-braun-gestreiften Pullunder, der sich mit dem Taschentuch Schweiß von der Stirn wischte. Ich ging schnurstracks auf ihn zu: »Hallo, Jens-Dieter!«

»Du hast mich nach all den Jahren sofort erkannt?«

»Klar doch!«, sagte ich zu dem einzigen Menschen weit und

breit. »Du hast dich kein bisschen verändert«. Er nahm das als Kompliment.

In seinem Kombi fuhren wir durch verwinkelte Gässchen zu seinem Reihenhaus. In dessen Vorgarten standen zwei Gartenzwerge in Imker-Montur. Jens-Dieters Frau hatte dieselben üppigen Formen wie er. Unweigerlich malte ich mir ihre gemeinsame Tochter aus.

Seine Gattin drückte meine Hand und schüttelte diese erbarmungslos. Dabei geriet ihr gesamter Körper in wabbelnde Schwingungen. Welche Ehre, in ihrem Haus, einer vom Fernsehen, sie hätte alle Sendungen gesehen, bis auf die letzte, da kenne sie nur Ausschnitte. Während ihres Redeschwalles wurde mir stolz das Eigenheim präsentiert. Schrankwand Eiche rustikal, Zinnteller und Bierkrüge an den Wänden und Unmengen an Zierrat, der sich mit Bienen und Honig auseinandersetzte. An einer Wand liefen Metallbienen hoch, daneben hingen gedrechselte Honiglöffel. Es gab Sammlungen an Honigfässchen und Bienenkörben aus Strohgeflecht, sowie ein Regal mit Honiggläsern aus aller Welt. In einer Schale lagen Honigbonbons, und der Duft von Bienenwachs erfüllte den Raum. Auf dem gefliesten Couchtisch lag ein Stapel der Postille *Der fröhliche Imker*. Nachdem ich alles »begeistert« besichtigt hatte, kam Jens-Dieters Frau auf die Idee, ich sei sicher fertig von der langen Reise, wolle mich vielleicht erst mal eine Weile ausruhen.

Ich verneinte, bat trotzdem darum, schon mal ins Hotel gebracht zu werden, damit ich mich auf den Abend vorbereiten könne.

Nun lachten beide herzlich. Es komme überhaupt nicht in Frage, dass ich in einem Hotel absteige, sie hätten schon das Jugendzimmer ihrer Tochter Sabine (nein, nicht Sa-Biene) für mich hergerichtet. Da Jens-Dieter mein Gepäck schon in den ersten Stock hievte, traute ich mich nicht zu widersprechen. Man verfrachtete mich in ein Jungmädchenzimmer mit Pferdepostern, Bildern von Lady Gaga an den Wänden und Bienchen-Biberbettwäsche. Der Schreibtisch war ordentlich für mich geräumt. In diesem Zimmer gab es ungefähr einen Quadratmeter, wo ich meinen Kopf nicht wegen der Dachschrägen einziehen musste, sondern wegen der tief hängenden Lampe.

Der Ablaufplan sei noch in der Mache, erklärte Jens-Dieter, man warte noch auf einige Programmpunkte. Nur so viel sei schon verraten: Der Gesangsstar des Abends sei Gunter Gabriel.

Ich erinnerte mich daran, dass wir in der Sendung mal über ihn berichtet hatten: Er hatte all sein Geld verjubelt und Schulden ohne Ende, war aber dabei, sich selbst aus dem Dreck zu ziehen, und bot an, auch bei jedem Privatfest zu spielen, für nur tausend Euro am Abend. (Also doppelt so viel, wie man mir hier zahlen wollte.)

Gabriel sei aber mit dem eigenen Wohnmobil unterwegs und telefonisch gerade nicht erreichbar. Wahrscheinlich ein Funkloch. Sie würden es weiter probieren, das müsse ja nicht meine Sorge sein.

Ich packte meinen besten Anzug aus, der schon einige Falten bekommen hatte, mir aber unter Dampf aufgebügelt wurde, und dann ließ man mich endlich für einen Moment allein. Ich saß auf dem Bettrand und tat mir unendlich leid. Mein Blick fiel auf Lady Gaga. War es Einbildung, oder war ihr Blick wirklich spöttisch?

Da klopfte schon wieder die Frau des Hauses an und öffnete, ohne hereingebeten worden zu sein, die Tür. Das Essen stehe bereits auf dem Tisch, eine kleine Stärkung tue mir doch sicher gut. Sie hatte Pellkartoffeln mit Frankfurter grüner Soße aufgetischt, dazu Äppelwoi aus dem Tetrapack. Nach meiner mehrmaligen Beteuerung, wirklich keinen Alkohol zu trinken, leerte Jens-Dieter die Packung alleine.

Das hielt ihn aber nicht davon ab, kurz danach hinterm Steuer Platz zu nehmen, um mit mir zu seinen Bienenvölkern zu fahren, denn ich hatte unvernünftigerweise erwähnt, dass ich mir nicht auszumalen vermochte, wie es in einem Bienenstock zugehe. Bei seiner Imkerehre gepackt, durfte ich mir keine Widerrede erlauben und wurde in die Nähe eines Waldrandes kutschiert.

Ich gab meine berechtigte Angst vor den stechenden Massen kund, aber er hatte an alles gedacht und hielt mir einen Imkeranzug hin. Ich muss verdutzt geguckt haben, denn er versuchte, mich zu beruhigen. Der Anzug sei gewaschen, den trage er sonst. Ich solle ihn einfach überziehen. So stieg ich in den weißen Overall. Er zwickte im Schritt, hatte Hochwasser, war dafür in der Bauchregion ausgeleiert. Mit zwei Einweck-Gummis schnürte Jens-Dieter die Bein-Enden zu.

Er erklärte mir, dass die Anzüge immer weiß seien, da Bienen in dunklen, gar flauschigen Stoffen immer Feinde witterten, Bären vor allem. Meinen Kopf schützte er mit dem typischen Imkerhut mit Schleier. Er selbst hielt einen Smoker in der Hand, dessen Rauch mittels eines ledernen Blasebalgs an der Seite angefacht wird. Befeuert wurde der silbrige Behälter mit einer speziellen Tabakfüllung: einer Mischung aus Grasschnitt und Holzspänen mit Obstresten.

Es nötigte mir einigen Respekt ab zu sehen, wie Jens-Dieter ohne Handschuhe an die Wabenkästen ging. Mit dem Rauch schreckte er die Bienen auf, die ihren Bau verließen. Er öffnete die Seitentür und ergriff eins von mehreren Rähmchen, zog es nach draußen. Mit einem kleinen, weichen Besen reinigte er diesen von Bienen und erklärte mir, wie ein Bienenvolk lebt und wie man Honig schleudert. Das war nicht uninteressant, und hätte ich auch den Schleier um meinem Kopf mit Gummibändern fixiert, hätte ich auch weiter zuhören können. So aber verflog sich ein besonders riesiges Exemplar der brummenden Bienen und versetzte mich in schiere Panik. Ich wedelte sinnlos mit meinen Händen, rannte mitsamt Biene unter dem Hut davon. Panisch riss ich am Schleier, sodass dieser vor dem Gesicht zerfetzte und sich weitere summende Ungeheuer auf meinem Konterfei niederließen. Jens-Dieter hatte gut reden! Ich solle einfach still halten. Ich rüttelte panisch an seiner Autotür. Der schnaufende kleine Mann hinter mir konnte sich ein Lachen nicht verkneifen, als ich schlussendlich in voller Imkermontur in seinem Kombi saß.

Seine schwitzenden Finger entfernten mir drei Stachel aus meinem Gesicht, das augenblicklich anschwoll. Seine Frau drückte mir später Zwiebelhälften in die Hand, die ich auf die Einstichstellen zu drücken hatte. Das sollte den Schmerz lindern, sorgte aber nur für einen unangenehmen Geruch, der mir den ganzen Abend nicht mehr aus der Nase gehen sollte.

Normalerweise hätte ich mich in so einem optischen Zustand nicht auf eine Bühne gewagt, aber Jens-Dieter lachte nur: »Dafür hat jeder Imker Verständnis!« Die Stiche würden mich als einen der ihren auszeichnen, das sei für den Abend nur ein Gewinn. (Hatte er die Biester etwa absichtlich auf mich gehetzt?)

Zerstochen, mit meinem Anzug über dem Arm, wurde ich zum Hotel-Gasthof *Zur alten Post* kutschiert. Dort gab es eine kleine Bühne, sogar mit Vorhang, und einen dicht bestuhlten Saal für etwa hundertfünfzig Personen.

Die Bühne war mit vier verchromten Stühlen mit schwarzer Sitzfläche bestückt. Dazu gab es ein Stehpult mit kleiner Leselampe. An dem Pult hatte man ein Mikrofon angebracht. Ich bemängelte das funzelige Licht, aber da beruhigte man mich, man würde natürlich die Neonröhren auf der Bühne dazuschalten, sobald das Geschehen losgehe. Scheinwerfer hatte man sich gespart: »Wo du bist, scheint doch die Sonne, oder?«, knurrte Jens-Dieter.

Eine spitznasige Frau mit verkniffenem Gesichtsausdruck und einer schmalen dunklen Brille gesellte sich zu uns. Wenigstens sie erinnerte mich nicht an eine Biene – eher an eine Hornisse. Sie stellte sich vor und gab mir einen Packen von ungefähr fünfzig Seiten Papier in die Hand. Das seien alle Infos zu den Gästen, aber auch die Reden, die gehalten würden. Ich hätte ja noch zwei Stunden, um mich damit vertraut zu machen. Ich sei ja Profi!

Kurz darauf wurde ich an einen Tisch gezerrt, um die Reihenfolge abzustimmen. Erst würde Jens-Dieter mit seiner Gattin die Bühne erklimmen, eine Begrüßungsrede halten, mich dabei vorstellen (ich könne ja neben der Bühne so lange ausharren), und dann sollte ich die nächsten Gäste ansagen. Erst käme die Hornisse dran, sie würde als Schatzmeisterin des Vereins sprechen, dann sollte ich ein paar Grußworte anderer Imker-Vereinigungen vorlesen, wobei zwei befreundete Vereinsvorsitzende persönlich das Wort erheben wollten. Auf meinen Einwand, die Grußworte bestünden alle nur aus Standardformulierungen, man könne sie daher hervorragend zusammenfassen, wurde ich streng eines Besseren belehrt. Aber man beruhigte mich, gleich danach werde es eine musikalische Auflockerung geben. Der Enkel der Hornisse hätte sich bereit erklärt, den Hummelflug von Rimsij-Korsakov auf seiner Geige zu spielen. Dafür hätte ich ihm zu danken und eine Biene an einer Kordelschnur um seinen Hals zu hängen, den Bienenbandorden des Vereins.

Dann folge ein sehr interessanter Festvortrag. Die nächste Ordensvergabe.

Anschließend käme von der örtlichen Hauptschule ein Rap. Mehr wisse man noch nicht, die Namen der Mitwirkenden könnten diese mir ja selber sagen. Wieder Orden.

Hernach hatte man sich eine Überraschung ausgedacht, mehr sei nicht verraten, da könne ich fragen, was ich wolle, und dann schlussendlich käme, so der Verkehr es zulasse, Gunter Gabriel mit einer halben Stunde Gitarrenmusik und dann Buffet. Andernfalls erst das Buffet und dann Gunter.

Gegen Mitternacht müsste ich dann nur noch die Tombola moderieren. Die Liste mit den Namen der Preisstifter, die auf der Bühne selbst die Gewinnlose ziehen durften, werde noch vervollständigt. Die für die Tombola zuständige Dame war jedoch kaum fassbar, wuselte durch den Raum. So stellte ich mir eine Arbeiterbiene vor: total fertig und doch schon wieder auf dem Sprung.

Ich suchte mir einen ruhigen Platz zum Einlesen in die Unterlagen. Sofort kam eine strenge Dame des Hotelpersonals auf mich zugeeilt und fuhr mich an: »Sie sind doch nicht Frau Schnörkeling-Tütersen?! Was machen Sie dann auf ihrem Platz? Sie können sich doch nicht einfach hinsetzen, wo Sie wollen!«

Sie zeigte unmissverständlich auf die Tischkarte vor mir. Meine Erwiderung, ich sei der Moderator des Abends, ließ sie kalt. Ihr sei egal, wer ich sei, sie wolle einfach keine Klagen von Frau Schnörkeling-Tütersen hören, dass ihr Platz so verknittert sei. Die Serviette hätte ich ja auch schon angefasst!

Ich verzog mich auf einen der Stühle auf der Bühne. Derweil wurde es vor dem Saal hörbar voller. Auch kein idealer Platz, um sich zu konzentrieren. Ich fragte die gestrenge Dame des Hauses, ob man wenigstens der Vorhang schließen könnte.

»Nein, da wird zu viel Staub aufgewirbelt, das kann man den Gästen nun wirklich nicht zumuten. Der Vorhang ist immer auf, das ist schon seit zwanzig Jahren so.«

Einen weiteren Raum hätte man auch nicht zur Verfügung, es sei auch keiner angemeldet worden. Wenn ich ein Zimmer benötigte, könnte ich ja eines gegen Vorkasse beziehen. Umziehen könnte ich mich doch auf der Hoteltoilette, erklärte mir Jens-Dieter, oder in seinem Auto. Daraufhin zog ich mich auf der Bühne um, mir doch egal, wer mich durch die Glastüren am Saaleingang beobachtete. Meine Alltagskleidung bat ich ins Auto zu bringen, was Jens-Dieter missmutig übernahm. Während er den Saal verließ, brummelte er: »Man muss doch auch mal ein wenig improvisieren können. Wozu hol ich mir sonst 'nen Profi!«

An einen Platz für mich im Saal hatte man nicht gedacht.

»Dein Platz ist doch die Bühne!«, sagte Jens-Dieter. Tja, während der anderen Auftritte ... da könnte ich doch auch auf der Bühne bleiben. »Stell dich einfach an den Rand, da fällste gar nicht weiter auf«, waren seine wegweisenden Worte.

Ich legte die fünfzig Seiten Text hinter den Vorhang, notierte mir nur die wichtigsten Namen, die Titel der Vereinsmitglieder und was mir ansonsten wichtig erschien. Praktischerweise hatte ich noch ein ganzes Paket Karteikarten mit dem Logo meiner früheren Sendung übrig. So kamen sie doch noch mal in Gebrauch.

Mit einem Schmunzeln nahm ich wahr, wie die Hornisse und Jens-Dieters Frau die Tischkärtchen vertauschten. Jemand von ganz vorne wurde so in die letzte Reihe verfrachtet.

Sowie die Türen zum Saal geöffnet wurden, strömten die Menschen herein. Die Mischung der Kleidungsstile war beeindruckend. Manch Abendkleid war darunter, das vor zwanzig Jahren sicher mal weit geschnitten war, nun aber die Körper umspannte. Irgendwann wird eh alles wieder modern, und die Heppenheimer hätten dann schon vorgesorgt. Die Männer hatten fast ausnahmslos Fliegen in Bienenform umgeschnallt, sicher eine Extraanfertigung für den Verein. Zur Ehre des Tages trugen manche die auch heute noch zu vergebenden Plastikorden.

Daneben saßen schmalbrüstige Alternativjünglinge, mit schütterem Vollbart, aber auch der typische Versicherungsvertreter, jemand in einer Uniform, die ich nicht zuzuordnen wusste; man sah das kleine Schwarze ebenso wie mir fremde Trachten. Das Äußere der Leute tat der Stimmung keinen Abbruch. Jeder sprach mit jedem, man suchte seinen Platz, hernach den Platz von Freunden und Bekannten, dabei wuselte und brummte der Saal. Das hatte was von einem aufgebrachten Bienenstock.

Um 20 Uhr sollte das Abendprogramm starten, aber um diese Uhrzeit saß kaum einer auf seinem Platz. Sekt wurde gereicht, was manche dazu veranlasste, schnell zu trinken, um möglichst viele Gläser abgreifen zu können. Die Stimmung stieg merklich.

Um zehn vor neun trat Jens-Dieter auf die Bühne, und der Raum, soeben noch in Teelichterglanz erstrahlt, wurde in beißendes Neonlicht getaucht. Der gesamte Saal, nicht nur die Bühne. Erschrocken wurde das Licht gelöscht, nun war es fast stockduster, also wieder Flutlicht. Schön war das nicht.

Jens-Dieter begrüßte sein Bienenvolk und die Freunde der bevölkerten Stämme an den Tischen neun und zehn (Abordnungen aus dem Westerwald und der Lüneburger Heide). Ich sah, wie ihm der Angstschweiß die Stirn herunter-, an seinen buschigen Augenbrauen seitlich ablief und das Hemd ab Kragen abwärts dunkel färbte.

Er begrüßte und begrüßte, hob lobend langjährige Weggefährten hervor, die es sich allesamt nicht nehmen ließen, aufzustehen und die Huldigungen des ganzen Saales entgegenzunehmen. Er dankte auch seinem Vorgänger für die vertrauensvolle Übergabe der Vereinsgeschäfte. Dieser blieb als Einziger sitzen, in der letzten Reihe übrigens.

Dann bat Jens-Dieter, seine Bienenkönigin zu begrüßen, die die letzten Tage unermüdlich mit am Buffet gebacken habe (Honigkuchen und Bienenstich). Seine Gattin betrat den Raum, in einem so geschmacklosen Gebilde an Abendkleid, dass man es für ausrangierte Übergardinen hätte halten können. Neben mir murmelte jemand: »Die hat doch ’n Ding an der Goldkante!«

Jens-Dieter schwitzte Bäche, seine Gattin kam kaum die Stufen zur Bühne hoch, da sie ihre Füße unter dem Kleid nicht sehen konnte. Aber sie hielt sich wacker. Oben angelangt, applaudierte Jens-Dieter euphorisch, aber eben auch nur er. Erst als er ihr ein Krönchen mit einer »25« aufsetzte, erbarmten sich einige Freunde und klatschten.

Der Abend könne nun richtig losgehen, mit einem Programm der Extraklasse, versprach der dicke Vorsitzende und besetzte nebst Gattin zwei Stühle auf der Bühne. Ich ahnte noch nicht, dass sie dort den Rest des Abends thronen würden. Aufmunternd sah er mich an.

Was blieb mir anderes übrig, als auch die Stufen zur Bühne zu erklimmen und mich selber vorzustellen. »Mir ist es eine große Ehre, heute Abend hier zu sein, in einem Raum voll so vieler dufter Bienen, dass man gar nicht weiß, wo man zuerst hinsehen soll. Mein Name ist Peter Sander und ich bin wirklich schwer beeindruckt von dem, was Sie alles in Ihrer Freizeit leisten. Wer sonst regiert schon nach getaner Arbeit über ganze Völker? Ich kenne Politiker, die machen das hauptberuflich und scheitern schon mit nur einem Volk!«

Man schmunzelte hier und da. Ein Handy klingelte. »Ja, ich weiß, Sie sind wichtig! Aber wollen wir uns nicht wenigstens für heute Abend mal von dem elektronischen Quälgeist trennen? Schalten Sie einfach mal ab!«, flachste ich.

Das Handy klingelte weiter.

Es war mein eigenes.

Ich fischte es aus der Hosentasche, innerlich im Boden versinkend. Da hörte es auf zu klingeln, zeigte mir nun den Namen der Anruferin: »Gunda«. (Sie wollte mir nur sagen, dass sie in Gedanken ganz fest bei mir wäre.)

»Ja«, lächelte ich in den Saal, »Sie haben meinen kleinen Wink mit dem Telefon verstanden!? Machen Sie es mir nach, und stellen wir die Telefone aus, ja?!«

Ich war der Einzige, der nun sichtbar sein Telefon ausschaltete.

»Wir alle freuen uns, dass sie da ist. Sie ist eine Frau« (oh Gott, wie heißt denn die Hornisse? Den Namen hatte ich vergessen und auf den Textseiten war der nicht vermerkt gewesen), »eine Frau ... was sag ich, die Frau, die Ihr Geld, liebe Vereinsmitglieder, wie keine andere verwaltet. Begrüßen Sie mit mir unsere ...«

Dabei forderte ich Jens-Dieter mit einer unmissverständlichen Geste auf, den Namen zu nennen: »Unsere Christine Plitschke«, sagte er stolz. Na also, man muss sich nur zu helfen wissen.

Die Hornisse stand unverständlicherweise ganz hinten im Saal und brauchte gefühlte zehn Minuten, bis sie auf der Bühne war. Der klägliche Applaus war längst verebbt, sie bedankte sich trotzdem dafür. Ich stellte mich an den Bühnenrand und musste versuchen, während die Hornisse unendliche Zahlenreihen ins Mikro hauchte, nicht einzuschlafen. Sie war im bürgerlichen Leben sicher Finanzbeamtin oder Politesse, niemand sonst wäre so um all die amtlich korrekten Formulierungen bemüht, die für Laien alles unverständlich macht. Am letzten Tisch wurde es unruhig, als eine Flasche umfiel. Irgendjemand rannte raus.

Was hätte man mit diesem Abend alles Schönes anfangen können?

Irgendwie schloss die Hornisse ihren Vortrag ohne ersichtliches Ende ab, und ich bedankte mich »für die reizenden Ausführungen der charmanten Hor... äh, Frau Platschke!«

»Plitschke, wenn ich bitten darf!«

Ich tat, als hätte ich das auch gesagt. »Christina, ich weiß!«

»Christine«, zischelte es aus mehreren Ecken.

»Lassen Sie sich von mir nicht weiter auf den Arm nehmen. Das war wirklich ein inspirierender Ausblick auf die Finanzkraft Ihres Vereines. Eine trockene Materie liebevoll aufbereitet. Ich verneige mich vor ...« Dabei hob ich die Stimme, in den Saal dirigierend, sodass mir alle vorsagten: »Christine Plitschke!«

Die Hornisse drückte ihre strenge Brille mit dem Zeigefinger in die richtige Position und setzte sich auf Bühnenstuhl Nummer drei.

»Ich kann die Maikel verstehen!«, raunte sie in meine Richtung.

»Liebe Gäste, nicht alle Ihre Freunde können heute anwesend sein, das würde ja auch das Hotel sprengen, ach was, den ganzen Ort, so habe ich die Ehre, Sie, liebe Vereinsmitglieder, wenigstens von ihnen zu grüßen.«

Ich hatte die Briefe vorher auf dem Pult gelagert, nun waren sie verschwunden. Ich sah sicher nicht sehr klug aus, als ich meiner Verwunderung Ausdruck verlieh.

»Die hat die Plitschke mitgehen lassen!«, amüsierte sich ein Gast.

Frau Plitschke fand das unerhört, stellte dann aber fest, dass sie tatsächlich alle Blätter auf dem Pult zusammengerafft hatte. Ich lachte sie an, sprach von gelungener Rache, scherzte: »So ist sie, unsere ... darf ich Christine zu Ihnen sagen?« Warum konnte ich mir ihren Nachnamen nicht merken? »Hornisse« wusste ich sofort.

Anschließend verlas ich die öden Grußschreiben möglichst jubelnd. »Von Imker zu Imker wünschen wir dreimal Hals- und Beinstich!«, war noch das Humorvollste daran. Man wünschte »immer volle Waben«, »Honig im Überfluss«, grüßte »die fleißigen Bienchen des Vereins« und sandte ein »betörendes Summen«. Das Wichtigste waren jeweils die Titel der Vereinsmeier, die unterzeichnet hatten. Diese hatte ich immer vollständig zu Gehör zu bringen.

Die beiden Abgesandten der Fremd-Imker stellten sich ungelenk ans Rednerpult und grüßten im Namen ihrer Vereine, luden den Vorsitzenden und seine dicke Königin zum Gegenbesuch ein und dankten für den schönen Abend, an den sich sicher noch viele lange erinnern würden.

Einige Zuhörer verließen den Saal.

Man tauschte gerührt Orden aus. Es hatte etwas von Karneval.

»Nach all den Reden steht Ihnen sicher nach einer kleinen Aufmunterung der Sinn. Wie mir versprochen wurde, können Sie sich nun auf ein musikalisches Fest für die Ohren freuen. Nur für Sie heute Abend spielt Paul Pluster auf seiner Geige ein Meisterwerk vom Rimsij-Korsakov: den Hummelflug. Gucken Sie dabei in die Augen von Christine, denn sie ist die stolze Oma des jungen Künstlers!«

Ein maximal achtjähriger Junge wurde mit seiner Kindergeige auf die Bühne geschoben, seine Mutter eilte ans Mikro, um darauf zu klopfen, prüfend, ob es auch angeschaltet sei, und mit rotem Gesicht zu stottern: »Da hat meine Mutter etwas durcheinandergebracht. Nicht den Hummelflug, sondern: ›Summ summ summ, Bienchen summ herum‹. Aber das ist auch sehr schön. Von August Heinrich Hoffmann von Fallersleben.« Und ohne Mikro: »Los, Paul!«

Dabei klatschte sie mit Mutterstolz in die Hände. (Sein Vater hatte sich mit einem Camcorder vor der Bühne aufgebaut.)

Paul spielte, und sie sang die Strophen mit. Ich kann nicht sagen, wer von beiden untalentierter war:

»Summ, summ, summ!
Bienchen, summ herum!
Ei, wir tun dir nichts zuleide,
Flieg nur aus in Wald und Heide!
Summ, summ, summ!
Bienchen summ herum!«

Leider hat das Lied fünf Strophen von ähnlich forderndem Inhalt. Paul schien nicht mehr als eine erste Geigenstunde gehabt zu haben, trotzdem war ich natürlich voll des Lobes. Ich beugte mich zu dem Jungen runter, dessen Wangen rot glühten. Er war untröstlich, denn er hätte sich an zwei Stellen verspielt (waren das wirklich nur zwei? Oder zwei pro Vers?). Bevor er die Geige erneut ansetzen konnte, sagte ich: »Ach was, das hat gar keiner bemerkt, das war ganz grandios. Dafür bekommst du einen Bienchenorden wie die Großen!« Der Orden hing ihm fast bis zu den Knien, aber stolz verließ der Junge samt Mutter die Bühne. Den Zuschauern schien es gefallen zu haben, sie applaudierten begeistert, bei kleinen Kindern (und Tieren) ist man gefälligst beseelt.

»Ein Höhepunkt jagt heute den nächsten«, fuhr ich fort. »Freuen Sie sich nun auf den Festvortrag von Professor Dr. Dr. Müggelbach zum Thema: »Soll man seine Bienenstöcke künstlich beheizen?«

Während sich ein älterer Herr auf den langen Weg zur Bühne machte, überbrückte ich die Pause auf der Bühne. »Ich habe mich erkundigt und war erstaunt zu erfahren, dass die Bienen quasi ein eingebautes Thermometer haben und genau spüren, wann es zwölf Grad hat, und sich erst dann, im Frühling, das erste Mal wieder aus dem Bienenstock trauen. Nun stellt sich die Frage, soll man den Stock künstlich erwärmen, damit die Bienchen schon etwas früher ausschwärmen können, oder birgt das eine zu große Gefahr für die Völker? Herr Professor, ich freue mich, Sie kennenzulernen. Ist das heute Ihr Thema?«

»Nein!«

Damit hatte ich nicht gerechnet. »Aber was sagen Sie zu meiner Frage? Sollte man die Bienen schon früher zum Sammeln schicken?«

»Man merkt Ihre Unkenntnis der Materie.«

Im Zuschauerraum wurde einhellig genickt.

»Wir gefährden unsere Völker doch nicht absichtlich. Im Gegenteil habe ich Überlegungen angestellt ...«, dabei ließ er mich stehen und ging ans Mikrofon, »ob wir in den derzeitigen langen Wintern mit ihren tiefen Temperaturen nicht zum Schutz der Bienen eine Grundtemperatur von mindestens fünf Grad erhalten sollten. Wie erschreckend war es für mich in den letzten zwei Jahren, wenn ich mit dem Stethoskop zu Weihnachten meine Lieblinge besuchte und im Stock nichts mehr zu hören war. Auch mir sind acht Völker einfach erfroren.«

Was jetzt folgte, war die tragische Schilderung einer Massenschlachtung durch die Natur, mit grausamsten Details, die Zuhörer waren plötzlich ganz Ohr, erschreckendes Erkennen raunte durch den Saal. An einem Tisch schluchzte jemand auf und musste für eine Weile aus dem Saal geführt werden. Der Professor redete sich in Rage, erwähnte auch eine bösartige Milbe, die die Bestände dezimiere, dass selbst mir angst und bange wurde.

Keine Dreiviertelstunde später verabschiedete sich der Festredner mit dem Hinweis auf den Verkaufsstand seines Buches »Immer volle Honigtöpfe« vor dem Saal. Den Plastikorden nahm er sichtlich gerührt entgegen. »Das ist mein zehnter. Vielen Dank!«

Auch ich applaudierte frenetisch, dabei die Augen auf den Saaleingang geheftet, denn nun sollten die rappenden Hauptschüler auftreten, von denen aber jede Spur fehlte.

»Nun meine Damen und Herren weiß ich nicht viel mehr als Sie. Nur so viel, dass jetzt der Saal gerappt werden soll. Die Hauptschüler der Stadt zeigen nun ihr Temperament ... Ich denke, sie stehen vor dem Saal. Wollen wir sie reinlassen?«

Einige Zuschauer klatschten müde.

»Kinder, seid ihr da?«, fragte ich laut ... »Vielleicht guckt einfach mal jemand vor den Saal?«, schlug ich vor. Jens-Dieter erhob sich schwerfällig und eilte, soweit ihm das möglich war, zur Tür, schlüpfte hindurch, sie fiel ins Schloss. Nichts passierte.

Zwangsläufig ertönte: »Tja, das ist live, meine Damen und Herren! Aber so kleine Pannen und Verzögerungen machen den Abend doch erst richtig lebendig. Vielleicht sollten wir uns alle eine kleine Verschnaufpause gönnen.«

Gerade, als die Ersten aufstanden, kam Jens-Dieter wieder rein, wogte zur Bühne, raunte mir auf dieser zu, die Flys wären bereit.

»Die Flys?«

»Das heißt Fliegen«, belehrte er mich.

»Also gut, meine Damen und Herren. Doch keine kurze Pause. Ich höre nämlich gerade, die Fliegen sind im Anmarsch. Oder sollte ich besser sagen, im Anflug? Hier sind die Flys! Lassen Sie sich überraschen!«

Vier lächerlich geschminkte, halbwüchsige Mädchen kamen durch die Mitte des Saales getänzelt, drei dürre und eine deutlich dickere, mit schwarz umrandeten Mündern und Augen. Etwas Glitter im Haar, alle zweifarbig gesträhnt. Sie hoben den Mittelfinger und probierten vergeblich, gefährlich auszusehen. Mitleiderregend. Endlich auf der Bühne, gaben sie den dort sitzenden Frauen brav die Hand, um sich sofort vor dem Publikum mit hochgereckten Armen gegenüber zu stellen.

Nun begann etwas, das weder mit Gesang noch mit Sprechgesang, geschweige denn einer erkennbaren Choreografie zu tun hatte. Die Texte, die sie in einem Kauderwelsch aus Hessisch-Englisch und deutschen Reimen auf Kinderliedniveau absonderten, hatten einen großen Vorteil: Sie blieben unverständlich. Immer, wenn die vier sich überlegt hatten, die Arme nach oben zu reißen à la: »Wir rappen, ihr seid Deppen, not every fly is sitting on your shit«, legten ihre durchlöcherten T-Shirts die Bäuche frei. Die Dicke litt sichtlich darunter, denn als alle ihre Arme wieder runternahmen, blieb ihr T-Shirt immer oberhalb des Bauchnabels kleben. So zog sie jedes Mal unbeholfen den Stoff nach unten, was die spärlichen Bewegungsverabredungen des Quartetts noch mehr der Lächerlichkeit preisgab. Wie ich später erfuhr, war dies Sabine. Leider sah sie ihren Eltern ähnlich, und leider war sie zum Tanzchor zurückgekehrt.

Nicht nur auf meinem Gesicht spiegelte sich Fassungslosigkeit. Das einzig Beeindruckende war der Spagat, den die vier am Ende hinlegten. Also wenigstens drei von ihnen. Nur Sabine legte es wirklich hin: Sie kippte einfach auf halber Höhe zur Seite weg. Kein schöner Anblick, das!

Ich bedankte mich bei den jungen Menschen, die ihre ganz eigene, rebellische Sicht auf das Leben hätten – ein Vorrecht der Jugend. Auch wenn die Darbietung manch einem einen Stich versetzt hätte, das seien Imker ja gewöhnt.

»Und, meine Damen und Herren, liebe Imker, ich finde es gut, wenn die Jugend auch mal ihren Stachel wetzt.«

Ich war selbst erstaunt, wie leicht mir diese Floskeln von den Lippen perlten.

Mit kindischer Freude ließen sich die Mädels die Plastikorden umhängen und rannten schulmädchenhaft giggelnd aus dem Saal.

Nun betraten zwei Herren die Bühne mit einem Sack voll ... ja, was war da eigentlich drin? Jens-Dieter übernahm das Mikro. Jetzt käme meine Überraschung. Im Saal raunte es.

»Peter, was verbindest du als Erstes mit dem wunderschönen Städtchen Heppenheim?«

Nichts. Eigentlich rein gar nichts. Allenfalls ein Haufen an Hornissen, Fliegen, Arbeiterbienen und unmusikalischem Jungvolk.

»Peter, was wäre die größte Freude für dich?«

In meinem Kopf schwirrten die Gedanken durcheinander. Heppenheim? Ich wünschte mir nichts sehnlicher, als den Nachhauseweg anzutreten. Oh, da kam mir ein Gedanke. Jens-Dieter hatte mir damals am Telefon ja schon indirekt einen Tipp gegeben.

»Du willst damit doch nicht wirklich andeuten, dass es euch gelungen ist, Sebastian Vettel heute Abend zu uns zu bringen?«

Jens-Dieter schüttelte verständnislos den Kopf.

»Nein. Wie kommst du denn darauf?«

Ich hätte im Boden versinken können. Ich stammelte nur, ich hätte da wohl etwas falsch verstanden, außerdem sei ich genauso stolz auf den berühmtesten Sohn dieser Stadt wie alle Hockenheimer, äh, Heppenheimer. Jovial klopfte mir einer der beiden Männer mit Sack auf die Schulter und versprach, mir ein Autogramm von Vettel zu besorgen. Er sei um ein paar Ecken mit ihm verwandt.

Mit einem verschwörerischen Blick ins Publikum verbündete sich Jens-Dieter mit seinen Zuhörern.

»Liebe Vereinsmitglieder, Peter Sander wird heute einer von uns!«

Seine beiden Kompagnons zogen ein Bienenkostüm aus dem Sack. Der Anblick verhieß nichts Gutes. Man zwang mich, mit heiterem Gesicht in dieses Ungetüm zu steigen, das mich zu kastrieren drohte. Das Kostüm war selbstgenäht, aus plüschigen Badezimmervorlegern mit Innengummierung, es hätte jeden Eskimo selbst bei zweistelligen Minustemperaturen ins Schwitzen gebracht. Mein Jackett nahm man mir ab, der Rest verschwand mit mir. So gut wie bewegungsunfähig wurde ich mittels rückwärtigem Reißverschluss passgerecht eingeschweißt. Dann hängte man mir noch zwei Flügel aus gefärbtem Fliegengitter über die Schultern und setzte mir ein schwarzes Mützchen auf. Der Saal johlte das erste Mal am Abend.

Während mein geschundener Körper sich langsam zu Wasser verflüchtigte, alle Handykameras im Saal gezückt wurden, verband man mir die Augen. Höllische Schmerzen im Schritt, da half kein Zuppeln und Zappeln, fütterte man mich nun mit fünf Sorten Honig, die ich blind erkennen sollte. Alle von Vereinsmitgliedern geschleudert. Wenigstens gab man mir kleine Tipps. Kastanien oder Holunderhonig? Waldbeeren oder Tannenhonig? Streuwiesen oder Akazienhonig? Mir verklebte der Mund. Honig pur fand ich leider schon immer ungenießbar. Immer wenn ich falsch lag, wurde ich unter Saalgejuchze erneut gefüttert. Wie ich es schaffte, meinen total verklebten Mund noch zum Antworten zu öffnen, bleibt mir ein ewiges Rätsel.

Nach gefühlten Stunden wurde ich auf die Schultern der zwei Männer gehoben und im Kreis getragen: mein Jungfernflug als Honigbiene. Dabei riss das Kostüm im Schritt endgültig ein, was mir zumindest etwas Erleichterung, aber auch viele hämische Lacher einbrachte. Schlussendlich hängte mir Jens-Dieter feierlich den Plastikorden um und ich wurde mittels einer Urkunde von der Hornisse zum »Ehrenimker ohne Volk der Sektion Heppenheim e.V.« ernannt. Tatsächlich schien das das Bienenvolk im Saal zu begeistern.

Ich schälte zumindest meinen Oberkörper aus dem eingefärbten Badevorleger-Kostüm, bedankte mich überschwänglich, bekam eine Tüte mit den sechs gekosteten Honigsorten in die Hand gedrückt, jeweils mit den Lieferantenadressen. Der Plastikorden pappte mittlerweile schief an meinem durchschwitzten Hemd. Noch halb im Kostüm, die Haare derangiert, das Gesicht noch durch die Bienenstiche teilweise angeschwollen, muss ich einen erbärmlichen Anblick geboten haben.

Das konnte ich jedenfalls im Gesicht von Gunter Gabriel lesen, der mittlerweile am Bühnenrand Aufstellung genommen hatte. Mir war mein Anblick wahnsinnig peinlich. Was sollte er nur von mir denken? Auch er machte ein Handyfoto von mir. Ermattet kündigte ich ihn an.

»Liebe Mitimker, mit oder ohne Volk. Meinen Höhepunkt durfte ich schon erleben, der Ihre steht schon bereit. Hier ist er, der unvergleichliche Trucker mit dem Herz auf dem rechten Fleck. Er ist einer der ganz Großen im deutschen Showgeschäft. Er singt, was er denkt. Begrüßen Sie mit einem donnernden Applaus: Gunter Gabriel!«

Gabriel reichte mir die Hand, was er sicher bereute, als wir aneinanderklebten. Dann strich er sich die Finger an seiner Jeans ab, stimmte seine Gitarre, während er was von duften Bienen im Saal sagte.

Ich schleppte mich aus dem Saal, um Hände und Mund auszuwaschen.

Meine Hochachtung vor all den Künstlern, die sich auf Festen von Kleingärtnern und ähnlichen Vereinen bewähren, stieg in dieser Nacht ins Unermessliche. Und mein Hass auf alle Imker dieser Welt ebenfalls.

Gegen 5 Uhr früh kroch ich unter Sabines Bienchenbiberbettwäsche.

Gunter Gabriel hatte sein Publikum fest im Griff gehabt, der Bienenorden bekäme in seinem Wohnmobil einen Ehrenplatz, hatte er unter riesigem Applaus ausgerufen. Das anschließende Buffet bestand aus Ente mit Honigkruste, Schinken im Honigmantel, Honigmelonen und Käse mit Honig-Senf-Dressing. Ich rührte nichts an, allein der Gedanke an Honig verursachte mir Übelkeit. Nicht einmal das Honigeis konnte mich reizen.

Die Mitternachtsverlosung fand gegen 2 Uhr statt. Die Liste der Preise war unendlich, die Tombola quälend langweilig gewesen. Ich hatte das Bühnenprogramm beendet und mich vor den verbliebenen Vereinsmitgliedern für den »reizenden Abend« bedankt.

Jens-Dieter hatte mich noch in der Nacht ausbezahlt, in Zehn-Euro-Noten. So viel hatten die Lose gekostet. Er ließ nicht unerwähnt, dass er bei dem Abend massiv draufgezahlt hätte. Achtunddreißig Lose hätte er selbst gekauft, damit sie weggingen. Gewonnen hatte er nur eine Schürze mit dem aufgedruckten Körper eines Modelathleten.

Erschöpft schlief ich unter dem spöttischen Blick Lady Gagas ein.

21

Ein Anruf von Cornelias Handy: die Kinder, die mir unbedingt mitteilen mussten, dass dies der beste Urlaub war, den sie je unternommen hatten. Und sie hätten auch schon einen Fisch gefangen, den aber wieder ins Wasser geworfen, weil Kevin, »die Memme«, so geweint habe.

Wie schön, die Kinder hatten an mich gedacht! Aber sie legten auf, noch bevor Cornelia mit mir sprechen konnte. Oder wollte? Vielleicht wusste sie ja gar nichts von dem Telefonat. Sie hatte offenbar nicht daran gedacht, sich mal bei mir zu melden. Ich simste ihr, dass ich mich darauf freue, sie beim Sommerfest des Präsidenten zu sehen. Ihr oblag es nun, sich bis dahin bei mir zu melden, oder eben auch nicht.

Einige Tage später erreichte mich eine wohlmeinende, nichtssagende Karte von Cornelia und den Kindern. Wetter, Essen, Campingplatz, Spielen – alles gut. Grüße an Timo. Ich richtete sie ihm aus, aber er zeigte keinerlei Regung.

Ich war niemandem mehr verpflichtet! Weder beruflich noch privat. Warum wurde ich nicht Lebemann, jeden Tag eine andere im Arm und im Bett?

Der CD-Player spielte: »Hinter den Kulissen von Paris ...« Vielleicht sollte ich mal ein Wochenende in die sündige Liebesmetropole reisen und dort auf Aufreißertour gehen. Wo einen keiner kennt, lebt es sich doppelt ungeniert. Oder nach Amsterdam? Bei meinem ersten Besuch dort bekam ich rote Ohren, nur wenn ich in die für jeden sichtbaren Auslagen in den Sexshops blickte. Die Magazine dort zeigten mehr, als ich je wissen wollte: Schlangen wurden an Orten gehalten, die ich nicht für artgerecht halte. Überhaupt spielten mir zu oft Tiere eine Rolle. Vielleicht doch besser Paris.

Timo könnte sicher bei Cornelia unterkommen. Sie müsste ja nicht gleich den Grund meiner Reise erfahren. Oder eben gerade? Frederik meinte dazu nur lapidar: »Na, wenn du dich austoben musst ...«

Heiner wäre am liebsten mitgekommen, schließlich stelle er ja keine Konkurrenz für mein Vorhaben dar. Gunda sagte nur, sie erkenne mich nicht wieder, wünsche aber gutes Gelingen. Und ich solle mir bloß nichts andrehen lassen. – Warum musste ich nur alles mit jedem besprechen?

Ich kaufte mir einen Reiseführer und suchte nach Billigflügen, Last-Minute. Wenn ich erst mal in Frankreichs Metropole wäre, ginge ich in den Louvre, zu den Friedhöfen Père Lachaise und Montmartre, die mich jedes Mal beeindruckten. Gut, das sind vielleicht nicht die gängigen Orte für verruchte Abenteuer, aber nachts könnte ich ja ins Moulin Rouge gehen oder in eine der vielen Nacktbars. Beim Zuschauen wächst normalerweise der Appetit.

Während ich nach Flügen suchte, erreichte mich eine Anfrage vom ZDF, ob ich an einer Sendung zu Deutschlands Künstlerlegenden teilnehmen mochte. Ich fühlte mich geschmeichelt, erst dann las ich, dass sie mich um ein Interview zu Gertrud Maikel baten. Wütend löschte ich erst die Mail und leerte dann noch den Papierkorb.

Wieder hatte ich krude Träume: Ich fand mich auf dem Père Lachaise zwischen all den Mausoleen für die Toten. Plötzlich öffnete sich eine Tür, ich hörte schallendes Lachen aus dem Grabraum dringen. Als ich einen Blick hineinwarf, sah ich die Maikel: Cancan tanzend in einer Reihe mit anderen Greisinnen, die mich lockend umkreisten. Gott sei Dank sprang in diesem Moment Timo auf mein Gesicht und leckte mich ab. Wahrscheinlich hatte ich im Schlaf geschrien.

Her mit den feurigen Französinnen! Ich war zu allem bereit.

Plötzlich fiel es mir leichter, auf mein tägliches Eis zu verzichten. Ich nahm Gramm für Gramm ab. Beim Präsidentenfest wollte ich wieder passabel aussehen und mir vor Suzanne keine Blöße geben. Im Gegenteil! Sie sollte schon sehen, welch leckeres Schnittchen sie verschmäht hatte!

Ich fuhr mehr Rad als sonst, Timo an meiner Seite. Er nahm sichtbar ab, ich erst mal unsichtbar. Auch wenn ich am Gürtel zog, bekam ich ihn nur mit Mühen in ein engeres Loch. Das Zwicken am Bauch hielt mich jedoch bei der Stange. Timo und ich aßen jetzt vereint nur noch Gemüse und Obst.

Ich radelte bis zum Teufelssee und legte mich in die Sonne. Bräune macht schließlich auch attraktiv.

Auch Cornelia erreichte mich nach ihrer Rückkehr telefonisch auf dem Rad. Sie berichtete, wie gut der Familie (ja, sie benutzte das Wort »Familie«) die gemeinsame Zeit getan hätte. Die Kinder bräuchten einfach ihren Vater.

»Wird der jetzt auch weiterhin für sie sorgen?«, stichelte ich.

»Wenn er das Geld hätte, bestimmt.«

Ich berichtete davon, auch eine Reise geplant zu haben, nach Paris.

»Allein?«

»Vielleicht begleitet mich eine Freundin«, warf ich ihr zu.

»Gunda?«

Als würde ich nur Suzanne, Cornelia und Gunda kennen!

»Nein, eine Freundin, die sich nach längerer Zeit mal wieder gemeldet hat, die auch in schwierigen Situationen zu mir hielt. Öhm, Cleo!«

Nicht jedes Wort war gelogen.

Sie freute sich für mich. Das wäre mal eine gute Nachricht von mir, so positiv hätte ich lange nicht mehr geklungen.

»Und? Hat Helge zwischenzeitlich was getan?«

»Oh ja, das hat er! ...«, hob ich an. Dann wurde unser Telefonat jäh von zwei Herren in Uniform unterbrochen, die mich darauf hinwiesen, dass das Telefonieren im Verkehr auch für Radfahrer tabu sei und mit sechzig Euro Strafe bestraft würde. Meine Behauptung, ich hätte nur ein fiktives Gespräch geführt, also einen Telefondialog für eine neue Rolle einstudiert, fruchtete nicht. Auch nicht, als ich anfing, ihnen dieses strittige Telefonat aus dem Stegreif vorzuspielen. Sechzig Euro! Früher hätte ich darüber nur mit der Schulter gezuckt, heute zuckte der gesamte Körper gleich mit. Auch Timo knurrte.

»Üben Sie doch ohne Handy, die Hände schön am Lenker, und niemand hat was dagegen.«

Die Kinder wünschten sich einen Badeausflug, also fuhren wir gemeinsam an den Teufelssee. Ich bemühte mich, aus figürlichen Erwägungen, bloß nicht zu sitzen, lieber nur zu stehen oder ausgestreckt zu liegen. Wenn man es gut mit mir meinte, dann konnte man sogar sicher die Rippen erkennen oder wenigstens ihren Ansatz. Die meisten anderen hier zeigten sich nackt, und auch Cornelia ging damit ganz unbefangen um. Auch ihre Scham war roströtlich behaart. Aus Angst, es könnten sich bei mir tiefergelegte Regungen zeigen, verwehrte ich mir jeden weiteren Blick.

»Wieso bist du eigentlich viel dicker als mein Vater?«, fragte Kevin.

»Man muss sich seinen Bauch eben leisten können!« entgegnete ich pikiert.

Ricardo bemerkte dazu, dass er nie dick werden wolle, weil Dicke immer so schwitzten! Was sollte ich darauf sagen? Schweiß stand mir nicht nur auf der Stirn, sondern lief mir am ganzen Körper hinunter.

So ging ich mit Timo ins Wasser, um nicht nur mein Gemüt abzukühlen. Er wich in letzter Zeit kaum noch von meiner Seite. Peinlich war nur, als er sich hernach neben anderen Badegästen schüttelte. Ich hätte nicht gedacht, dass es so viele Tierfeinde gibt.

22

Und dann kam er immer näher, der 28.! Ich holte Cornelia ab, die Kinder hatte sie bei ihren Eltern untergebracht, und Timo musste, trotz Jaulens, allein unsere Wohnung hüten.

Beide fühlten wir die Anspannung, sprachen nur das Nötigste miteinander. Auch am Himmel schien sich etwas zusammenzubrauen. Wir fuhren bis auf den Mittelstreifen der Straße des 17. Juni und liefen die letzten hundert Meter zum Parkeingang des Schlosses Bellevue. Dort lauerte eine Horde von Fotografen auf die ankommenden Limousinen. Stieg jemand aus, erscholl es wie aus hundert Kehlen »Hierher!« oder »Jetzt mal zu mir!«, und trotz Tageslicht ergoss sich ein Blitzlichtgewitter auf die Neuankömmlinge.

Wir hielten uns etwas abseits im Hintergrund, warteten auf unsere Begleitungen. Das war uns beiden unangenehm, wir starrten auf jedes ankommende Auto, in der Hoffnung, mit den Personen stiegen auch unsere Eintrittskarten aus. Cornelia spürte mein Unbehagen und nahm instinktiv meine Hand. Vielleicht aber auch zu ihrem eigenen Schutz. Erst jetzt fiel mir auf, wie hinreißend sie aussah: sie trug ein in der Länge gerafftes schwarzes Kleid, sehr mondän, und der luftige Schal um ihren Schultern verschwamm aufs Angenehmste mit ihrer Haarfarbe. Sie war zart geschminkt, was ihre durchaus vorhandenen Reize geschickt unterstrich.

Aus dem nächsten gesponserten Fahrzeug entstieg endlich Mike, der dann Suzanne aus dem Wagen half. Ein Raunen ging durch die Masse der Fotografen und Journalisten. Mit dem schönsten Strahlen im Gesicht wusste sich Suzanne genau ins rechte Licht zu setzen, drehte ihren prallen Bauch ins Profil und hielt die Hände darauf und darunter, als würde sie ihn ansonsten nicht tragen können. Das Ganze auf High-Heels wohlgemerkt. Ich sah schon die Schlagzeilen vor mir: »Ihre schönste Rolle: Mutter«.

Als die Meute der Fotografen langsam von ihr abließ, die folgende Limousine, mit dem Innenminister nebst Gattin, hupte schon ungeduldig, wagten wir uns zu den beiden. Ziemlich rüde wurden wir von den Fotografen angeblafft, die früher nicht genug Bilder von mir machen konnten: »Machen Sie das Bild frei!«

Einer rief: »Waren Sie nicht auch mal wer?« Dabei blitzte mir eine Kamera vorsorglich ins erstarrte Gesicht.

Suzanne bewies ihre natürliche Strahlkraft. Sie umarmte uns mehr als herzlich und hakte sich sofort zwischen mir und Cornelia unter. Mike tat dasselbe auf Cornelias Seite. »Dafür liebe ich diese Feste, man kann sich mal mit seinen besten Freunden treffen, ohne hinterher aufräumen zu müssen!«

Alle lachten, und so kamen auch wir noch mit auf Fotos. Selbst den Minister hielt sie mit ihrem strahlenden Lächeln in Zaum, sodass dieser geduldig wartete. Auch er wusste, dass er sich hinter einer schwangeren Aktrice anstellen musste, wenn er seine Chance auf ein Foto erhalten wollte, und er wusste, wie wichtig solche Bilder waren.

Langsam schritten wir den Kiesweg zur rückwärtigen Seite des Schlosses hinauf. Sofort umringten uns die schreibenden Klatschkolumnisten. Natürlich war Suzanne der strahlende Mittelpunkt. Die Fragen glichen sich: Wann ist es so weit? Wird geheiratet? Was wird es denn? Gibt es schon Namen? Wie lässt sich das mit dem Beruf vereinen?

»Meine Ärztin in der *Sankt-Pauli-Klinik* wird auch schwanger. Für das Publikum ist es sicher spannend, wie sie Familie und Karriere unter einen Hut bekommt.«

Als jemand die Namen ihrer Begleiter wissen wollte, stellte sie uns ganz öffentlich vor, mit niederschmetterndem Charme, der uns jede Peinlichkeit nehmen sollte. »Sie sehen in mir einen glücklichen Menschen, und das habe ich diesen drei Menschen zu verdanken. Meinem zukünftigen Mann, Mike Baumann. Sie kennen ihn alle als Regisseur mit genau dem Humor, der uns Deutschen viel zu oft abgesprochen wird, daneben mein bester Freund Peter Sander, zu dem ich nun wirklich nichts mehr sagen muss, und die großartige Schauspielerin Cornelia Kiefer!«

Dem ersten Ansturm entronnen, lösten wir uns voneinander. Förmlich hielt ich Mike die Hand hin. Er schüttelte diese. Die Frauen umarmten sich inniglich. Das erste Mal seit vielen Monaten sahen wir uns wieder. Dann standen auch Wirblie und ich voreinander, Bauch an Bauch. Ihr Bauch war gut begründet, meiner nicht. Warum werden werdende Mütter eigentlich noch hübscher? Auch ihre Brüste wirkten größer, was aber auch daran gelegen haben kann, dass sie nun höher auflagen. Ich weiß nicht, ob ich gerade Tritte in ihrem Bauch spürte, aber allein der Gedanke versetzte mir einen solchen.

Da schob sich ein Mikro zwischen uns mit Frauke Ehrenfeld hinten dran. Sie gab uns vertrauliche Luftküsse, bemüht, das Make-up nicht zu berühren, drückte Cornelia die Hand (falls die mal bedeutend wird) und stellte Suzanne noch einmal all die Fragen, die sie eben schon mehrfach beantwortet hatte. Mit dem Blick auf Cornelia und mich wollte sie außerdem wissen, ob wir die Trauzeugen wären. Wirblie in Bestform antwortete: »Wir haben sie noch nicht gefragt, aber wenn, wäre es eine Ehre für uns!«

Nun drehte sich Frauke zu mir, gab dabei versteckt ein Zeichen, der Kameramann sollte näher auf mich zoomen. »Lieber Peter Sander, was haben Sie ... oder haben wir uns nicht schon geduzt? Also, was treibst du die ganze Zeit? Wir haben ja schon lange nichts mehr von dir gesehen?«

»Ich arbeite an einem ganz neuen Geschäftsfeld für mich. Man kann doch nicht tagein, tagaus dasselbe machen, das wird doch irgendwann langweilig.«

Frauke nickte beflissentlich. Hoffentlich hatte die Kamera das mitgeschnitten! »Langweilig, vor allem auch fürs Publikum!« Frauke nickte immer noch. »Und dem Publikum sind wir nun mal verpflichtet! Wie lange machen Sie eigentlich schon *Potzblitz*?«

Fraukes Augen zuckten nur für einen Moment indigniert, das war mir nicht entgangen, sie ließ sich aber offiziell nichts anmerken, nur ein: »Das war ein Cut« vernehmen, um zu insistieren: »Werden wir dich auf dem Bildschirm wiedersehen?«

»Davon geh ich aus. Aber über ungelegte Eier spreche ich nicht gern.«

Cornelia sprang mir bei: »Also wenn das kein Erfolg wird, dann weiß ich auch nicht ...« Wunderbar verlogenes Biest! So kannte ich sie gar nicht!

Frauke wandte sich Cornelia zu. Vielleicht konnte sie der ja irgendwas entlocken. »Frau ...?«

Galant sprang ich ein: »Frauke Ehrenfeld für *Potzblitz*, Cornelia Kiefer, Schauspielerin.«

»Kennen Sie sich von der Arbeit?«

Nein, auch da erfuhr sie nichts!

»Wir haben schon nebeneinander im Studio gestanden, jawohl. Und ich möchte sagen, das war mehr als eine gute Erfahrung. Man ist ja immer nur so gut wie sein Partner, beziehungsweise seine Partnerin!«, schmeichelte ich eindeutig vieldeutig von der Seite. Ich sah schon, wie die Redaktion von *Potzblitz* unsere Namen googelte und verzweifelte, weil sie keinen gemeinsamen Film fand.

Leider hatte die Ehrenfeld noch ein »Bonbon« für mich parat: »Hast du schon gesehen, wer heute das Bühnenprogramm moderiert? Lena Tischler und Stefan Geissel!«

»Ach, es wird hoffentlich trotzdem ein schöner Abend!«

Meinte das Mike ernst, oder wollte er mir nur zur Seite springen?

Frauke hatte bei uns auf Granit gebissen. Süßlich verabschiedete sie sich, nicht ohne sie aufzufordern, doch bitte als Erste über den Hochzeitstermin informiert zu werden. Zu Cornelia gewandt, sonderte sie noch ab: »Wahrscheinlich sieht man sich jetzt öfter.« Dann besprang sie förmlich den alten Herrn, der nach uns kam: Hugo Egon Balder.

Natürlich mussten wir noch an mancher Kamera vorbei, bevor die namentliche Einlasskontrolle, Ausweis war mitzubringen, uns durchwinkte. Dann hatten wir endlich Gelegenheit zur privaten Annäherung. Suzanne war ganz begierig zu erfahren, was ich denn so Neues plane. Bei meinem Talent wäre es ja klar, dass schnell wieder etwas kommen musste.

»Bitte sag das nicht, sonst könnte man meinen, mit meinem Talent stimmt was nicht!«

Suzanne blickte fragend zwischen mir und Cornelia hin und her. Cornelia sagte: »Ich weiß auch nichts Genaues, aber Helge hat wohl ...«

»Daneben!«, hätte ich schreien mögen. »Daneben! Helge hat eben nicht!«

Und das sagte ich dann auch: »Helge hat mich gefeuert, ja!«

Suzanne fand als Erste ihre Sprache wieder. »Soll ich mal mit Eni sprechen?«

»Nein. Ich hab sie schon angesprochen. Auch sie reagierte nicht. Wie alle anderen.«

»Aber du bist gut, Flaatsch!« Sie sollte mich doch in der Öffentlichkeit nicht so nennen!

»Ja. Danke. Das hab ich auch mal gedacht. Aber das zählt nicht. Was schreibt die Bunte oder die Gala? Das ist wichtig!«

Mike nickte verständnisvoll und mischte sich auch mal ein: »Schatz«, dabei streichelte er Suzanne den Arm, »du weißt doch auch, wie das ist. Ich musste Nadja Abd el Farrag besetzen und das blonde Gift aus der letzten DSDS-Staffel, ganz egal, ob die was konnten. Eine war so schlecht, wir mussten ihre Sätze auch noch von einer Kollegin nachsynchronisieren lassen! Was gar nicht so leicht ist, sprich mal auf 'nen schiefen Mund!«

Keiner von uns mochte sich das Lachen verkneifen.

Mittlerweile waren wir in die Nähe der Bühne gelangt. Noch spielte davor eine Militärkapelle. Wahrscheinlich hatte die Hitze die Instrumente verstimmt. Wenn man darüber etwas Positives sagen wollte, dann nur so viel: Laut war es!

Neben der Bühne knutschte Lena Tischler ihren Programmchef Kugler! Ach, daher wehte damals der Wind! Die beiden waren also ein Paar! Das hatte der Flurfunk für sich behalten.

Ich drehte mich zu meinen Begleitern um und bat um sofortige gute Laune und Glückwünsche an mich. Trotz anfangs fragender Blicke jubelten die drei mich hoch und gratulierten mir überschwänglich. Die verwunderten Blicke der soeben noch Zungenverschlungenen landeten prompt bei uns. Ich entschuldigte mich bei meinen Komplizen und ging mit großen Schritten auf Lena nebst Partner zu. Lena drückte ich leidenschaftlich an mich und log, welch Freude es mir sei, sie wiederzusehen. Nicht ohne hernach einen prüfenden Blick in ihr Gesicht zu werfen und sie zu fragen, was ihr denn gerade so zusetze?

»Nichts? Na dann ist es wohl das schlechte Licht! Ich hätte schwören können ... Aber wenn du mir versprichst, gesund zu sein, dann bin ich ja beruhigt!«

Am Himmel schien die Art Abendsonne, die jedem schmeichelte, wenn man auch schon das nahende Gewitter spürte.

Dann drehte ich mich zu Kugler um, nahm seine mir nicht entgegengestreckte Hand und sagte, wie froh ich sei, ihn mit Lena vereint zu sehen.

»Ihr beiden seid doch wie füreinander geschaffen! Bislang dachte ich immer, Sie seien schwul, nichts für ungut!« Damit ließ ich die beiden stehen.

Ich erkannte, ohne mich umzusehen, an den Gläsern, mit denen Suzanne und Mike Lena und Kugler zuprosteten, dass mir beide hinterherblickten.

Der Abend wurde immer interessanter. Man sah verschiedenste Bekannte, ehemalige Kollegen wie auch Politiker, Kirchenvertreter, Sänger und viele andere. Vielen war ich schon bei A.I.R. begegnet. Manch ein Moderator begrüßte mich mit Handschlag, herzlicher als früher, wahrscheinlich weil ich keine Konkurrenz mehr darstellte. Maybrit Illner outete sich als mein Fan, wünschte sich mich bald auf den Bildschirm zurück, genauso wie der Moderator von *Galileo*. Gerne hätte ich ihnen diesen Wunsch erfüllt.

»Nach Ihnen kam die Sintflut, was?«

Hätte ich widersprechen sollen?

Lena Tischler und Stefan Geissel begrüßten von der Bühne das Partyvolk, zu dem auch verdiente Personen aus Ehrenämtern gehörten, und übergaben an den Präsidenten, für eine launige Ansprache. Auch wir klatschten, was man in so einem Falle eben tut. Mike hatte Suzanne mittlerweile einen Stuhl besorgt. Sie musste ein wenig ausruhen, sodass wir noch einiges auf der Bühne miterlebten. Ein Kabarettist beleidigte die umstehenden Politiker, die sich öffentlich überboten mit Beifallsbekundungen, damit ja jeder sah, wie viel Humor sie haben. Besonders laut lachte Claudia Roth von den Grünen, ihren Prinz-Eisenherz-Haarschnitt wild schüttelnd. Dann betrat ein Mann die Bühne, der einen Hamsterkäfig mit sich führte. Er kam mir bekannt vor.

Kurz darauf brach ein Gewittersturm über uns zusammen, der den präsidialen Rasen in null komma nichts in schlammigen Morast verwandelte. In den Unterständen drängten sich die Leute. Personal rannte mit Regenschirmen herum, das übliche Giveaway für dieses Fest, und verteilte sie vorzeitig unter den Gästen. Der Aufdruck: »Sommerfest Schloss Bellevue«. Mein Blick zur Bühne entschädigte mich für so manchen Ärger. Dort standen Lena Tischler und ein Hamsterschlucker total durchnässt, ihr Schirm hatte sich umgedreht. So nahm der Abend eine schöne Wendung. (War das die Sintflut, von der der *Galileo*-Moderator vorhin gesprochen hatte?) Cornelia hatte sich fröstelnd an mich geschmiegt, was Suzanne argusäugig registrierte. Was denn? Mich nicht wollen, aber mich ihrer besten Freundin nicht gönnen? Bevor ich mich eitel gerieren konnte, hob sie den Daumen zum Zeichen ihres Einverständnisses. Mein unschuldigster Blick war ihr gewiss. Was meinte sie bloß?

Mike hatte inzwischen dafür gesorgt, dass für die Schwangere, nebst Anhang, ein Platz an der Tafel im Präsidentenzelt freigemacht wurde. Da saß man auch nur zünftig auf Bänken, aber immerhin. Vier aufgeregte Schirm-Herren führten uns zum

Schirmherrn des Festes. Dieser gab Suzanne einen angedeuteten Handkuss, bekannte sich als Fan der *Sankt-Pauli-Klinik* und begrüßte auch das Fußvolk. Bei mir stutzte er kurz. »Sie kenn ich doch auch?!«, und dann wurde ich schon von irgendeinem Lakaien hinweggezerrt.

In diesem Zelt war es wenigstens trocken, der Boden war mit Holzbohlen vor den Wassermassen geschützt. Planen schützten es von allen Seiten. Schade eigentlich, so konnte ich nicht mehr das Leid auf der Bühne betrachten. Dabei sollte auch noch Udo Lindenberg singen (wenn man das Singen nennen kann. Erstaunlich, wie viel Erfolg ein Mann mit Nuscheln haben kann!).

Was mir den ganzen Abend versaute, war, dass ich mit all meinen Ressentiments Baumann gegenüber ins Leere lief. Irgendwie machte der alles richtig. Nicht mal mein Feindbild konnte ich mir erhalten. Wahrscheinlich wären wir in einem anderen Leben gute Freunde geworden.

In einer hinteren Ecke des Zeltes probierte Frauke Ehrenfeld ihr Gesicht, oder die Reste davon, wieder kameratauglich aufzubereiten. Da hatte ich eine Eingebung, und so ließ ich mich in ihrer Nähe darüber aus, dass man eine schwangere Moderatorin doch nicht diesem Wetter aussetzen dürfe. Das sei ja sittenwidrig!

Lena und Kuglers Liaison war im Sender anscheinend ein offenes Geheimnis, aber man berichtete nicht darüber. Doch über Schwangerschaften wurde bei *Potzblitz* immer berichtet, da kannte man kein Pardon ... Diese Falschmeldung würde Frauke also gehörigen Ärger einbringen. Ach, das Leben kann so schön sein!

Meine Gesamtstimmung hatte sich für den Moment gebessert und so schlug ich mich zum Buffet durch. Der Präsident spart, und so waren alle Speisen mit Sponsoren-Schildchen versehen. Schrecklich, wie lang Schlangen sein können, wenn Leute aus dem Show-Biz versammelt sind. Die Models hielten sich hauptsächlich am Salat auf, wenn eines auch Schweinelendchen aß, wusste man, wohin der nächste Weg des Fingers ging.

Freiberufliche Schauspieler schlagen immer zu an Buffets. Ich aß mich an diesem Abend auch mal wieder richtig an den verschiedensten Köstlichkeiten satt. Wobei auch die typisch Berliner Küche nicht zu kurz kam: Boulette mit Kartoffelsalat. Schmeckte der Salat etwas seltsam? Doch nicht beim Präsidenten! Ich nahm etwas mehr Ketchup und schon mundete er mir.

Wahrscheinlich war es gar nicht verkehrt, für unser erstes Wiedersehen nach so langer Zeit einen öffentlichen Rahmen gewählt zu haben. Keiner würde hier dem anderen Vorhaltungen machen, und man hatte die Möglichkeit, sich im Notfalle auf dem weitläufigen Gelände aus dem Weg zu gehen. Ich erzählte Suzanne von meinen Reiseplänen und bescheinigte ihr, mit Mike einen guten Griff getan zu haben.

»Ich hätte zwar auch zehn Zehen zum Lutschen gehabt, aber er scheint ganz in Ordnung zu sein.«

Mein versöhnlicher Ton tat ihr gut, und so sagte sie etwas von wegen »Stein vom Herzen fallen« und so weiter. Natürlich interessierte sie es brennend, was zwischen mir und Connie laufen würde. Die erzähle ihr ja nichts, hatte nur mal erwähnt, wie gut ich mich mit ihren Kindern verstehen würde.

»Du weißt ja, ich mag Kinder. Wollte schließlich immer selber welche«, sagte ich, wobei sich mein Blick an Suzannes Bauch festsog.

»Und du wirst bestimmt mal ein ganz toller Vater sein!«

»Wenn ich mich weiter so beeile, ganz sicher.«

»Anders als bei uns Frauen tickt bei euch keine biologische Uhr!«

»Stimmt! Ich kann ihm auch noch mit siebzig das Fläschchen geben und die Windeln wechseln, und wenn es aus dem Gröbsten raus ist, macht es dasselbe mit mir!«

Sie behielt die Ruhe: »In den nächsten dreißig Jahren kann noch viel passieren!«

Immer noch gekränkt stellte ich die blöde Frage: »Aber du wolltest doch noch keine Kinder, hast du immer gesagt ...«

»Du weißt doch, wie so etwas passiert ...!«

»Klar. Du hast ganz zufällig zwei Monate täglich die Einnahme der Pille vergessen, das Kondom ist geplatzt und schon ...« Ich wusste, ich ging zu weit. »Entschuldige. Du hast bestimmt das Richtige getan. Und es werden zwei tolle Kinder!«

»Man muss die Kinder übrigens nicht alle selber machen, man kann auch welche übernehmen. Hast du daran schon mal gedacht?«

»Soll ich nach Malawi fahren, eines kaufen?«

Kaum ausgesprochen schämte ich mich schon für meinen rüden Ton. Ich wusste, worauf sie hinauswollte, und so setzte ich nach einer Pause versöhnlich nach: »Kevin und Ricardo sind mir ans Herz gewachsen, aber die haben ihren Vater.«

»Und, Flaatsch? Wie sehr ist dir Connie ans Herz gewachsen?«

»Mehr als je erwartet.«

Mehr konnte ich ihr nicht sagen, mehr wusste ich selber nicht. »Du fehlst mir!«

Sie strich mir liebevoll durchs Haar, zog ihre Hand auch nicht weg, als Mike sich wieder zu uns setzte.

Immer mehr Mücken verirrten sich in das Zelt. Kein Wunder, es war hell beleuchtet. Die Mücken lieben mich leider mehr als die Menschen. Wenigstens musste auch Mike wild um sich schlagen.

Es wurde ein langer Abend, den wir hauptsächlich im Zelt verbrachten. Der Präsident hatte sozusagen für unser Wiedersehen gesorgt, der Rest des Festes ging relativ spurlos an uns vorüber, was auch der Tatsache geschuldet war, dass eine Schwangere auf High-Heels im Matsch nicht so gut zu Fuß ist. Mike nahm mich einmal mit auf eine Runde, damit niemand Wichtiges von uns übersehen wurde, wichtiger noch, dass wir von niemand Wichtigem übersehen wurden. Ein Blick zur Bühne verriet, dass man versucht hatte, Lena notdürftig trocken zu legen, aber ihr Erscheinungsbild blieb getrübt.

Zu meiner Überraschung erblickte ich Gundas Mann. Ohne Gunda. Als Bundestagsmitarbeiter kam er natürlich leicht an eine Einladung. Er war nicht allein. Er hatte Heiner an seiner Seite. Ich wollte nicht alles wissen.

Der präsidiale Garten quatschte bei jedem Schritt in unsere Schuhe. Man sah genau, wer VIP und wer wegen seines ehrenamtlichen Engagements geladen war. Die einen machten Fotos, die anderen wurden fotografiert. Es schmeichelte mir, dass wenigstens diese Leute Bilder mit mir wollten, für die ich großherzig still hielt.

Kurz nach Mitternacht löste sich die Party schlagartig auf.

Das Bühnenprogramm war schon zuvor eingestellt worden. Wer noch keinen Schirm hatte, bekam nun einen in die Hand gedrückt. Auch der Umweltminister und Politiker der Grünen fuhren mit den größten Benzinfressern davon. Mike und Suzanne nahmen eins der gesponserten VIP-Shuttles zum Hotel. Wir wollten uns so bald als möglich wieder sehen, das wurde abgemacht. Auch Cornelia und ich bestiegen so ein VIP-Shuttle und dirigierten den verblüfften Fahrer hundert Meter weiter auf die Straße des 17. Juni, bis zu meinem Auto.

Ich lieferte Cornelia bei sich zu Hause ab. Sie wollte natürlich wissen, wie es mir nun nach dem Wiedersehen gehen würde, und ich antwortete wahrheitsgemäß: »Mir ist noch etwas flau im Magen!«

Sie hatte Verständnis, und mir wurde minütlich schlechter.

Ich schätze, der Kartoffelsalat des Präsidenten wurde meine Abnehmhilfe. Die nächsten Tage verbrachte ich auf dem Klo. Vier Kilo weniger. Das war doch ein Anfang! Thank you, Mr. President.

Natürlich ließ ich mir auch trotz Magenkrämpfen die nächste Ausgabe von *Potzblitz* nicht entgehen. Frauke Ehrenfeld stand in einem scheußlichen T-Shirt-Kleid im Studio und nannte das Präsidentenfest das »Fest der Schwangeren«. Und dann präsentierte sie eine schwangere Eiskunstläuferin, mir vollkommen unbekannt, Suzanne und mich, wie wir Bauch an Bauch gegenüberstanden (ihre Art von Rache), und auch Lena wurde vom Regen verweht gezeigt. Insider hätten berichtet …

Den Rest der Woche moderierte die Sendung ein farbiger Kollege.

23

Die folgenden vier Tage getraute ich mich kaum, mit Timo an den nächsten Baum zu gehen, weil ich mir nie sicher war, wer von uns ihn nutzen würde. Der Spiegel zeigte mir ein ausgemergeltes Gesicht. Warum verliert man eigentlich zuerst die Fettpolster im Gesicht und nicht die am Bauch?

In diesen Tagen bekam ich einen Anruf aus der Synchronfirma, in der ich mich einstmals so blamiert hatte. Ob ich eine kleine Rolle in einem Spielfilm sprechen wolle. Natürlich sagte ich zu. Ich sollte angeben, wen man meinetwegen anrufen müsste, für den Zeitraum der nächsten Woche. Damit wollte man erfahren, ob und welche andere Synchronfirma mich für die Woche optioniert hatte. Ich tat so, als müsste ich mühselig in meinem Kalender nachschlagen. Ich sagte, am Montag wäre es schlecht, an den anderen Tagen könnte ich es schon irgendwie einrichten.

Gut, dann flog ich eben nicht nach Paris. Der Job ging vor, erklärte ich Timo, der beflissentlich meine Füße leckte.

Am Donnerstag der folgenden Woche erhielt ich einen Termin für Freitag, 16.30 Uhr bis 16.45 Uhr. Am Stück. Ohne Pause!

Natürlich war ich eine halbe Stunde früher dort und hatte mir etwas zu lesen mitgenommen. Meine Rolle war die eines Moderators, der im Hintergrund einer Szene im Fernseher zu sehen war. Da er nie ganz deutlich ins Bild kam, wurden meine vier Takes zusammengefasst. Ich musste auf Takebeginn anfangen, den vorgeschriebenen Text zu lesen. Wie weit ich im Text kommen würde, war egal. Man würde ihn dort abschneiden, wo die Szene beendet war. »Bitte etwas marktschreierischer. Wie ein Fernsehmoderator.« So gab ich ihnen ihr Klischee vom Fernsehmoderator. Zwei

Aufnahmen später konnte ich gehen und abrechnen. 35,84 Euro. In Paris hätte ich nur Geld ausgegeben.

Außerdem: Aufgeschoben war ja noch nicht aufgehoben. Wahrscheinlich würde ich beim anderen Geschlecht viel größere Chancen haben, wenn ich noch etwas Wohlstandsspeck (oder war es in meinem Fall eher Kummerspeck) abgelegt hätte. Jawohl, ich wollte mal wieder richtig geilen Sex! Früher hatte ich auch ab und zu mal One-Night-Stands, warum gelang mir das heute nicht mehr? Hatten sich die Frauen früher nur auf mich eingelassen, weil ich ein bekanntes Gesicht aus dem Fernsehen war? Ja, früher hatte ich ab und zu diesen flüchtigen Spaß nur um des Spaßes willen. Ich schaute in mein Portemonnaie. Da hatte ich immer ein Kondom drin gehabt. Es war noch da. Das Mindesthaltbarkeitsdatum war um fünf Jahre überschritten. Als ich die Packung knickte, klang es, als breche man einen Keks durch. Ich sollte mir sicherheitshalber neue besorgen.

Manchmal beneidete ich meine schwulen Freunde. Die finden es ganz natürlich, sich an Orte zu begeben, wo ganz klar ist, dass alle das sexuelle Abenteuer suchen. Wenn sich daraus mehr ergab, auch gut, wenn nicht, ebenso. Die Schwulen haben Saunen, gehen in Wäldchen cruisen oder verabreden sich auf Internetseiten. Welche Frauen laufen durch einen Park auf der Suche nach bedeutungslosem Sex? Und auch den Internetseiten würde ich nie trauen. Da tummelten sich doch nur Professionelle, oder Hausfrauen, die die Familienkasse auf diese Weise etwas aufbessern wollen! Eine richtige Nymphomanin würde mir sicher Angst machen, aber ein Techtelmechtel, ohne dass man den Namen wissen müsste, ach, irgendwie hätte das schon was. Natürlich finde ich Sex mit Liebe schöner und erstrebenswert. Aber wenn ich schon keine Liebe fand, warum dann nicht wenigstens Sex. So als Übergangslösung ...?

Ich hatte schon fast ein Dreivierteljahr keinen Sex mehr. Also zu zweit. Das konnte so nicht weitergehen.

Im Internet konnte ich kaum eine Anzeige aufgeben. *Potzblitz* wüsste das schneller, als mir lieb wäre. Ein Puff kam für mich nicht in Frage. Nicht wegen des Geldes oder aus moralischen Gründen, ich würde einfach keine Freude dabei finden, mich mit einer anderen Person zu befriedigen, die nicht denselben Spaß dabei empfand wie ich, mich nicht ebenso dazu erwählt hatte.

Ob ich mit Cornelia jemals eine Nacht verbringen würde, erschien mir immer fraglicher. War der Zeitpunkt schon überschritten? War die anfängliche unschuldige Annäherung mittlerweile in die Leere gelaufen? Wie lange wollte ich noch warten? Oder hätte ich mich mehr von der wilden tierischen Seite zeigen müssen, einfach mal über sie herfallen sollen. Vielleicht hatte sie auf so etwas bloß gewartet, besonders nach dem Entdecken der Dolly-Buster-DVDs.

In meiner früheren Sendung hatten wir mal über einen angesagten Hedonisten-Club in Berlin berichtet. Dort trafen sich Männlein wie Weiblein zum unzüchtigen Treiben, oder auch nur, um ihrer exhibitionistischen, beziehungsweise voyeuristischen Ader freien Lauf zu lassen. Sollte ich mich tatsächlich in irgendwas aus Latex zwängen, um dort eingelassen zu werden? Am Eingang entledigt man sich seiner Alltagskleidung und läuft dann nackt oder in Fetischkleidung umher. Wobei natürlich nicht jeder Fetisch genehm ist. Würde ich zum Beispiel auf Norwegerpullover stehen, hätte ich wenig Chancen auf Einlass. Auch Kittelschürzen müsste ich mir verkneifen, es sei denn, sie wären aus Leder.

Ich erinnerte mich an den Filmbeitrag: Der Club bot an verschiedenen Tagen unterschiedliche Mottos an. (Von manchem möchte ich nicht mal erzählt bekommen.) Stahlgitterkäfige, riesige Matratzenlager, Badewannen und Menschen in sexualisierter Verkleidung, meist in schwarz und rot, Lack und Leder.

Mir machte der Gedanke an das Ambiente etwas Angst, aber der Club erschien mir als reizvolle und gute Möglichkeit, mich mal wieder auszutoben. Ich selbst kann an all diesen Fetisch-Outfits so gar nichts finden, auch nicht an den High-Heels im Bett, die man so oft in Pornos sieht. Ich hätte nur Angst, dass mir die Absätze ins Auge oder sonst wohin stechen. Eine Kurzzeitfreundin wollte mich vor Jahren mal damit überraschen. Mir tut es jetzt noch leid um mein damaliges Wasserbett und die Wohnung darunter. Aber die Versicherung zahlte anstandslos.

Hatte ich nicht mal einen durchsichtig roten Tanga geschenkt bekommen? Dieses sinnfreie Spaßgeschenk könnte mir vielleicht den Gang in den Sexshop ersparen. Ich fand ihn hinter den Socken, noch originalverpackt. Material: Kuschelacryl. Nur Timo sah mir zu, als ich ihn anprobierte. Erst falsch herum, obwohl das keinen großen Unterschied machte. Wenigstens war mein fleischiger Körper relativ braun, auch wenn der helle Badehosenstreifen mit Tanga etwas lächerlich wirkte. Ach was! Ich kam mir total lächerlich vor. Der Tanga hatte eh kaum Stoff, und der wurde zum Teil noch von meinem Bauch verdeckt. Das konnte doch niemand schön finden?!

»Siehst du, Timo, ihr Hunde habt es viel leichter. Sie zeigt, dass sie läufig ist, und du kannst sie bespringen. Probier das mal bei einer Frau!«

Noch einmal blickte ich auf das ausufernde Wesen im Spiegel und schwor mir, in genau einem Monat so viele Kilo verloren zu haben, dass ich mich in die Sexhölle trauen könnte. Den transparenten Tanga könnte ich vorne ja mit einem blickdichten Taschentuch auskleiden. Nicht, um mehr vorzutäuschen, sondern um weniger sehen zu lassen.

Ab sofort widerstand ich konsequent all den vielen Genüssen in meinem Kühlschrank, wusste genau, was ich vom Einkaufszettel zu streichen hatte. Säfte trank ich nur noch mit Leitungswasser verdünnt, meist eh nur Tee (spärlich gesüßt). Meine Feindin, die Waage, wurde tatsächlich so etwas wie eine Freundin. Jeden Morgen stellte ich mich ihr, also auf sie, und erfreute mich an jedem fehlenden Gramm. Wenn schon keine Erfolge von außen kamen, konnte ich mir hier selbst meine kleinen Erfolgserlebnisse schaffen.

Anders als befürchtet, wurde ich weder zickig noch grantig, sondern frohgemut. Schon nach kurzer Zeit musste ich neue Löcher in Gürtel stemmen. Meine Jeans hing trotzdem. Doch lieber Falten im Gesäßbereich als ein Mann mit Brüsten.

Meine Fahrradtouren wurden länger, trotzdem aß ich nicht mehr als Timo.

Wenn Frederik zum Essen lud, kam ich gerne dazu, kostete aber höchstens ein oder zwei Bissen. Erstaunlicherweise fiel mir das überhaupt nicht schwer. War mein Magen gesundgeschrumpft? »Friss die Hälfte« hätte ich nicht geschafft, aber »Iss fast gar nichts« fiel mir leicht.

Die ersten Tage sind bei so einer Diät bekanntlich die schlimmsten, aber da mir der Kartoffelsalat des Präsidenten den Gedanken an jegliches Essen verbot, hatte ich sie unfreiwillig überwunden.

Cornelia und ich hatten ein paar Mal telefoniert, sie hatte beim Feste glücklicherweise nur edle Häppchen zu sich genommen, wir trafen uns aber erst nach dem Synchrontermin wieder. Ich dachte, sie würde mich überschwänglich loben, aber ihr Gesicht zeigte Entsetzen. Sie machte sich tatsächlich ernsthaft Sorgen um meine Gesundheit. Ich sagte ihr, dass ich ganz freiwillig abnahm, aber sie warnte mich vor dem Jo-Jo-Effekt. Außerdem sei dieses massive Abnehmen sicher nicht gesund!

Mir war klar, dass ich wieder zunehmen würde, aber fürs Erste blieb ich eisern. Jo-Jo? No-No!

Sie hielt es für ein positives Zeichen, dass man im Synchron an mich dachte, wenn es um einen Moderator ging. Besser eine als gar keine Schublade. Hauptsache, ich würde irgendetwas in der Branche machen. Vielleicht könnte ich ja auch Synchronbücher schreiben, dafür würden auch immer wieder Leute gesucht. Ich sah mich schon, vollkommen technischer Trottel, die Filme zwanzigmal hin- und zurückspulen, bis mir der passende Text einfiel. Nein danke!

»Was ist mit dir und Horst?«

»Bitte?«, sie schien meinem plötzlichen Themenwechsel nicht folgen zu können. Ihre plötzlich stärker durchblutete Gesichtsfarbe sprach Bände.

»War nur so 'ne Frage.«

Wir sahen uns an.

Sie ergriff zuerst wieder das Wort. »Nein, das war nicht nur so eine Frage. Du willst darauf eine Antwort. Die würde ich dir auch gerne geben, aber ich kann es nicht. Horst hat mich so oft verletzt, mich mit den Kindern alleine gelassen, und nicht für sie gezahlt. Und trotzdem: Er tut den Kindern gut. Sie sind gerne mit ihm zusammen. Und ich spüre in solchen Momenten etwas von intakter Familie. Das spricht vielleicht gegen mich, ist mit dem Verstand auch nicht zu erklären. Am nächsten Tag verfluche ich ihn wieder und mich mit. Trotzdem ist er mir so vertraut und wenn ich neben ihm liege ...«

Mittlerweile stand sie nur noch wenige Zentimeter von mir entfernt. Sie stellte sich auf ihre Zehenspitzen, und wir küssten uns das erste Mal leidenschaftlich und tief. Danach wollte sie alleine sein. Was hatte das nun für mich zu bedeuten?

Cornelia oder der Sex-Club? Das war nun für mich die Frage. Frederik riet mir nicht zum »oder«, sondern zum »und«: »Ehrlich, Peter, du bist niemandem verpflichtet. Single-Dasein hat viele Nachteile, aber eben auch wenige Vorteile, die du nutzen solltest. Wenn Cornelia und du ein Paar werdet ... – Gut, dann soll es so sein. Ich wünsche es euch sogar. Aber wenn nicht? Wie lange willst du dich noch bei ihr zum Horst machen?«

Zum ersten Mal begriff ich, wie dieser Spruch gemeint war.

Etwa einen Monat später, ich war bei Cornelia nicht einen Kuss weitergekommen, wollte ich meinen Wunsch in die Tat umsetzen. Frederik hatte seinen Soap-Darsteller auch schon Wochen nicht mehr gesehen, so fragte er mich, ob er mich begleiten solle. Es selbst sei zwar in so manchem Schuppen gewesen, dort aber noch nicht. So nah er mir war, so vertraut ich alles mit ihm besprechen konnte, so entsetzlich war die Vorstellung, er (oder ein anderer Bekannter) könnte mich bei meinem Treiben beobachten.

»Schade, könnte doch ganz lustig werden!«

»Lustig wäre in diesem Falle ganz falsch. Ich möchte nicht lachen, sondern ganz andere Sachen machen.«

»Man sollte auch beim Sex lachen können!«

»Ich wäre schon froh, wenn keiner lacht bei mir. Ich will frivol ernst genommen werden!«

Frederik musterte mich innig: »Och, du bist ja so süß!«

Welcher ausgewachsene Mann möchte als »süß« betitelt werden?

Ausgerechnet an dem Samstag, den ich mir auserkoren hatte, erreichte mich ein Anruf von Kevin, ob ich auf ihn und seinen Bruder aufpassen könne. Ich verneinte. Es tue mir wahnsinnig leid, aber heute sei ein vor Wochen ausgemachtes Treffen geplant, und ich wüsste nicht, wie ich das verlegen sollte. Als Kevin wissen wollte, wen ich denn träfe, sagte ich wahrheitsgemäß, dass er die nicht kennen würde.

Ich wusste, würde ich mich an diesem Tag von meinem Vorhaben abbringen lassen, würde ich es nie mehr wagen. Heute war »Hedo-Half-Prize-Day«. Ich hatte mich bei Wikipedia schlau gemacht: »Hedonisten« waren nicht unbedingt Sado-Maso-Leute. Unter keinen Umständen wollte ich nur auf die treffen. Ich wollte nicht sehen, wie Brustwarzen mit Wäscheklammern gespickt oder heißem Wachs beträufelt werden.

Mein roter Tanga stand mir noch immer nicht wirklich, mit dem mühsam eingenähten Taschentuch schimmerte er vorne herum leicht rosa.

Ich wollte nicht beim Eingang als Fremdkörper auffallen, also zog ich mich so lässig wie irgend möglich an. Ich trug eine Jeans und band mir das offene Hemd vorm Bauch zusammen. Damit sah ich aus wie ein Zuhälter aus den Siebzigerjahren. Das Hemd wurde wieder entknotet und war nun total verknittert.

Das nächste Hemd stopfte ich geöffnet in die Hose, sodass es über meiner Brust klaffte. Schon besser. Im Internet sah ich mir Bilder des freizügigen Treibens an dieser Örtlichkeit an und kam so auf die Idee, mich um die Augen dunkel zu schminken. Ein bisschen Grufti-Look. Ich sah nur lächerlich aus, ungefähr so, wie die rappenden Hauptschülerinnen aus Heppenheim. Also schminkte ich mich wieder ab. Im Ergebnis hatte ich entzündete Augen, die farblich zum Slip passten. Ich gelte meine Haare und kämmte sie streng nach hinten. Das ergab einen ganz anderen Typ. Fast cool. Außerdem sah man durch den Wet-Look nicht mehr die sich vermehrt einschleichenden weißen Haare. Nur, meine Ohren standen jetzt noch mehr ab.

Das nächste Problem war die Auswahl der Schuhe. Wenn man sich am Eingang bis auf das Nötigste entkleidete, würde man ja wohl die Schuhe anbehalten. Aber welcher Schuh passt zu einem rosaroten Tanga? Business-Schuhe wirkten da lächerlich. Wanderstiefel auch. Puschen verbaten sich von selbst. Sandalen mit Socken? Dann schon lieber Turnschuhe! Und welche Socken zieht man dazu an. Tennissocken? Bei dem Tanga? Ich entschied mich für schwarze Strümpfe, die ich bis zu den Schuhkanten hinunterrollte. Schön war was anderes. Aber für mein wiedererwachendes Sexualleben war ich bereit, Opfer zu bringen. Zum ungefähr zehnten Mal wusch ich jegliche Körpernische und machte mich dann todesmutig auf den Weg.

Mir war es peinlich, als ich im Treppenhaus einer Nachbarin begegnete. Als könnte sie mir durch die Jeans in den kaum bedeckten Schritt sehen ...

Meinen Wagen parkte ich weit genug vom sündigen Ort entfernt, um nicht mit ihm in Verbindung gebracht zu werden, und nah genug, um nicht allzu lange dorthin laufen zu müssen.

Zunächst beobachtete ich den Einlass von der gegenüberliegenden Straßenseite aus. Ein wirklich biederes Paar wurde abgewiesen. Manch eine Dame öffnete vor der Tür schon ihre Bluse und ließ ihre Piercings aufblitzen. Andere trugen schon draußen selbstbewusst ihre Lack-Stiefel, die bis zum Schritt reichten, mit Absätzen, bei denen mir allein vom Hinsehen schwindelig wurde. Ein Typ mit schütterem Haar präsentierte seinen Harness nebst mitgeführter Peitsche.

Mir saß ein Kloß im Hals, als ich die Straße überquerte. Ich schlenderte betont ziellos, um im letzten Moment einen Ausfallschritt zur Eingangstür zu machen. Ich klingelte mit dem Griff des Löwenkopfes und hoffte inständig, es würde schnell geöffnet. Ich wollte es hinter mir haben. Aber mehr als »Einen Moment!« passierte nicht. Mittlerweile hatten zwei Damen hinter mir Aufstellung genommen, die mich um einen Kopf überragten. Ihr Schuhwerk trug sicher einiges dazu bei. Ich muss zusammengezuckt sein, als sie ihre tiefen Stimmen erklingen ließen. »Na Sweetheart? Das erste Mal hier?« Mir war schleierhaft, woran sie das erkannt hatten.

»In Berlin schon!«, war meine bemüht lässige Antwort.

»Ach, gibt es den Club auch woanders?«

»Sweety, dann zeigen wir dir mal, was die Hauptstadt so zu bieten hat!«

Da ging die Tür auf. Vor mir stand ein Wesen in einem extrem knappen Anzug. Die beiden Transen hakten mich unter und hoben mich fast mit über die Türschwelle – »Mausi, der gehört zu uns!« –, und schon war ich drin. Mausi hatte eine ausgesprochen gute Figur, und erst beim Eintritt-Berappen erkannte ich, dass der Anzug nicht eng war, sondern nur auf den nackten Körper gemalt.

Meine beiden herrlichen Damen führten mich zum Umkleideraum. Unendliche Schließfächer reihten sich aneinander. Mir wurde abwechselnd heiß und kalt. Ich sagte mir immer wieder in Gedanken vor, dass ich etwas ganz Natürliches machte: Ich würde mich nur etwas ausziehen, wie für die Sauna. Ich entledigte mich meiner Kleidung, nur Tanga, Schuhe und Strümpfe behielt ich an. Den Schließfachschlüssel schob ich neben ein Kondom tief in den Socken. Dann lief ich los. Wohin, war schwer zu überhören, denn Techno hämmerte durch die Räume und wies mir den Weg. (Wahrscheinlich ist das sexuell anregender als Heino oder klassische Musik, den Bolero ausgenommen.)

Auf der Tanzfläche bewegten sich Menschen mit und ohne Peitsche, mit und ohne Kleidung, auch eine ganzkörperrasierte Dame, es gab Männer, Frauen und das Dazwischen.

Ich hatte erwartet, in eine überbordende Orgie zu geraten, aber vielleicht war es um Mitternacht einfach noch zu früh dazu. Von hinten klatschte es mir auf die Pobacken. Meine Eingangs-Transen: »Na Schätzken, sollen wir dir noch irgendwas erklären?«

»Nein, nein.« Hier erklärte sich doch irgendwie alles von selbst. »Ich komm schon klar.«

Trotz der fortgeschrittenen Zeit war ich nicht müde. Um meine aufgestaute Energie abzubauen, begab ich mich auf die Tanzfläche und schüttelte meinen Körper zum ewigen Technobeat. Hier tanzte man allein, zu zweit, als Dreier oder Gruppe. Niemand beachtete mich. Ein Pärchen lag am Rande der Tanzfläche auf einem Podest, ineinander verkeilt. Auch davon nahm niemand so richtig Notiz.

Mit der Zeit fühlte ich mich freier. Langsam traute ich mich auch in entferntere Gefilde vor. Es gab Duschräume, drehende Betten, labyrinthische Stellwände mit Löchern in verschiedenen Höhen und Größen. Manches Mal wurde etwas in die eine oder andere Richtung durchgesteckt. Beim Vorbeigehen erlaubte ich es mir, einfach mal einen vollen weiblichen Busen zu drücken, bei dem ich wohl nie erfahren werde, zu wem er gehörte. Nur ein wohliges Stöhnen hörte ich durch die Trennwand. An der anderen Brust lutschte jemand, so ging ich nach kurzer Zeit weiter. Mir wurde unendlich heiß. Gut, dass ich vorher die Kleidung ablegen musste.

Im Stroboskop-Licht konnte man einer SM-Performance zusehen, aber das war ja nun gar nicht mein Ding. Ich suchte an diesem Ort, trotz aller Verruchtheit, so etwas wie aufrichtige Zärtlichkeit. Hinten in der Ecke kopulierten zwei Herren, davor bediente eine Dame ein Pärchen oral. Dank Reizüberflutung blieb mein Tanga groß genug, nichts drängte sich hervor. Ich gesellte mich schamlos zu dem Pärchen und betrachtete, was die junge Frau zu ihren Füßen so alles anstellte. Sie langte auch bei mir hin, was mir nicht unangenehm war, ich gestehe es. Bis ich den Kopf hob und unweit von mir an einem Gitter eine festgeschnallte Frau erblickte, die mir verdammt bekannt vorkam. Sie kam mir nicht nur so vor, sie war es! – Die strenge Helene von TORSA im engen Korsett mit einer Art Pferdetrense im Mund. Ich weiß nicht, ob ich hysterisch zu bezeichnen bin, aber der Mann, der sie im Halbdunkel mit einem Dildo bearbeitete, sah tatsächlich ein bisschen aus wie Gundas Gatte!

An diesem Punkt war der Abend für mich vorzeitig beendet. Ich floh aus dem Club.

Zu Hause schmiss ich den Tanga in den Mülleimer. Den würde ich nicht mehr brauchen. (Wahrscheinlich hätte er auch keinen einzigen Waschgang überstanden.) Ausnahmsweise kühlte ich mein Gemüt mit einem kleinen Eis am Stiel.

Anschließend war ich deprimiert. Für diesen vergurkten Abend hatte ich Cornelias Kindern meine Hilfe verweigert. Sie durfte nie erfahren, wie tief ich gesunken war.

24

Ich hatte keinen Job. Ich konnte keine Frau finden oder von mir überzeugen, ich war nicht einmal zu billigem anonymem Sex fähig. Fehlte nur noch Obdachlosigkeit. Wie lange würde es noch dauern, bis Timo und ich am Bahnhof Zoo um Almosen betteln würden? Im Winter würden wir uns aneinander wärmen. Ja, ich sah mein Leben nicht wirklich rosig und meine Zukunft geradezu düster heraufziehen.

Wie sollte ich mein weiteres Leben finanzieren? Von fünfzig Euro Synchronhonorar im Jahr geht das nicht.

Vielleicht sollte ich mich als Besitzer eines Lebensmittelgeschäftes ausgeben und alle Großhändler um Proben ihrer Waren bitten? (Ich hatte nach der Schule mal mit dem Gedanken gespielt, einen Teeladen zu eröffnen und neun Hersteller angeschrieben, ob sie mir Proben ihrer Produktpalette zuschicken könnten. Sie reichten dreieinhalb Jahre, obwohl ich mindestens die Hälfte davon verschenkte.)

Bevor ich aus dem Fenster sprang, ging ich duschen und legte mich pünktlich zum Sonnenaufgang ins Bett.

Direkt nach dem Wegnicken, viel später kann es jedenfalls nicht gewesen sein, saß Timo auf meinem Gesicht. Wahrscheinlich hatte er auch schon gejault und vor dem Bett gescharrt. Dafür ist ein Hund allemal gut: Er holt einen ins Leben zurück und erinnert an die elementaren Bedürfnisse.

Ein Dackel, der mit eingezogenem Schwanz zum nächsten Baum hastet, ist ein bedauernswerter Anblick.

Er hob sein Bein und ich hatte den Eindruck, er musste sich

damit am Baum abstützen. Ich fühlte mich wie ein elender Tierquäler.

Ich meldete mich bei Cornelia, das schlechte Gewissen trieb mich an, und fragte, ob ich ihr heute bei irgendwas helfen könne. Ihr Erstaunen war greifbar. Nein, ihr und den Kindern gehe es gut. Ob bei mir alles in Ordnung sei?

»Ja, natürlich!«

Keine Sekunde später heulte ich hemmungslos los. Mein Leben hätte so keinen Sinn mehr, ich sei ein Schwein, dazu noch ein unfähiges (nähere Begründungen ersparte ich uns beiden), und überhaupt! Aber nein, ich wolle nicht weiter darüber reden, ich müsse allein mit mir fertig werden. Tschüss, Cornelia.

Keine zehn Minuten später hatte ich Suzanne in der Leitung. Nein, sie sei nicht auf mich angesetzt, rufe einfach so mal durch.

»Lüg doch nicht. Das ist ein schlechtes Vorbild für die Kinder in deinem Bauch.«

Auch ihr konnte ich nichts von meinem nächtlichen Treiben – oder sollte ich sagen »Untreiben«? – erzählen.

Die Hitze mache ihr zu schaffen, erzählte sie, und ihr Bauch wachse von Minute zu Minute.

Wenigstens da konnte ich mal etwas Positives berichten: »Ich hab mittlerweile elf Kilo abgenommen! Und es sollten noch einige folgen!«

»Und? Bist du schon labberig?«

Sie wollte tatsächlich von mir wissen, ob meine Haut am Bauch herunterhängt. Das könne man nämlich nur operativ entfernen.

»Wenn es passiert, wirst du die Erste sein, die es erfährt. Noch vor Frauke Ehrenfeld. Aber bislang besteht kein Grund zur Sorge. Mit meiner überschüssigen Haut kann ich mich noch nicht zur Organspende anmelden!«

Sie entschuldigte sich, sprach nur von ihrer eigenen Angst. Anders als all die Top-Models oder Filmstars aus Hollywood werde es ihr nie gelingen, ihre alte Figur wiederzuerlangen. *Ein* Baby ruiniere ja schon die Figur, aber gleich zwei? Sie hätte jedenfalls mittlerweile durchaus Verständnis für Stars wie Sarah Jessica Parker, die ihre Kinder von einer Leihmutter austragen ließen.

»Ich weiß nicht, was du hören willst, aber du sahst beim Präsidenten wunderschön aus. Dir steht das Mütterliche!«

»Meine Karriere wird eine ganz neue Form annehmen. Ich werde die neue Mutter der Nation. Danach bleiben mir nur noch Rollen wie Miss Marple!«

Es zurpste in meinen Ohren.

»Was isst du denn da?«

»Schokogurken!«

»Davon hab ich noch nie gehört.«

»Kannst du auch nicht. Das ist eine Eigenkreation. Wir haben einen Schokoladenbrunnen, der Tag und Nacht bei mir läuft. Und in den halte ich Gewürzgurken!«

Mich schauderte.

»Was ist mit Paris? Kamen berufliche Anfragen rein?«

Mir blieb nichts anderes übrig, als mein völliges Scheitern eingestehen. Kein Paris, keine beruflichen Anfragen. Nichts. Niente.

Wirblie wurde ganz ruhig. Sie ging meine Situation pragmatisch an. Erstens, Paris werde auch in zehn Jahren noch stehen. Und zweitens könne sich das mit der Karriere schlagartig ändern.

»Falsch! Da ist keine Karriere mehr! Ich bin vollkommen raus. Ein Nichts! Tiefer gefallen als damals die Schreinemakers.«

»Na ja, sieh es mal so: Wenn du ganz unten bist, dann kann es ja nur noch bergauf gehen.«

»In meinem Fall fühlt es sich an, als hätte mir jemand die Beine gebrochen, damit ich nur noch seitlich krauchen kann.«

Nun bekam sie einen ganz ernsten Unterton. »Peter Sander, weißt du, was ich an dir am meisten geliebt habe? Du hast dich nie unterkriegen lassen. Du bist immer stringent deinen Weg gegangen. Du hattest immer diese wahnsinnige Ausstrahlung eines Gewinners. Wo ist dieser Peter Sander hin?«

»Der steht jetzt auf der Verliererseite!«

»Und das strahlst du auch aus! Zieh dich selbst aus dem Sumpf! Das kann kein anderer für dich tun. Du wirst sehen, wenn du wieder was anpackst, dann steigt auch dein Selbstwertgefühl und dein Ansehen!«

»Aber ich hab es doch versucht ...«

»Was denn? Nennst du Möbelpacken oder Callcenter einen Versuch?« (Cornelia hatte also doch gequatscht!) »Flaatsch! Du bist der geborene Entertainer. Du bist ein toller Schauspieler, ein blendender Moderator, kannst zur Not auch singen, nur beim Tanzen sollte man dich doubeln. Du hast viel Charme, bist schlagfertig und hast Witz. Warum nutzt du deine Stärken nicht besser?«

»Weil niemand meine Stärken nutzen will. Ich scheine schon zu alt für dieses Gewerbe zu sein. Die werberelevante Zielgruppe will doch nur noch niedliches Frischfleisch sehen. Den einzigen Älteren, den man am Bildschirm noch sieht, ist der Papst!«

»Dann werde Papst! Dann hätten die in der Kirche mal wieder was zu lachen.«

»Du nimmst mich nicht ernst. Suzanne, wenn ich nicht bald etwas finde, muss ich die Wohnung aufgeben!«

Sie stockte kurz, um mich dann zu fragen: »Sag mal ... magst du mich noch?«

»Saublöde Frage!«

»Würdest du dir von mir helfen lassen?«

»Wie denn? Mit Geld? Du weißt, ich würde nie etwas ...!«

»Nein. Ich würde dir gerade jetzt bewusst kein Geld leihen.« (Warum kann man mir denn kein Geld leihen?)

»Danke!«

»Bitte! Ich will, dass du professionelle Hilfe annimmst.«

»Willst du mich zu 'ner Therapie schicken? Nein danke!«

»Du Sturkopf. Nein. Obwohl dir das vielleicht auch ganz gut tun würde.«

(Ich stellte mir das sofort vor: Ich in einer Gesprächstherapie. »Hallo, ich bin der Peter. Ich bin ein anonymer Sex-Suchender.« Darauf der Gesprächsleiter mit weichgespülter Zunge: »Du, das macht doch nichts, du. Wenn dein Körper Sex braucht, dann musst du das auch ausleben. Das ist irgendwie ganz natürlich, du!?«)

»Flaatsch, bist du noch dran?«

»Ja.«

»Ich möchte, dass du nächste Woche einen Termin bei Philipp Lauscher machst. Das ist der beste Pressemann, den ich kenne.«

»Was soll das? Den kann ich mir gar nicht leisten.«

»Der schuldet mir noch was. Der verdient genug am Deal mit unseren Exklusivrechten an den ersten Zwillingsfotos. Er soll dich wieder unter die Leute, in die Medien bringen. Ich spreche nachher sowieso noch mit ihm.«

»Suzanne, ich weiß dein Engagement zu schätzen, aber womit soll der mich in die Medien bringen? Wenn man nichts hat, wird auch keiner darüber schreiben. Und auf Artikel wie: ›Peter Sander am Abgrund‹ kann ich verzichten.«

»Vertrau mir einfach, Flaatsch!«

Ich Idiot konnte die Spitze nicht bei mir behalten: »So wie früher ...«

Sie schluckte eine Erwiderung runter. »Sprich wenigstens mal mit ihm. Das ist besser, als immer im eigenen Saft zu schwimmen. Ablehnen kannst du danach immer noch.«

Ich versprach, es mir mal durch den Kopf gehen zu lassen.

Eine Stunde später gab sie mir meinen Termin bei Herrn Lauscher durch: Presseagent mit Sitz am Potsdamer Platz.

25

Warum sollte ich mit einem Wildfremden über meine Probleme reden? Dazu noch mit einem, der vielleicht Geld wittern würde, das ich nicht mehr zu bieten hätte? Ich spielte tagelang mit dem Gedanken, den Termin wieder abzusagen. Zur Not könnte ich ja spontan krank werden.

Aber der besagte Donnerstag kam, und ich war gesund geblieben. Mittlerweile betrachtete ich es als Prüfung. Ich würde mich der Situation stellen. Feigheit war etwas für andere. Welche Schlüsse ich aus der Begegnung ziehen würde, blieb mir ja selbst überlassen. Vielleicht kehrten neue Besen wirklich gut.

Das Haus am Potsdamer Platz hatte eine beeindruckende Eingangshalle. Hinter einem überdimensionierten Empfangstresen saßen zwei junge Frauen mit Telefonsteckern im Ohr. Nach Rücksprache mit dem Büro Lauscher durfte ich immerhin selbstständig in den vierzehnten Stock hochfahren. Dort musste ich noch an einer Milchglastür auf Einlass warten.

Philipp Lauscher ließ mich selber ein, begrüßte mich per Handschlag, bot mir Getränke an, die ich allesamt ablehnte. Aus seinem Büro ließ ich meinen Blick über das alte West-Berlin schweifen. An den nüchternen Wänden hingen farbenfrohe Gemälde ohne realistischen Bezug, hinter seinem Schreibtisch dagegen großformatige Portraits seiner prominenten Klientel.

Er war von Suzanne über meine missliche Lage informiert worden. Nachdem er mir das Versprechen gegeben hatte, dass kein Wort aus diesen vier Wänden nach außen dringen würde, wollte er wissen, was ich für die Zukunft plane. Ich antwortete wahrheitsgemäß, dass ich alles und nichts plane. Dass ich Englisch nachlernte, für den Fall der Fälle, und meine Telefone betriebsbereit hielt, falls mich mal jemand engagieren wolle. Das Gute, was ich jedem bieten könnte: Zeit, ohne Beschränkungen. Ich übte mich in Selbstsicherheit, als er mich fragte, warum mich denn jemand anrufen sollte?

»Weil ich gut bin!«

»Also, das ist nun wirklich kein Grund«, beschied mir der Mann im sportlichen Anzug mit Turnschuhen. »Gut sind andere auch. Man muss erst wissen, dass Sie gut sind.«

Dass ich das jahrelang bewiesen hätte, wies er ab. Wen kümmere der Erfolg von gestern? Wenn ich derzeit auf dem Bildschirm zu sehen wäre, ja, dann würden sich wahrscheinlich die Angebote häufen, aber so? Ich wäre mit Pauken und Trompeten abgesetzt worden. Welcher der immer ängstlichen Fernsehredakteure solle denn nun auf mich als Zugpferd setzen? Die bangten doch selbst alle um ihre Jobs.

»Wollen Sie mir damit sagen, ich habe derzeit nicht die geringste Chance?«

»Ja.«

Ich erhob mich etwas angesäuert.

»Bleiben Sie, Herr Sander. Ja, Sie haben *derzeit* keinerlei Chancen! Aber vielleicht können wir das ja gemeinsam ändern!«

Ich setzte mich wieder unschlüssig.

Der Mann wirkte kompetent, sprach in klaren Sätzen, die nichts beschönigten. Wir einigten uns darauf, dass er mir einige unverblümte Fragen stellen dürfte. Was war, wusste er, aber wohin ich wollte, interessierte ihn.

»Wieder nach oben!« reichte ihm nicht. Also präzisierte ich, dass ich wieder eine eigene Show haben wollte, es könnte eine Zwei-Personen-Talkshow sein, oder eine Familienunterhaltungssendung, gerne im Bereich Infotainment. Und ich würde gerne wieder mehr als Schauspieler arbeiten.

»Das können Sie sich für die nächsten Jahre abschminken. Oder haben Sie gute Freunde, die Sie irgendwo durchdrücken können?«

Ich dachte an Knetke und Konsorten. »Nein, habe ich nicht. Im Gegenteil. Es wird genügend geben, die sich über meinen Fall gefreut haben. Andere kontaktierte ich, blieb aber ohne Reaktion.«

»Verstehen Sie mich nicht falsch, aber auf den ausgetretenen Pfaden wird das nichts mehr.«

Ich sah ihn fragend an.

»Sie müssen sich ins Gespräch bringen, auf anderem Wege auf sich aufmerksam machen.«

»Soll ich die Kanzlerin ohrfeigen?«

Er konnte sich ein Schmunzeln nicht verkneifen. »Das wäre in Ihrem Fall kontraproduktiv. Kein Sender würde es sich mit der Regierung verscherzen wollen. Aber vom Prinzip her haben Sie mich verstanden. Wir müssen Sie wieder ins Gespräch bringen. Aber bitte auf positive Weise! Glauben Sie mir, das ist das Schwerste, denn für die Presse sind hauptsächlich negative Nachrichten gute Schlagzeilen. Ausgenommen sind Sport und Traumhochzeiten.«

Damit konnte ich bekannterweise nicht dienen.

»Benefizen Sie!«, riet er mir.

»Wie?«

Wenn ich oft genug für Charity-Zwecke aufträte, müsste das irgendwann imagefördernd erwähnt werden. »Tun Sie Gutes und lassen andere darüber berichten.« Am besten natürlich zwischen angesagten Promis, mit denen ich aufs Foto kommen müsste, die ich auch bei Facebook posten könnte. Veranstaltungen in dieser Richtung gäbe es doch wahrlich genug. Die großen Galas für die AIDS-Hilfe, Bewirtung von Obdachlosen in der Weihnachtszeit, Sammeln für Kinder in Not oder die Rettung eines Kulturdenkmals! Ich könnte beispielsweise eine Stiftung zur Rettung irgendeiner verfallsbedrohten Kapelle ins Leben rufen.

»Darüber kann nur Gutes geschrieben werden. Auch auf die nächste Naturkatastrophe ist Verlass. Sie müssen nur schnell sein und als Erster einen Benefizabend organisieren. Solchen Themen kann sich kein Medium verschließen, Erdbebenopfer lassen niemanden kalt, selbst wenn es die äußerste Mongolei trifft. Da hilft die Nation. Nutzen Sie die Tränendrüse für Ihre Zwecke!«

Und wenn mich das kein Sender bei sich machen lasse, dann sollte ich ein Bühnenprogramm mit »Freunden« auf die Beine stellen. Rundfunksender und Tageszeitungen würden in solchen Fällen leicht ins Boot zu locken sein.

»Mir liegt es aber nicht, mich zurückzulehnen und auf die nächste Naturkatastrophe zu warten.«

»Natürlich nicht, aber behalten Sie das im Auge. Wie können Sie noch auf sich aufmerksam machen? Warum sollte man Sie in eine Talkshow einladen?«

Ja, warum sollte das einer tun? Es gab kein Thema, was ohne mich nicht behandelt werden könnte, außer vielleicht »Von der Karriereleiter gefallen, was nun?« oder »Verbale Gewalt gegen Senioren«.

»In Talkshows kommt man mit einem neuen Buch, einer CD, einem Film oder einem Schicksalsschlag, den man verarbeitet hat. Haben Sie irgendeine chronische Krankheit?«

»Heuschnupfen!«

»Irgendwas, das Mitleid erregt? Ist gerade ein naher Verwandter gestorben oder hatte zumindest einen schweren Unfall? Das hören die Leute gern. Oder pflegen Sie Ihre Eltern zu Hause?«

»Mein Vater verstarb vor einigen Jahren, und meine Mutter und ich sehen uns so selten wie möglich. Sollte ich die allerdings zu mir holen, wäre das ein Schicksalsschlag! Für uns beide!«

»Haben Sie ein behindertes Geschwister oder ein Kind?«

Nichts dergleichen konnte ich bieten.

Auch meine Kindheit hatte keine tiefen Spuren des Leids gezogen, die sich gut vermarkten ließen.

»Retten Sie Tiere! Fliegen Sie nach Spanien und sammeln Sie streunende Hunde ein. So etwas wird gern gesendet.«

Ich berichtete von Timo und mir, seinem Leben in meiner Burg und seinen ungewöhnlichen Essgewohnheiten. Lauscher machte sich Notizen. Wer weiß, wann er diese Infos mal nutzen konnte. Vielleicht könnte ich damit bei *Du und dein Haustier*, einer langweiligen Sendung in den dritten Programmen, als Gast untergebracht werden.

»Waren Sie nicht mal deutlich korpulenter?«

Auch ihm war also aufgefallen, dass ich mich langsam verdünnisierte.

»Schreiben Sie doch ein Buch mit Abnehm-Tipps. Dazu bräuchten wir Vorher-Nachher-Fotos, die Ihr Abnehmen belegen. Vielleicht kriegen wir die Weight-Watchers mit ins Boot.«

»Ich esse einfach nur weniger und bewege mich mehr.«

»Machen Sie daraus ein Heilversprechen. Das ist die Kunst! Mit dem richtigen Fotografen stellen wir ein paar Fotos von Sportübungen zusammen, dazu ein paar leichte Rezepte ... für den Anfang ...«

Ich sah mich da schon am Ende. Schließlich wäre ich nicht der erste Promi, der über Weight-Watchers stolpern würde.

»Ja, aber die Kiewel ist wieder voll da, gleich auf mehreren Sendern. Die hatte nämlich das Glück, noch in einer großen Zeitung wöchentlich ihre Kolumne abzusondern. So war sie nie ganz weg vom Fenster, sie konnte auf diesem Wege ihre Fans an sich binden.«

»Ich würde schon gerne Kolumnen schreiben, nur die würde derzeit keiner drucken.«

Lauscher schlug mir vor, drei verschiedene Radioglossen zu verfassen und in einem Studio aufzunehmen. Vielleicht könnte man einen Sender dazu bringen, mich in der Woche einmal für zwei oder drei Minuten als festen Bestandteil des Programms zu präsentieren, wenn auch nur für sehr kleines Geld.

»Aber so etwas wird manchmal Kult! Das würde Ihrem Bild nach außen hin guttun.«

Ich war bislang nie auf die Idee gekommen, solchen Aufwand zu treiben, bloß um mal gehört zu werden. Aber genau darum ging es ihm, ich müsste mir wieder Gehör verschaffen. Als Sänger würde mir das nicht gelingen. Hörbücher wären uninteressant und das Sprechen solcher nicht in den Medien vermarktbar. (Außer ich spräche mein eigenes ein.)

Ob ich schon mal einen Pilgerweg beschritten hätte? So etwas ziehe immer noch. Da wäre auch gleich die Erklärung abgeliefert, warum ich so lange aus der Öffentlichkeit verschwunden war.

Nichts dergleichen hatte ich im Angebot, nicht einmal ein schnödes Marathontraining konnte ich vorweisen.

Philipp Lauscher fragte unverblümt, ob ich ein Buch mit den Geschichten zu meinen Liebhaberinnen veröffentlichen wolle? Männer dürfen sich ihres regen Sexuallebens rühmen, denen erlaube die Öffentlichkeit das. Ich dachte an den Hedonisten-Club und errötete etwas. Nein, da würde ich immer diskret bleiben.

Ein Buch zu den Erlebnissen mit den Gästen meiner Shows hätte ich innerhalb von zwei Monate nach meiner Absetzung präsentieren müssen, der Zug sei leider abgefahren.

Ob mir irgendein »Hilf-dir-selbst-Wege-zum-Glück-Thema« einfallen würde? Ratgeber würden gerne gelesen.

Er riet mir dringend, die Schiene des Schreibens ins Auge zu fassen, denn das könnte ich jeden Tag machen, wenn gerade nichts anderes zu tun sei. Natürlich könnte ich mir mein eigenes Drehbuch schreiben, müsste dann aber auch darauf vertrauen und es selbst produzieren.

»Tut mir leid, dafür fehlt mir mittlerweile das Geld.«

Und da waren wir beim entscheidenden Thema angekommen. Beim Geld! Lauscher gab zu, dass er sich mit mir nur unterhielt, weil Suzanne ihn darum gebeten hatte. Unverbindlich für beide Seiten. Wenn wir aber beide das Gefühl hätten, wir könnten gemeinsam etwas stemmen, dann würde er sehr wohl bezahlt werden wollen. Er würde für seinen Einsatz zwölftausend Euro verlangen, für ein halbes Jahr. Sollte ich innerhalb eines Jahres meine eigene neue Show haben, würde er diese für mich verhandeln und die üblichen zwanzig Prozent Management-Gebühren für sich abzweigen. Mehr verlange er nicht.

Dafür garantiere er mir im Gegenzug genügend Nennungen in der Presse, Einladungen zu größeren Events, manch einen Auftritt in den Medien. Sollten dafür Honorare fließen, gingen die an mich. Aber ich müsse auch, nach Absprache, Kosten für Stylisten und Fotografen übernehmen, obwohl er sich darum bemühen würde, einem Fotodienst meine Bildrechte schmackhaft zu machen.

»Die kriegen Exklusiv-Bilder von Ihnen, müssen dafür aber auch weitere machen. Zuerst bieten die Fotos von Ihnen kostenlos an, dann, wenn jeder neue Bilder haben will, machen die ihren Reibach. Das lohnt sich durchaus für die. Je bekannter Sie sind, desto mehr drucken sie Ihre Bilder und desto mehr verdienen die damit.«

Wie sollte ich je wieder Fuß fassen? Mir fehlte doch hinten und vorne das Geld!

»Verstehen Sie mich bitte nicht falsch! Sie sollen heute nicht Ja und Amen zu allem sagen. Das bringt uns beiden nichts. Ich fange erst an, für Sie zu arbeiten, wenn ich sehe, dass Sie die Grundlage dazu geschaffen haben. Überlegen Sie sich ein Thema, das die Leute gerne lesen würden. Regen Sie Diskussionen an. Befragen Sie arabischstämmige Familien, die unter uns leben, nach ihren Lebensentwürfen und ob Integration möglich ist. Begleiten Sie Drogendealer im Kindesalter, Hooligans nach dem Fußballspiel. Belegen Sie ein Diskussionsthema neu. Vielleicht schaffen wir es damit, eine ganze Sendung wie *Hart aber fair* zu unserem Werbeträger zu machen. Oder, wenn das nicht wirklich Ihr Weg ist, dann schreiben Sie etwas Unterhaltsames, das aber mit Ihnen zu tun haben muss. Schaffen Sie das?«

Was hätte ich darauf antworten sollen?

Ich hatte mich noch nie als Schriftsteller gesehen. Könnte ich das überhaupt? Ein Buch schreiben?

Wir verabschiedeten uns sachlich und verabredeten uns für genau einen Monat später. Bis dahin sollte ich mir sein, gewiss nicht billiges, Angebot durch den Kopf gehen lassen. Am liebsten wäre es ihm, ich würde sofort mit dem Schreiben anfangen, denn umso schneller könnte er meine Vermarktung starten. Er würde mir auch bei der Verlagssuche behilflich sein.

Zurück auf dem Potsdamer Platz musste ich erst einmal tief durchatmen: Was war das gerade gewesen? Ein mir völlig unbekannter Mann erklärte mir, wo ich stand, und zeigte mir meine Perspektiven auf. Er würde mir helfen, wenn ich den Grundstein dafür legen würde. Auch wenn er nichts versprechen könnte. Seine Hilfe wäre durchaus eigennützig. Auf keinen Fall billig, aber vielleicht doch ihren Preis wert? Mir gefiel, dass wir uns siezten. Ungewöhnlich im Medienzirkus.

Sollte ich vielleicht ein Buch zur Generation Disco verfassen? Der Leser erinnert sich gern kollektiv. Wie war das noch? Wir tanzten erst underground, sinnlos die Köpfe schüttelnd, bis sich die Haare von zwei Tänzern miteinander verfilzten. Dann wurde zu Lambrusco und der stöhnenden Stimme von Donna Summer im Disco-Stil getanzt. Jeder sollte etwas zum Buffet beisteuern, und so versank man in den verschiedensten Nudel- und Kartoffelsalaten. Das gab die Basis für den Alkohol. Auch Schmalzbrote waren Usus. Schlaghosen, Klicke-klacka-Kugeln an Bändern, Clogs, an die Hosen angenähte bunte Borten, Batikhemden ...

Oder sollte ich doch ein gesellschaftspolitisches Thema besetzen? Vielleicht könnte ich ja ein Projekt zur Bildungsförderung von Kindern aus bildungsfernen Schichten ins Leben rufen. Mit Vorlesetagen in Schulen, Ausflügen in Museen, Theatern und dergleichen.

Nur: Welche Eltern würden mir dafür ihre Kinder zur Verfügung stellen? Und die Kids müssten natürlich auch optisch was hermachen ... Meine Güte, ich dachte schon wie Philipp Lauscher!

Ich fuhr Richtung Wohnung, als an der nächsten Kreuzung mit berüchtigt langer Ampelphase mal wieder Jugendliche die Windschutzscheiben einseiften. Will man wieder freie Sicht haben, muss man dafür einen Euro zahlen.

Ich kann das gar nicht leiden und betätigte deshalb meinen Scheibenwischer. Wer wird schon gerne genötigt? Das Ergebnis: Die Ampel sprang auf Grün, ich fuhr los, einer der Jugendlichen goss einen Eimer Dreckwasser durch mein Fenster.

So wurde dieser Tag einer, der sich gewaschen hatte. Ich ärgerte mich, natürlich, aber heute konnte das meine zuversichtliche Laune nicht zerstören. Wirkte Lauscher schon?

Die unterschiedlichsten Buchtitel kreisten mir durchs Hirn. Ich schrieb Ideen auf und verwarf sie wieder:

– *Männer in der Midlife-Crisis. Der Ratgeber für Frauen.*

– *Auf den Hund gekommen. Hunde als Lebenselixier.*

– *Trennung: Loslassen können!*

Selbst an Kinderbücher dachte ich. *Die Abenteuer der Eule Kasimir*. Die Geschichte einer kleinen Eule, die nur nachts rausdarf, wenn alle anderen Tierkinder schlafen. Die hatte ich mal für Kevin und Ricardo erfunden, und die beiden liebten sie. Nur würde ich damit wohl kaum erneut in die Medien kommen.

Tagelang saß ich nun und schrieb. Notizbücher fanden sich ab sofort in meinen Gesäßtaschen, falls mir unterwegs etwas Tolles einfallen sollte. Auch neben dem Bett lag jetzt immer ein Stapel Papier nebst Kugelschreiber.

Auf meinen Radtouren mit Timo musste sich dieser oft in Geduld üben, wenn ich mir wieder einen Geistesblitz notierte.

Ich regte mich nur noch über wenige Dinge auf, hatte wieder ein Ziel. Nicht nur, wieder Arbeit zu finden, sondern selbst diszipliniert eine zu beenden. Ich wollte es nicht nur den anderen, sondern besonders mir beweisen: zweihundertfünfzig Seiten! Ja, das mag sinnentleert klingen, aber mein Ziel waren mindestens zweihundertfünfzig mit Text gefüllte Seiten.

Ideen kamen mir noch und nöcher. Nur was würde sich wirklich im Zusammenhang mit meinem Namen verkaufen lassen und Aufsehen erlangen?

26

Eines Morgens klingelte mich die Polizei aus dem Bett und unterrichtete mich darüber, dass man kurz davor sei, meinen Wagen abzuschleppen. Meine Straße war nämlich für Dreharbeiten eines Kriminalfilmes zur Halteverbotszone erklärt worden. Da ich den Wagen nur noch selten nutzte, war mir das gar nicht aufgefallen.

Als ich mit Timo am Cateringwagen vorbeiging, fragte mich der Mann hinter dem Tresen, ob ich auch mit von der Partie sei. Ich schaute ihn an.

»Ach, Manfred!«

Mehr als seinen Vornamen kenne ich nicht, wir waren vor Jahren bei zwei Produktionen aufeinander getroffen. Ich hatte ihn mir gemerkt, weil er wirklich immer alles frisch kochte und dabei auch Wert auf eine einladende Optik legte. Man durfte bei ihm nie selbst mit der Kelle schöpfen. Das war sein Job! Er tat auf, dekorierte gerne noch mit frischen Kräutern (oder streute mit Paprikapulver kleine Motive auf die Suppe).

Manfred versuchte, Timo mit Fleisch zu locken, doch dieser war mit dem Geruch nicht zu bezirzen. Von einer Fleischallergie bei Hunden hatte Manfred noch nie zuvor gehört. Doch in der ganzen Drehwoche, die das Team in unserer Straße stationiert war, durfte Timo sich dort täglich einen Apfel holen.

Kollegen wie Jaecki Schwarz oder Marion Kracht liefen mir in den nächsten Tagen in die Arme, ebenso der Regisseur Bodo Fürneisen. Diese hatten mich ja schon Ewigkeiten nicht mehr gesehen. Auch einige vom Team kannte ich durch frühere Arbeiten. Man unterhielt sich, ich sah zu, war sogar versucht, mich als die Filmleiche zur Verfügung zu stellen. Man lachte über die putzige Idee.

All das zeigte mir, wo ich unbedingt wieder hin wollte. Vor die Kamera! Spielend und moderierend.

Für mein Buchprojekt bedeutete das: Würde ich ein zu journalistisches Thema angehen, wäre die Schauspielerei endgültig für mich gestorben. Um es krass auszudrücken: Kein Kriegsberichterstatter würde später in einem Liebesfilm als Liebhaber ernst genommen. Aber auch kein Komödiant darf hernach die Nachrichten verkünden. Der Zuschauer hat seine Schubladen. Gegen die konnte ich mich nicht auch noch stellen!

So entschied ich mich, ein Buch über mein Leben zu schreiben. Nicht über mein ganzes, nein, über mein letztes Jahr. Es sollte ehrlich sein, sollte all meine Verzweiflungen zeigen, aber auch erklären, wie die Sache mit der Maikel wirklich gewesen war. Schonungslos. Auch auf die Gefahr hin, dass mich A.I.R. danach nie mehr engagieren würde, aber das taten sie ja ohnehin nicht. Und was heißt im Fernsehbusiness schon »nie«? In fünf Jahren wären da ganz andere an der Macht, denn Programmchefsitze sind Schleudersitze.

Ich rief Philipp Lauscher an und teilte ihm meinen Entschluss mit. Er schien sich zu freuen, sagte mir, ich solle einfach drauflos schreiben, und wenn ich etwas fertig hätte, sollte ich ihm das noch vor unserem nächsten Treffen in drei Wochen rübermailen.

Nun hieß es: Schreiben. Das war leichter gesagt als getan. Leeres Papier kann grausam sein, ein leerer Bildschirm nicht minder. Wo fängt man an? Was lässt man aus? An manchen Tagen glühten die Tasten auf meinem Laptop regelrecht. Doch oft betätigte ich nach einem ganzen Tag des Schreibens die Löschtaste. Manchmal auch ungewollt. Also arbeitete ich die Nacht durch, um alles wieder so frisch wie möglich aus dem Gedächtnis abzurufen.

Ich informierte all meine Freunde, die im letzten Jahr eine Rolle für mich gespielt hatten. Nicht jeder wollte in einem Buch verewigt werden. Heiner schon. Er verlangte fast stolz, ich solle ja seinen wahren Namen nennen. Anderen musste ich das Versprechen geben, unerkannt zu bleiben. Suzanne und Mike Baumann konnte ich ein derartiges Versprechen natürlich nicht geben. Suzanne schluckte etwas, als ich ihr meinen Entschluss mitteilte, verfluchte sich vielleicht auch etwas für den Tipp mit Philipp Lauscher. Aber sie sah auch die Chance für mich. Sie bat darum, mein Buch noch vor dem Druck lesen zu dürfen, wenigstens die Passagen, die sie betrafen. Ich versprach es ihr, gab ihr auch das Recht zum Redigieren. Schließlich wollte ich niemanden verletzen. Aber ich sagte ihr auch, dass es ein ehrliches Buch werden solle und ich mich selbst auch nicht beschönigen würde, im Gegenteil. Nur so würde ich für Gesprächsstoff sorgen.

Meine Finger schmerzten, die Augen glühten wie der erleuchtete Bildschirm vor mir.

Ein Anruf der Bavaria verunsicherte mich: Mike Baumann würde mir einen Drehtag als Talk-Show-Moderator in einer Folge seiner neuen Sitcom anbieten. Warum tat er das? Um in meinem Buch gut wegzukommen? Oder hatte ihn Suzanne dazu gedrängt? Der präsidiale Abend war ja erstaunlich friedfertig verlaufen, aber am Set, wenn ich mich ihm unterzuordnen hätte? Ging es ihm um Machtbeweise? Ich erbat mir das Drehbuch und Bedenkzeit. Keine zehn Minuten später war die Mail der Produktionsgesellschaft bei mir angekommen. Die Rolle war nicht spannend. Es ging um das Gespräch mit einer Wahrsagerin, die dem zweifelnden Moderator den frühen Tod voraussagte und, welch Mörder-Gag, ihn dann selbst erschoss.

Cornelia beschimpfte mich darob. Ich solle nicht alles negativ sehen, sondern mich lieber freuen, wieder vor die Kamera zu dürfen. Das wäre ein Cameo-Auftritt, wie ihn viele Prominente machen würden. Und wenn ich mit Mike nicht zurechtkäme, sollte ich mich für einen Tag gefälligst mal zusammenreißen. Sie an meiner Stelle wäre froh, sich für so viel Geld mal einen Tag zusammenreißen zu dürfen.

Ich rief in Hamburg an. Mike war nicht zu Hause, so informierte ich Suzanne darüber, dass ich dankend annehmen würde.

Schreiben sei auch etwas wie eine Therapie, habe ich oft gelesen. Man müsse sich das eigene Leben erneut vor Augen führen, was mit etwas Abstand sehr heilsam sei. Unverarbeitetes werde nun wenigstens gedanklich bewältigt, Emotionales aufgearbeitet.

Ich schrieb so, wie es mir in Erinnerung kam. Ohne Beschönigungen. Noch mit den Klarnamen. Mit der Suchen-Ersetzen-Funktion könnte ich die Namen am Ende des Schreibens problemlos austauschen, müsste mir aber im Vorhinein keine unnötigen Gedanken darum machen.

Schreiben ist ein sehr einsamer Prozess, auch wenn man in Gedanken bei anderen ist. Es ist zudem leicht, sich ablenken zu lassen. Jeder klingelnde Briefträger wird gern zum Anlass einer Unterbrechung genommen. Ich hatte von Schriftstellern gehört, die jeden Tag zu einer bestimmten Zeit am Schreibtisch saßen, dort nicht gestört werden durften. Mir einen Schreibrhythmus vorzuschreiben, misslang mir. An manchen Tagen schrieb ich zwölf Stunden und mehr, an anderen fiel mir nach einer Viertelstunde nichts Brauchbares mehr ein.

Eine Zettelsammlung mit Notizen belegte das Fensterbrett und den Boden um meinen Schreibplatz herum. Es gab Stapel zu Situationen, andere waren handelnden Personen zugeordnet.

Als Timo darin für Unordnung sorgte, erlebte er mich das erste Mal ziemlich unwirsch und laut ihm gegenüber. Mit eingezogenem Schwanz und wehem Dackelblick bezog er wieder seine Burg. Ich hatte ein schlechtes Gewissen, wollte mich aber nicht bei ihm entschuldigen, damit er sich merken würde: Weg von meinen Papieren!

Cornelia und die Kinder duften den Arbeitsplatz nur aus einigen Metern Entfernung betrachten. Sie schienen beeindruckt. Endlich war ich kein arbeitsloser Schauspieler und Moderator mehr, sondern ein hart arbeitender Schriftsteller. Wenn auch ohne Gewissheit, je gedruckt zu werden. Das ewige Sitzen brachte mir Rückenschmerzen und ich besorgte mir einen orangefarbenen Hüpfball, auf dem ich meinen Rücken entlastend hin und her rollte. Timo war der Ball unheimlich, und immer wenn ich nicht hinsah, biss er in die beiden Haltegriffe, die wie Euterzitzen herausstachen.

Irgendwann hatte er es geschafft, den Ball an dieser Stelle durchgekaut. Ob der Hund mit dem Schniepel des Balls im Maul, wie ein sich leerender Luftballon quer durch die Luft flog, ist mir nicht bekannt. Ich war nur kurz unten, als ich wieder meine Wohnung betrat, war der Ball nur noch ein in sich zusammengerunzeltes Häufchen Elend und Timo verschwunden. Alles Rufen half nichts. Ich fand ihn nach einer halben Stunde unterm Bett.

Cornelia nahm ihn für meinen Drehtag in München in Obhut.

Am Flughafen wartete schon ein Fahrer mit dem Produktionsschild auf mich, fuhr mich zu den Studios in Geiselgasteig. Meinen Text hatte ich bestimmt hundertmal aufgesagt, und trotzdem hatte ich Angst, vor Mike zu versagen. Bevor ich ihn sah, wurde ich von Damen des Kostüms eingekleidet. Sie hatten einen Anzug in zweifacher Ausfertigung besorgt, für vor und nach dem Schuss in meine Brust. Meine Partnerin hatte natürlich lange schwarze Haare, einen mit Silberfäden durchzogenen Schleier auf dem Hinterkopf und bekam eine Glaskugel von der Requisite hingestellt. Eben Sitcom.

Während sich die Maske um mein Gesicht bemühte, schlug mir Mike freundschaftlich auf die Schulter. Er hatte noch paar kleine Textänderungen gemacht. Die hätte ich gern früher gehabt. Nichts ist schwieriger, als gelernten Text zu verändern. Doch erwähnte ich lieber nichts davon.

Im Studio wurden wir Darsteller vom Regieassistenten auf unsere Positionen gewiesen, ohne dass wir uns noch dem Team hätten persönlich vorstellen können.

Ich begrüßte daher alle pauschal: »Hallo, ich bin Peter Sander. Den Namen muss sich keiner merken, ich werde eh gleich umgebracht.«

Wenigstens schmunzelte der ein oder andere.

Wir probten die Szene einige Male, und schon wurde gedreht. Mehrere Kameras beobachteten uns gleichzeitig, was für uns bedeutete, wir durften uns nicht zu sehr nach vorne beugen, um den Spielpartner nicht zu verdecken. Das fiel meiner Partnerin sichtlich schwer, denn sie hatte sich zu viele Gesten mit der Glaskugel ausgedacht und brachte mit den Armen rudernd den Schleier zu sehr in Wallung. So wurde die Szene manches Mal wiederholt und neu angesetzt. Mike sparte dabei nicht mit aufbauender Kritik. Als ich meinen neuen Text mit dem alten durcheinanderbrachte, mir das Herz zu flattern begann, nahm er die Schuld auf sich. Meine Erschießung wurde geteilt gedreht. Schuss und ich fiel, einmal mit Einschussloch, einmal ohne. Im Schnitt würde das dann passend zusammengesetzt.

Ich hatte natürlich den Ehrgeiz, das möglichst spektakulär aussehen zu lassen, und stand vor dem Schuss auf, fiel dann über den Sessel krachend zu Boden.

»Das kann man so machen«, beschied Mike, »aber etwas weniger wäre in diesem Fall mehr.«

Nach dem zehnten Fallen war die Szene im Kasten. Das Team applaudierte, eine wohltuende Geste. Mike sagte, es wäre alles perfekt. Ich hätte genau den richtigen Moderatorenduktus getroffen. (Wen wundert das wirklich?)

Der Standfotograf machte noch seine Fotos. Endlich wurde ich mal wieder in meiner Arbeit von einem Fotografen wahrgenommen!

Beim Umziehen erschrak die Garderobiere. Ich war mit blauen Flecken übersät.

»Anfängerpech«, entschuldigte ich mich. »Ich hab mit dem Sterben noch keine Übung, da kann das schon passieren.«

Private Treffen verlegte ich in diesen Wochen strikt aufs Wochenende, wie das bei anderen Werktätigen auch nicht unüblich ist. Nur ein Kindergeburtstag machte die Ausnahme. Warum ich mich dabei an einen Marterpfahl binden ließ, kurz bevor die Kinder zum Essen gerufen wurden, bleibt mir ein unangenehmes Rätsel. Erst beim Nachtisch, es gab Eis, erinnerte sich Ricardo an mich.

Philipp Lauscher schien über meine literarischen Ergüsse amüsiert zu sein, wenn er auch manche Bedenken äußerte. Er las ja auch noch die Klarnamen. Ich beruhigte ihn, die würden noch verschlüsselt.

»Na ja, einige Weggefährten sind auch verschlüsselt genau zu identifizieren. Aber das könnte uns bei der Vermarktung helfen. Jede Anzeige steigert die Auflage!«

Trotzdem einigten wir uns auf Namensänderungen, sodass man von Satire sprechen kann, aber der geneigte Leser genau weiß, von wem da gerade die Rede ist. Die erste Auflage müsste schon deshalb schnell vergriffen sein, weil viele Kollegen nachlesen wollen, ob sie überhaupt erwähnt wurden!

Natürlich hatte Lauscher so manchen Änderungsvorschlag, aber im Großen und Ganzen gefiel ihm, wie ich mir das Wichtigste von der Seele schrieb.

Er hatte Verbindungen zu Verlagen, in denen andere Promis, die von ihm betreut wurden, ihre Selbstbeweihräucherungen auf den Markt brachten. Zwei lehnten sofort ab, zwei zeigten Interesse.

Ich gebe zu, ich hatte Schwierigkeiten mit den Wünschen der Lektoren. Eine sicher gebildete professionelle Dame verlangte so viele Änderungen, dass ich mich nicht imstande sah, ihren Wünschen nachzukommen. Das wäre nicht mehr mein Buch gewesen. Ich konnte nur so schreiben, wie ich es empfand und erlebt hatte. Auch wenn manch ein Gedanke abschweifte und der ein oder andere unwichtige Seitenstrang seinen Platz fand. Vielleicht kann ich mein nächstes Buch nach gängigen Kriterien verfassen, aber nicht dieses, das ich mit so viel Herzblut schrieb.

Lauscher musste mit Engelszungen auf den anderen Verlag einreden, mich in meiner Ursprünglichkeit zu nehmen, wie ich nun mal bin. Der Vorschuss für das Buch ging komplett an ihn. Die Unterschrift unter diese zu zahlenden zwölftausend Euro fiel mir schwer.

Aber Lauscher machte seine Arbeit gut.

Zu den nächsten Hollywood-Filmpremieren in Berlin war

ich ab sofort immer mit Begleitung eingeladen. Cornelia bekam durch Lauscher tatsächlich einen Damenausstatter vermittelt, der ihr Roben für diese Abende auslieh. Sie wurde als meine neue Partnerin präsentiert, was sie leider nie wurde.

Lauscher sorgte dafür, dass es Fotos von mir und Will Smith und anderen Showgrößen in der Presse gab. Er hatte extra einen eigenen Fotografen an den roten Teppichen postiert, der speziell Fotos von mir mit wahren VIPs schießen sollte.

Anschließend wurden die Bilder den Tageszeitungen kostenlos zur ersten Drucklegung angeboten. Jeder, der die Bilder später nachdrucken wollte, musste dafür zahlen. Im Gegenzug bekam der Fotograf überhaupt erst die begehrten Event-Presse-Akkreditierungen. Alle anderen Fotos konnte er frei veräußern; also ein Deal auf Gegenseitigkeit. So läuft das Geschäft.

Zudem bearbeitete Lauscher jeden größeren Benefizveranstalter. So saß ich schon bald wieder unter Scheinwerferlicht, um am Telefon Kinderpatenschaften für die Dritte Welt entgegenzunehmen, zwischen zwanzig anderen, mehr oder minder Prominenten. Noch saß ich in der letzten Reihe, wurde von Barbara Schöneberger, der Moderatorin der Sendung, während der Sendung auch nicht angesprochen, aber ich war dabei, und ich war gelegentlich im Bild! Ich hatte von Lauscher die Anweisung erhalten, beim Schlussapplaus unbedingt in die Mitte zu gehen. Auch wenn ich dort in der zweiten Reihe stünde, ich wäre auf allen Fotos, man könnte mich nicht wegschneiden.

Als einer von zwanzig Promis gab ich meinen Senf zu den Kulthits der Siebziger, Achtziger und Neunziger ab. Ich wusste: Würde ich mitsingen oder tanzen, nähme man am Ende auf jeden Fall mich zu den Songs ins Bild. Ebenso, als ich von meinem ersten Kuss mit Wally Schlötzke zu dieser Musik berichtete. (Dabei handelte es sich in Wahrheit nicht um meinen ersten Kuss, aber immerhin um meinen ersten Kuss zu dieser Musik.)

Zu einer Musical-Premiere musste ich auf eigene Kosten nach Stuttgart reisen, aber auch da ging es bloß darum, gesehen zu werden. Die Pressebetreuerin dieser Produktion war eine ehemalige Mitarbeiterin von Lauscher. Sie sorgte dafür, dass auch ich meine überschwängliche Begeisterung für diesen famosen Musicalabend in diverse Mikrofone sprechen durfte. An meine Seite wurde eine andere Klientin Lauschers gestellt, das ehemalige deutsche Fräuleinwunder im Hollywood der Fünfzigerjahre. Wir gaben uns erst artig die Hand, um dann vor den Kameras Kopf an Kopf vertraut zu posieren. Während wir lachend in die Kameras blickten, stöhnte sie durch ihre Zähne: »Diese Schuhe bringen mich um!« Ja, so normale Probleme bestimmen auch die Promiwelt.

Mein Buch war noch nicht erschienen, aber ich konnte schon von seinem baldigen Erscheinen berichten. Ich musste nichts mehr erfinden. Auch von einem Dreh für meinen guten Freund Mike konnte ich erzählen, wenn man wissen wollte, wann man mich mal wieder auf dem Bildschirm sehen würde. Plötzlich war ich wieder interessant, nicht nur störendes Menschenmaterial, das den Blick auf die VIPs auf dem roten Teppich verdeckte.

Lauscher hatte ganze Ordner mit Listen von all den TV-Formaten, die sich gerne mit Promis schmückten. Viele waren mir noch gar nicht in den Sinn gekommen. Da gab es Gartensendungen, die gerne mal Besuche bei Promis machten (mein Balkon gab dafür aber nicht genügend her), man beobachtete in sogenannten Reality-Formaten Menschen beim Autofahren-Lernen (zu spät, oder sollte ich vielleicht noch einen Traktorführerschein machen?), bei der Wohnungssuche (ja, ich tat so, als würden Timo und ich auf der Suche nach einer neuen Bleibe sein und bekam zwei wunderschöne Objekte vorgeführt, die weit über meinem möglichen Budget lagen). In einer Promi-Folge von *Wer wird Millionär?* war ich jedoch nicht unterzubringen.

»Noch nicht! Warten Sie es ab!«, zeigte sich Lauscher beharrlich.

In Berliner Tageszeitungen gab ich Tipps fürs Wochenende, in der Zeitung der Bahn wies ich mich im Interview als begeisterten Bahnfahrer aus. Für die Zeitung der Taxi-Innung (ja, so was gibt es) erzählte ich, dass ich fast in einem Taxi geboren worden wäre. Die vierzehn Stunden Wehen im Krankenhaus, die meine Mutter über sich ergehen lassen musste, unterschlug ich in diesem Zusammenhang.

Ein Nebeneffekt meiner Öffentlichkeitsarbeit freute mich besonders. Cornelia wurde zu einem Casting für die Telenovela *Sarah, Liebesleid und Liebesglück* geladen. Als sie fragte, wie man auf sie gekommen sei, da sagte ihr die Casterin tatsächlich, dass man sie in der Gala gesehen und sich dadurch an sie erinnert hätte. Sie wurde zwar nicht gleich für eine Hauptrolle engagiert, bekam aber die Rolle einer gutmütigen Nonne, die regelmäßig alle paar Folgen auftauchte. Warum sie immer wieder in das Fach der Nonne rutscht, weiß sie bis heute nicht, aber in diesem Fall war sie überglücklich. Nun wurden wir auf den roten Teppichen beide als Mediengesichter wahrgenommen, waren zusammen doppelt interessant.

Lauscher überlegte tatsächlich, ob ich mich am Grabe Maikels ablichten lassen sollte: »Wir könnten einfach sagen, dass Sie sich kurz vor ihrem Tod noch heimlich ausgesöhnt haben. Widersprechen kann sie ja nicht mehr.«

Ich war mir da nicht so sicher. Ich traute ihr sehr wohl zu, dass sie, wenn ich an ihrem Grab von Aussöhnung spräche, sich noch einmal kurz rausgrübe, um die Sache richtigzustellen.

Ich sagte Lauscher, dass jeder in meinem Buch nachlesen könnte, dass wir uns nicht versöhnt hätten. Da wolle ich ganz bei der Wahrheit bleiben.

Und dann war es so weit: Mein Buch war vollendet. Der Verlag gab sein Okay, nur das Cover wurde zu einem Diskussionsgegenstand. Man schlug eine wohlmeinende Karikatur vor, aber Lauscher wollte mich auf dem Cover sehen, mehrdeutig mit einem Fernseher, als Lonely Guy auf der Landstraße in eine ungewisse Zukunft gurken.

Er wollte den Erscheinungstermin am besten mit dem Geburtstermin von Suzannes Zwillingen koppeln, um überschneidende Werbeeffekte zu nutzen, aber das machte der Verlag nicht mit. Der brauchte mehr Vorlauf.

Noch bevor die Redaktionen der Fernsehanstalten mein Buch in den Händen hielten, wurde ich schon zu Literatursendungen und Talkshows eingeladen. Die hofften auf bösartige Enthüllungen, und wenn nicht, wäre immer noch genügend Gesprächsstoff aus den Zeilen zu ziehen. Die Gagen für diese Auftritte waren gering bis nicht vorhanden, die Sender waren sich bewusst, dass ihre Gäste diese Werbeplattform für ihr neuestes Produkt nutzen. Schwierig wurde die Koordination immer dann, wenn ein Sender Exklusivitätsrechte einforderte. Zu Lanz würde ich nur eingeladen, wenn ich einen Monat zuvor keine Talksendung besucht hätte. Also musste ich zu ihm zuerst. Lauscher organisierte, dass es eine wahre Freude war.

Und dann war es so weit!

Mein Buch war fertig. Dieses Buch wurde gedruckt.

ENDE

NACHTRAG ZUR 5. AUFLAGE

Der Moment, als ich mein Werk das erste Mal gedruckt in den Händen hielt, war unbeschreiblich. Das hatte ich also geschrieben! Selbst erschaffen. Das war ein Teil von mir, berichtete ehrlich über Höhen und Tiefen, vor allem Tiefen, meine Empfindungen im letzten Jahr. Der Erscheinungstag wurde genau auf den Jahrestag meiner letzten *On-Air-Show* gelegt.

Kein Exemplar wurde vorher an die Presse ausgeliefert. Lauscher inszenierte eine Pressekonferenz in einem der teuersten Hotels Berlins. Natürlich hatte er dafür gesorgt, dass auch *Potzblitz* anwesend war, wenn auch nicht Frauke Ehrenfeld persönlich.

Alle Sender berichteten von der mit Spannung erwarteten Neuerscheinung auf dem Buchmarkt. Es tat mir gut, mich im Blitzlichtgewitter wiederzufinden. Lauscher stand nah bei mir, als ich ihn bat, zwei Fotografen aus dem Raum zu entfernen. Die hätten mich auf dem roten Teppich beim Präsidenten zu sehr spüren lassen, dass ich ein Nichts sei. Nun waren sie es für mich. Ich verspürte ein Quäntchen an Genugtuung.

Ich musste unglaublich viele Fragen beantworten, warum ich das Buch geschrieben hatte, ob ich mit meinen Kollegen abrechnen würde (»Nein, da muss ich Sie enttäuschen«), aber auch private Fragen nahmen ihren Raum ein. Wie das Verhältnis zu Cornelia zu bezeichnen wäre (man munkele ja, ich sei vielleicht der Vater ihrer Kinder), ob ich rein rechnerisch noch der Vater von Suzannes mittlerweile geborenen Zwillingen sein könnte und so weiter. Ich glaube, auch die Journalisten nahmen ihre Fragen nicht ernst.

Nach der allgemeinen Pressekonferenz gab es noch dreiundzwanzig Einzelinterviews im Viertelstundentakt. Es kamen fast immer dieselben Fragen! Bevor jemand zu mir eingelassen wurde, informierte man mich im Telegrammstil, für wen oder was der Fragesteller kam, wie ich mich zu verhalten hatte. Für die Bild volksnah, für die FAZ intellektuell und so weiter. Die *Topflop*- und *Potzblitz*-Reporter bekamen leider erst sehr spät am Tag die Möglichkeit, mich allein vor die Kamera zu bekommen. So war gewährleistet, dass sie das Interview am Abend noch weitgehend unkommentiert senden mussten. Lauscher dachte an alles.

Und alle, wirklich alle berichteten über mein Buch. Wenn ich auch nichts literarisch Wertvolles zu Papier gebracht hatte, dann doch immerhin etwas, das die Leute unterhielt. Und das ist ja auch eine Kunst. Ja, die Kritiker zerfetzten mich als Autor, aber ich lernte, dass jede Buchbesprechung in einer Tageszeitung den Verkauf ankurbelte. Ich wusste, Preise würde ich mit meiner Art zu schreiben nie gewinnen können, aber vielleicht doch die Zuneigung der Leser.

Endlich verdiente ich wieder eigenes Geld. Die ersten Auflagen gingen verdammt gut über den Ladentisch. Bei meinen Lesungen lachten die Zuhörer, ich schrieb mitunter noch eine Stunde danach Widmungen hinter Buchdeckel mit meinem Konterfei.

Vor der größten Buchhandlung in Weimar hatte ein Maikel-Fan mit Protestplakat meinetwegen Stellung bezogen. Meine Angst vor faulen Eiern war jedoch unberechtigt. Nach Abschluss der Lesung war er verschwunden, nur sein Plakat lag noch auf dem Gehweg.

Lauscher beglückwünschte mich bald schon zu einem Angebot vom Filmproduzenten Bleichlinger. Dieser wolle tatsächlich die Filmrechte an meiner Geschichte kaufen. Ich stimmte dem grundsätzlich zu, wenn ich ein Mitspracherecht bei der Besetzung hätte. Dabei war ich mir noch nicht mal im Klaren, inwieweit Suzanne, Cornelia und ich wirklich mitspielen sollten. Vielleicht auch nur in kleinen Rollen am Rande, als Insidergags.

Bei den Fernsehinterviews gestand ich ein, dass ich wieder mehr vor der Kamera arbeiten wolle. Ob die Entscheidungsgremien der Sender bei dem Gedanken zitterten, ich würde eines Tages auch über sie schreiben, vermag ich nicht zu sagen.

Herr Schlotter von meiner Bank sprach peu à peu wieder freundlicher mit mir, erbat von mir sogar eine persönliche Widmung für seine Mutter in eins von meinen Büchern. Die bekam er, dann legte ich mein Geld bei einer anderen Bank an.

Meine Lesung in der Urania in Berlin war wirklich bis auf den letzten Platz ausverkauft. Auch hier signierte ich wieder unzählige Bücher. Gerührt war ich, als Brösicke, Lehmann und Kazsmarek vor mir standen und um ein Autogramm baten.

Noch mehr freute ich mich über das Wiedersehen mit Cleo. Ich signierte gerade wieder ein Buch, als ich vor mir das berühmte Zerplatzen ihrer Kaugummiblasen hörte. Sie hielt ihre Lebensgefährtin im Arm. Sie hatte nur eine Beschwerde an mich: »Ick berliner doch jar nich so schlümm!«

»Doch, tust du!«, sagte die herbe Schönheit an ihrer Seite.

Wir verbrachten noch einen langen gemeinsamen Abend bei Bier und Apfelschorle.

Natürlich hält der Erfolg eines Buches nicht lange vor. Der nächste Bestseller will gefeiert werden. Trotzdem bin ich stolz auf mich. Immerhin hatte es mein Erstling auf die unteren Ränge der Spiegel-Bestsellerliste geschafft. Mein Selbstbewusstsein war gestärkt.

Ich sitze schon an meinem nächsten Werk. Keine Angst. Reine Fiktion. Oder? Da geht es um den Ersatzvater zweier Kinder ... mehr wird nicht verraten.

Den geneigten Leser bitte ich darum, Werbung für mein Buch zu machen. Wenn es Ihnen gefallen hat, dann erzählen Sie es Ihren Freunden, Verwandten und Kollegen. Sie können es auch gerne verschenken. Sie tun damit einen guten Zweck. Sie unterstützen mich und sorgen dafür, dass Timo genügend Obst zu essen bekommt.

Wenn Ihnen das Buch missfiel, können Sie trotzdem ein gutes Werk tun. Dann schenken Sie das Buch eben ihren Feinden und verhassten Verwandten. Timo dankt es Ihnen!

Ob Philipp Lauscher (wir siezen uns weiterhin) an mir reich wurde? – Sehen Sie selbst: Durchforsten Sie das Fernsehprogramm! Haben seine Bemühungen gefruchtet? Habe ich wieder eine eigene Sendung?

Ich wünsche es ihm!

Auf ein Neues!
Ihr Peter Sander

NACHWORT

Werte Leserin! Werter Leser!

Meine Geschichte ist frei erfunden. Eventuelle Ähnlichkeiten mit lebenden oder toten Personen sind rein unzufällig und völlig beabsichtig.

Ich wollte weder jemanden diffamieren noch bloßstellen, sondern dem geneigten Leser ein wissendes Lächeln ins Gesicht zaubern.

Es wäre schön, wenn mir das gelungen ist.

Klaus-Peter Grap
Berlin, Mai 2012

P.S.:
Ich danke den Doktoren Volker Surmann und Ralf Lützelschwab (die ihre Arbeiten weder abgeschrieben noch kopiert haben).